나야 마리 아이트　　　　　　　어두움의　　연습
Naja Marie Aidt　　　　　　　Øvelser I mørke

나야 마리 아이트　　　　　어두움의　　연습

Naja Marie Aidt　　　　　Øvelser I mørke

없이민 지음

민음사

ØVELSER I MØRKE

by Naja Marie Aidt

Copyright © Naja Marie Aidt 2024
All rights reserved.

Korean translation edition is published by arrangement with
Rogers, Coleridge and White Ltd. through EYA Co., Ltd.

Korean Translation Copyright © Minumsa 2025

이 책의 한국어판 저작권은 EYA Co., Ltd를 통해
Rogers, Coleridge and White Ltd.와 독점 계약한 ㈜민음사에 있습니다.

저작권법에 의해 한국 내에서 보호를 받는 저작물이므로
무단 전재와 무단 복제를 금합니다.

차례

어두움의 연습

7

옮긴이의 말
어두움과 밝음

243

일러두기

본문의 각주는 모두 옮긴이 주이다.

한낮이지만 잿빛 겨울은 그림자도 없고 바로 물이 떨어질 것 같다. 나는 초록색 소파에 누워서 니콜라에게 몇 마디를 보낸다. 노란색 갓이 씌워진 등을 켜니 불빛이 방 한구석의 서랍장을 흐리게 비춘다. 2월. 몸이 납덩이처럼 무겁다. 집에 도착하면 늘 이렇다. 마치고 나면 언제나 끔찍이도 피곤하다. 매 세션 후에는 절대 안정을 유지하라고 지시하며 그들은 이렇게 말했다. 힘이 많이 들 거예요. 그러니까 여기에 올 때면 뒤이어 다른 약속을 잡지 마세요. 버스를 타고 집으로 오는 길은 멀고 교외와 시내 곳곳을 지나간다. 소박한 연립 주택과 나지막하고 노르스름한 벽돌집들. 사람들이 독주를 마시고 마리화나를 사고파는 광장들, 시멘트로 지어진 낡은 주거 지역, 손바닥만 한

녹지들. 야채 가게들, 창에 과자를 예쁘게 전시해 놓은 아랍 빵집 주인들. 식료품 할인 매장, 노인들이 개와 장바구니를 끌면서 지나가는 오래된 노동자 거주지들. 버스는 천천히 도심으로 접어든다. 길에 사람이 많아지고, 큰 묘지와 기차역이 나오고, 건물이 점점 높아진다.

마치 고요에서 출발하여 살랑살랑 소리를 지나 귀가 멍해지는 생지옥에 도달하는 여행처럼.

나는 니콜라에게 메시지를 보낸다. 집에 왔어.

버스 여행은 한 시간이 걸린다. 나는 이따금 끈끈한 의자에 앉아 잠이 들고 머리를 꾸벅인다. 너무나 피곤하다. 피곤한 건 좋은 거라고 그 사람이 말했다. 졸린 건 좋은 거라고. 몸이 편안해진 거라고.

니콜라는 답신으로 하트를 보내고, 나는 잠이 든다. 내가 아이들을 돌봐야 하는데 방치하는 꿈을 꾼다. 외투를 입은 채 바닥에서 잠든 아이들의 모습이 보이고, 그 주변은 온통 뒤죽박죽이다. 밤이 늦었다. 나는 아이들, 나에게 맡겨진 이 아이들을 제대로 돌볼 힘이 없다. 깊은 잠 한가운데에서 절망적인 죄책감이 점점 커지고, 잠에서 깨어 보니 어느새 온통 어두워졌다. 노란 등만 켜져 있고, 배는 고픈데 몸은 마비되어 일어날 수도 없다. 허기가 지나쳐 속이 울렁거릴 것 같은 나는 부엌으로 가 팝콘을 입에 밀어 넣는다. 밥을 하고 채소를 볶고 달걀을 하나 부쳐서는 거기에 간장을 뿌려 창가의 작은 식탁에서 먹는다. 라디오가 켜져 있지만 귀는 기울이지 않는다. 나는 다 흡수할 수가 없다. 라디오가 그라인더처럼 쏟아 내는 목소리들. 무슨 얘기를 하는 거지? 라디오를 끄고 유리창에 비친 내 모습을 바라본다. 저게 나라니. 7시다. 다시 소파에 몸을 눕히고는 내 분열된 신경 말단을 덮어 줄 최고로 바보 같은 방송 프로그램이 무엇이 있는지 찾아본다. 신경 말단이 눈앞에 훤히 보인다. 보들보들하고 갈대처럼 흔들리면 좋겠지만 뻣뻣하고 가시 같은 모습. 나를 자극하지도 않고 나에게 아무 요구도 하지 않는 사소함의 세계 속으로 가라앉는 것이 나에게는 가장 훌륭한 약이다. 정말로 약을 먹은 느낌이다. 안온함이 몸에 퍼지니 긴장이 풀리고 잠이 든다.

화면에서 쏟아지는 이미지들 앞에서 나는 간신히 다시 잠이 들었다. 새벽 3시에 다시 악몽에서 깬다. 두려움에 식은땀이 흐르고 심장이 마구 뛰지만 나는 벌떡 일어나 소파에서 내려선다. 집 안에 분명히 누군가 있는 것 같다. 방마다 꼼꼼하게 돌아보아도 나와 내 겁먹은 두뇌 외에는 아무도 없다. 이제 소파에서 담요를 끌어와 침대에 눕고 마구 뛰는 맥박에만 집중한다. 그러다 보니 동이 튼다. 마침내 평화다. 세상은 잠에서 깨어나고, 나는 포기하고 깊은 잠에 빠진다. 큰 위험에 쫓기면서 실수만 반복하며 길을 못 찾는 악몽은 작은 방의 유리창에 내리치는 빗속으로 사라지고 잠에서 깨어 보니 이미 오전이 한참 지났다.

나는 그를 PTSD 씨라고 부른다. 나를 도울 사람, 시스템이 나에게 배정한 사람이다. 상담사와 주치의를 거치고 몇 달을 기다린 후에 이제야 검사를 받았다. 대기실에서 환자들 사이에 앉아 기다리니 그가 나를 부른다. 여기는 정신건강센터의 한 분과로 오로지 이 증상에만 특화되었다. 내가 PTSD 씨 앞에서 무슨 말이라도 할 수 있게 된 건 최근의 일이다. 처음 여러 번은 그 앞에서도 전혀 입을 떼지 못하고 바닥만 바라보았다. 나는 말을 할 수 없었고, 그의 질문에 답하지 못했다. 내 목소리는 목 안의 거친 돌멩이가 되고 혀는 굳어 버렸다.

대기실에는 온갖 사회 계급의 젊은이와 늙은이들이 앉아 있다. 바깥세상과 담을 쌓은 듯한 여자는 공허한 눈으로 벽을 응시한다. 왼쪽 다리를 떠는 남자도 있다. 체구가 큰 여자는 문신을 했고, 소년티를 갓 벗은 젊은이는 모자로 얼굴의 반을 덮었다. 근육질의 남자는 휴대 전화에 정신이 팔렸다. 커피 메이커 옆에는 사람들이 줄을 서고, 원두가 큰 소리를 내며 갈리면 의자에 앉아 있는 사람들 몇몇이 움찔한다. 나도 마찬가지다. 우리는 대기실에서 벽을 따라 나란히 앉아 불려 들어갈 차례를 기다린다.

PTSD 씨는 나에게 우울증 진단을 내려야 좋을지 정신건강의학과 의사와 논의했다고 한다.

아니요, 그건 아니에요. 나는 우울하지는 않아요. 내가 확신을 가지고 말한다.

"의사 선생님, 의사 선생님, 나는 어디서도 견디지 못하겠어요." 시내에서 그렇고 그런 동네에 개업한 외할아버지에게 환자들은 이렇게 말하곤 했다. 우리는 외가의 식탁에서 그 말을 하며 웃었지만 지금 생각하니 웃을 일이 아니다. 이제 그 말이 완전히 이해가 되니까.

그냥 어디서도 견디지 못할 뿐이에요. 내가 PTSD 씨에게 말한다.

하지만 지금 여기 계시잖아요. 그렇죠? 그가 말한다.

그렇지요. 내가 대답한다. 하지만 문을 나서자마자 바로 다시 시작이에요. 내 상처가 눈에 보일 때나 누군가가 비명을 지를 때도 똑같지요. 부엌칼 하나를 닦을 때도요.

그래요. 그가 말한다. 이해해요. 그가 말한다. 그것들이 다 자극이 되지요. 하지만 우리는 당신의 인생사를 출발점으로 잡을 수 있어요. 타임라인이라고 부르는 것이죠. 한편으로는 과거에 뿌리박은 수동적 트라우마가 있는데 우리는 거기에서 시작할 거예요. 다른 한편으로는 한참 진행 중인 일들이 당신을 괴롭히지요. 하지만 그쪽은 당신이 준비가 될 때까지 일단 둘겁니다. 이제 당신이 표현을 할 수 있으니 정말 다행이에요. 그는 웃음을 띠고 말한다. 천천히 살살 할 거예요.

완치가 될까요? 내가 묻는다.

지금은 그런 걱정 마세요. 그가 말한다. 눈을 감고 시작합시다. 접지가 되도록 발로 바닥을 디뎌요. 모든 세부를 다 묘사해 보세요. 생각나는 것, 느끼는 것, 보고 듣고 하는 모두를 말이죠. 그리고 잊지 말고 현재 시제로 말해 보세요.

알았어요. 내가 말한다. 그러고는 두 발을 바닥에 놓는다.

아버지의 얼굴이 떠오른다.

그리고 그 얼굴은 입에 거품을 문 거친 말을 타고 지옥 불속으로 달려든다.

PTSD 씨는 고삐를 쥐고 일지에 메모를 하고 있다.

또다시 긴 버스 여행.

도시, 하늘, 앙상한 나무들.

초록색 소파.

이런 일이 매주 일어난다.

이 자체가 하나의 짧은 소설 같다.

내가 집에 돌아오면 니콜라는 하트를 보낼 때가 많다. 머리가 곱슬곱슬하고 손이 통통한 니콜라. 니콜라는 내 친구. 아니도, 레아도, 로세도 다 내 친구들이다. 우리는 서로의 부엌에 앉아 커피 마시기를 좋아한다. 각자 자기 짐을 지고 가는 이 친구들, 이 여성들 없이 나는 삶을 헤쳐 나가지 못했으리라. 나는 그렇게 본다. 친구들은 내 무기이고, 나는 친구들의 무기다. 그리고 오늘은 이 친구들이 내 부엌에 앉아 있고 나는 불 옆에 서서 우유를 데운다. 커피에서 김이 모락모락 난다. 내 어깨에 악마가 올라앉아 나를 진흙탕 속으로 끌고 다니며 내가 어디까지 견디는지 구경하며 좋아라 하는 것만 같다.

너는 참을성이 참 많아. 마치 내 생각을 읽은 듯 니콜라가 말하며 나를 가리킨다. 심지어 지금 몸이 안 좋을 때도 너를 눌러서 꺾을 수는 없어.

다른 친구들은 고개를 끄덕이며 나에게 미소를 보낸다. 나는 울음을 터트린다. 친구들은 이런 상황이 이미 익숙하다. 나는 커피를 따르고 레아 바로 옆에 앉는다. 레아는 어깨동무를 한다. 레아가 이야기를 하나 들려주고, 우리는 그 이야기에 마구 웃는다. 로세는 일어나서 팔짝팔짝 뛰며 팔을 흔든다. 아이구! 로세가 외친다. 아니, 그만해! 죽겠다! 이렇게 친구들은 이 도시의 작은 부엌에 모여 앉아 울다가도 웃는다.

레아는 손님들이 일화를 하나씩 준비해 와야 하는 파티에 참석한 적이 있다. 레아가 들려준 이야기는 이랬다. 간호사가 되려고 공부할 때 나는 출산을 지켜본 적이 있어. 난산이었어. 산모는 비명을 질렀고, 더 이상 힘을 못 주겠다고 했어. 조산사는 흡입기로 아이를 꺼내고는 갓난아이를 산모의 가슴 옆에 뉘었지. 아이의 머리는 길게 당겨져서 보기에 흉측했어. 엄마는 아이가 외계인처럼 보인다고 했지. 그러고는 보기가 싫어서 돌아누웠어. 의사가 말했어. 부끄러운 줄 아세요. 의사는 키가 크고 마른 남자였는데 화를 내며 병실 밖으로 나가면서 이렇게 외쳤어. 여자들이란! 조산사는 말했어. 가장 나쁜 일도 다 지나간답니다. 그리고 이건 가장 나쁜 일 축에 끼지도 않아요. 조산사하고 나는 육 주 차 검사를 받으러 온 산모를 복도에서 다시 만났어. 아이의 머리는 제 모습을 찾았고. 산모가 말했어. 그 말이 옳았어요. 그보다 더한 일도 있지요. 조산사는 산모의 팔에 생긴 푸른 얼룩을 보고 뭐냐고 물었어. 이제 갓 엄마가 된 산모는 어깨를 으쓱하더니 아이를 꼭 끌어안았어. 아무것도 아니에요. 그렇게 말하고는 미소를 짓더래. 조산사는 미소를 짓지 않았고, 나도 그랬어. 조산사는 손을 여자의 등에 얹고는 말했지. 조심하세요. 이것이 레아가 파티에서 소개한 이야기다.

해가 뉘엿뉘엿한 거리를 걸어 내려가는데 지는 햇살에 눈이 부시다. 나에게는 인생사가 없다는 생각을 한다. 나는 전에 내 것이라고 여겼던 그 인생사를 엮는 중이다. 장면 장면이, 기억에 간직하고 있던 순간들이 눈에 보인다.(왜 하필 그 순간들일까?) 어린 나, 젊은 나, 어른이 된 나, 더 성숙해진 나, 미래로 가서는 나이가 든 나, 늙은 나, 죽음을 맞는 나, 죽은 나를 본다. 마치 실제처럼 종일 나를 따라다니는 꿈속의 장면들을 생각나게 하는 섬광, 그림, 상황 들이 보인다.

여기 젖살이 아직 안 빠진 내가 풀밭에 누워서 막대기를 가지고 놀고 있다.

여기 두 번째 아기가 태어났고, 나는 병원의 의자에 앉아 그 아기를 처음으로 끌어안는다.(이 장면은 늘 뒤에서 바라보는 모습, 왼쪽에서 오른쪽을 바라보는 모습으로 나타난다.)

여기 내가 반짝이 옷을 입고 밴드 음악에 몸을 흔든다.

여기 내가 아버지를 피해 숨는다.

여기 내가 외롭다.

여기 내가 행복하다.

절망하고, 걱정 없고, 포기하고.

분노하고, 원통해하고, 질투하고, 자신감에 넘치고.

등등.

내가 어쩌다 지금의 내가 되었는지를 들려주는 일관성 있는 인생사는 이제야 엮어 나간다. 나는 나 자신의 힘을 알아 가는 중이고, 그러니 더 이상 인생사라는 것의 노예이기는 싫다. 나는 아니에게 전화를 걸어 그렇게 말한다.

재미있네. 아니가 말한다. 하지만 다 이해되는 건 아니야.

모르기는 나도 마찬가지야. 내가 말한다. 하지만 이게 옳다는 건 알겠어.

음. 아니가 말한다. 생각해 봐야겠는데. 저녁엔 뭐 할 거야?

아무것도 안 해. 내가 말한다. 그리고 그건 지금 중요하지도 않아. 나는 인생사로 나 자신이 정의되는 데 분노한다고. 나는 목소리를 높인다. 이 일, 저 일, 아버지, 어머니, 시간과 장소, 트라우마 기타 등등이 지금의 나를 만들었다고 말하는 데 화가 나. 나는 온전하다고. 태어난 날부터 지금까지 그래 왔듯이 말이지. 나는 나야.

하지만 온전하지 않잖아. 아니가 말한다. 그러니까 PTSD 씨에게 치료를 받으러 다니는 거잖아. 그리고 넌 지금 사람이 평생 똑같다는 말이야? 나는 지금보다 젊을 때의 나를 보면 나 같은 생각이 안 들어. 그건 내가 아니야. 낯선 사람 같다니까.

내 말이 그 말이야. 내가 말한다.

아니야. 네 말은 그 반대지. 단 하나의 자아가 있다고 주장하고 있으니까.

그렇지 않아. 내가 말한다. 나는 나의 핵이 있다고 주장하는 거야. 그 핵은 온전하지. 그리고 나는 네 안에서 네 과거의 자아가 분명하게 보여. 아니 너는 늘 같은 존재야.

아니는 한숨을 쉰다.

넌 참 딱하다. 아니가 조용히 말한다.

난 딱하지 않아! 동정은 그만둬. 내가 외친다. 하지만 이게 부적절하다는 것도 안다.

아니는 나를 걱정해 주려는 것뿐이니까.

하지만 나는 자제가 안 된다. 나는 전화를 끊었고, 분노로 몸이 달아오른다. 유리잔을 하나 집어서 힘껏 냉장고를 향해 던진다.

내 작은 자아는 너무 좁은 어항 안의 금붕어처럼 꿈틀댄다. 한 시간 후 나는 고개를 내두르며 유리 조각을 하나하나 조심스레 쓸어 담는다.

> 어쩌다 이런 일이 생겼고
> 너에게 무슨 일이 일어났기에
> 너는 지금 이 세상, 이 삶에서
> 이렇게 험한 처지가 되었을까?
> 네 몸 안으로 무엇이 파고들어 가
> 네 핵에서 희망과 빛을 앗아 갔을까?
> 너는 사과나무 가지에 피었던 꽃,
> 가지에서 땅에 떨어져 썩은 꽃이었을까?
> 너는 바람의 성깔에 맡겨진
> 공중의 보풀이었을까?
> 사실은 너에게 있었던 일에
> 어쩌면 아무 책임도 없이
> 너는 지금 이 세상, 이 삶에서
> 이렇게 험한 처지가 되었을까?

우리 외할머니의 작은 시집에 이런 시가 있었다. 할아버지는 할머니가 아주 젊었을 때 이 책을 선물했다. 저자의 이름은 잊었지만 외국 책의 번역이었고, 낡은 비둘기색 장정에 '세계시선'이라는 제목이 흰색으로 쓰였던 것으로 기억한다. 어릴 때 나는 이 시를 외웠다. 그때 열세 살이었는데 책장은 낡아서 귀퉁이가 누렇고 책에서는 먼지 냄새가 났다. 책은 도끼처럼 나를 내리쳤다. 지금 나는 자리에 누워 그 시를 기억에서 불러내고, 마음에 간직하고, 눈을 감고 나지막이 혼자 암송한다. 머리까지 이불을 뒤집어썼더니 내 숨 때문에 공기가 따뜻하고 촉촉해진다.

젊어서 아들을 낳은 내가 역시 일찍 얻은 손주들이 우리 집 거실과 부엌을 가로지를 때, 아이들이 은신과 나비 날개, 귀여운 턱과 통통한 귓불, 밀밭 혹은 잘 닦은 마호가니처럼 물결치는 머리카락, 갈색이나 녹색이나 바다색인 눈을 하고는 내 쿠션에 몸을 던지고 종이에(그뿐 아니라 식탁과 벽에도) 놀라운 풍경화를 그릴 때, 마치 이게 삶의 의미이며 이게 정말정말 재미난 일이라는 듯이 아이들이 내 냄비를 휘저을 때

그때 나는 삶의 속도를 느낀다.

황금 고깔을 쓰고 칼을 차고 거실과 부엌을 돌아다니는 내 아이들, 날랜 몸, 내가 그 이전에도 이후에도 듣지도 보지도 못했던 미소와 웃음을 지으며 하늘을 올려보는 얼굴들. 의미를 깨닫게 해 주는.

하지만 당시 나는 젊고, 그 작은 방에 누워서 눈물을 흘린다. 나 자신의 운명/인생사/이미 짝이 있거나 관심이 없거나 나를 아직 발견하지 못한 내 사랑의 대상/그리고 어린 시절, 그렇지, 어린 시절/공포와 방임/내가 엮여 들어간 서사, 사랑의 고통 등등 때문에.

나는 거기 누워 있고, 이 모든 것은 나를 비껴간다.

세 번째 아기가 문틈에 나타나 말한다: 엄마? 괜찮아?
엄마?

햇빛에 빛나는 황금 고깔과 꽁꽁 웅크리고 있는 아이 엄마. 자기 연민의 거친 물살 속을 헤치고 있는 젊은 여자에게 내가 말한다. 이리 와요. 당신의 그림자에서 이제 나와요. 머리에 불을 이고 거실을 가로지르며 아이들과 놀아요.

나는 햇빛을 받으며 길을 따라 내려갔다. 사라져 가는 햇빛에 눈이 부셨다. 야채 가게 주인은 물건을 들여놓는 중이었다. 토마토, 가지, 양파, 감자, 석류, 상추가 든 상자들을. 해 질 녘에만 볼 수 있는 그런 햇빛을 받은 만물은 마법에 걸린 듯한 모습이었다. 보도를 걷는 내 발소리가 귀에 들어왔다. 나는 등을 펴고 모퉁이를 돌았다. 어두움이 깔리고도 한참을 그렇게 길을 돌아다녔다. 그리고 어두움을 견디는 연습을 했다.

나는 PTSD 씨에게 한 인간이 평생 살면서 무슨 일을 겪든 그 인간의 핵은 온전하다고 믿는지 물었다. 그는 '핵'에 생채기와 흠집이 나기는 하지만 다시 온전하게, 적어도 그에 가깝게 회복할 수 있을 거라고 한다. 그리고 피해의 규모에 달렸다고. 그는 말한다. 그런데 핵이라면 뭘 말씀하시는 걸까요?
그건 원래의 근원적인 자아지요.
어떤 이들은 영혼이라고 하는 그것 말씀인가요?

아니에요. 각각의 사람이 고유하게 가진 빛과 에너지의 핵을 생각하는 거예요.

그러니까 그걸 어떤 사람들은 영혼이라고 하지 않나요. 빛과 에너지.

단단한 핵이에요. 내가 말한다.

빛과 에너지가 어떻게 단단할 수 있죠? 그가 묻는다.

그냥 가능해요. 내가 말한다.

어쨌건 우리는 당신이 핵이라고 부르는 그것에 생긴 피해를 복구해 보려는 거예요. 그가 말한다. 다른 사람들은 영혼이나 정신이나 신경계라고 부르겠지요. 또 다른 사람들은 뇌라고 할 거고요. 정신건강의학에서는 뇌라고 해요. 하지만 핵이라고 하셔도 뭐 괜찮아요.

핵이고 뇌고 나발이고 내 말을 이해 못 하시는군요. 나는 이렇게 말하고 걸어 놓았던 외투를 옷걸이에서 낚아챈다. 도어체크가 문을 부드럽게 당겨 닫는다. 이 문은 쾅 하고 닫을 수가 없다. 시스템은 문이 쾅 하고 닫히는 것을 거부한다.

집에 와서 검색을 해 보니 결과는 이렇다.

"고대 그리스어에서 프시케는 영혼을 가리킨다. 이 개념은 환생에 관한 생각이 확산되던 기원전 500년경에 생겨났다. 그 전에는 육신의 영을 가리키는 메노스 혹은 티모스라는 용어를 사용했으며 힘, 분함, 강함, 진취성, 욕망 등으로 자주 번역된다. 인간이 죽을 때 육신의 영은 사람과 함께 죽지만 영혼은 육신을 떠나 죽음의 세계 하데스로 떠나간다."

나는 핵이라는 말이 더 마음에 든다. 모든 사람의 깊은 속에서 불타며 고동치는 둥근 핵을 상상한다. 어떤 핵들은 불이 꺼지고 화산재 구름만 남았다. 다른 사람들의 핵을 들이받아 부서뜨리는 사람들도 눈에 보인다. 전쟁, 빈곤, 억압. 조작, 폭행, 폭력. 나는 핵은 영혼과 육신의 영, 두 가지 모두라고 생각하며 노트북을 덮는다. 더 이상 알아보고 싶은 마음이 없다. 그 대신 기라는 단어가 생각이 났다. 퇴직하고 병원을 젊은 의사에게 넘겨주기 직전에 외할아버지가 마치 조증이라도 온 사람처럼 중국 의학을 연구하던 당시 들었던 단어다. 노트북을 다시 연다. 내가 읽은 내용은 이렇다.

"기란 우주를 관통하는 에너지이며 물리적이고 물질적인 세계를 구성하는 재료다. 인간은 '원기'를 부모에게서 받아 태어나지만 태어난 후에는 호흡하는 공기, 섭취하는 음식물의 기를 흡수한다."

그러니 여기에서는 부모나 신체적 건강만이 한 인간의 활력을 결정하는구나. 아, 아니네. 자신의 기를 기공 같은 여러 가지 형태의 신체적인 훈련으로 갈고닦을 수 있다고 하네. 이렇게 아는 게 많이 늘어났다. 이제는 전혀 집중을 못 하겠다. 차를 한잔 끓이고 소파에 누워 담요를 덮는다. 오늘은 세션이 끝나고 피로하지 않았지만 그건 내가 중간에 그만두고 나와 버렸기 때문이다. 피곤하지는 않아도 화가 난다. 화가 나고 분하고 불안하고 초조하다. 나는 "얼어 죽을!"이라고 소리치고 창밖을 내다본다. 한숨을 쉬고 텔레비전을 켠다. 바보상자도 분노를 뿜는다. 바보상자는 마약이다.

네 몸 안으로 무엇이 파고들어 가

네 핵에서 희망과 빛을 앗아 갔을까?

다음 날 니콜라가 전화를 걸어 밖에서 같이 점심을 먹겠냐고 묻는다. 하루 휴가를 냈다고. 나는 싫다. 감당이 안 된다.
그럼 내가 음식을 가지고 너한테 갈까? 니콜라가 묻는다.
아니. 혼자 있을래. 몸이 안 좋아.
하고 싶은 것도 없고?
없는 것 같아.
도와줄 일 없어?
없어.
같이 바람이나 쐴까?
긴 침묵.
전화 안 끊었지? 니콜라가 묻는다.
알았어. 내가 말한다. 잠깐 바람 쐬자.
거봐. 니콜라가 말한다.
이렇게 친구들의 보살핌이 나를 감싸고 있다. 친구들은 나에게서 뭘 바라지 않는다. 내가 워낙 불편하게 구니까 남들이라면 내가 불편만 한 게 아니라 불쾌하다고 생각하겠지만 내 친구들은 참아 준다. 친구들의 보살핌은 마치 실크 같이 얇고 가벼우면서 추울 때 데워 주고 더울 때 식혀 준다.
그래서 니콜라와 나는 만나서 바람을 쐰다. 근처를 한 바퀴 돈다. 푸른 잔디밭에서 서로를 뒤쫓는 개 몇 마리가 보인다. 보행 보조기를 밀며 자리를 뜨는 나이 지긋한 남자가 보인다. 놀이터에서 농구를 하는 다 자란 남자아이들 한 떼가 보인다. 손을 잡고 두 줄을 지어 가는 유치원 아이들이 보이는데 아이들의 방한복이 색색으로 빛난다. 오렌지색, 파란색, 보라색. 약간 춥다. 나는 가판대에서 커피를 산다. 놀이터 밖 벤치에 앉는다. 아이들이 노는 모습이 보인다. 교사는 한참 여자아이를 달래고 있다. 아이는 정글짐에서 떨어져 무릎이 까졌고, 무릎을 짚어 보이며 운다. 등 뒤로 머리를 길게 땋아 늘인 교사는 무릎을 호호 불어 주고 아이를 가까이 끌어당겨서는 둥개둥개 달랜다. 우리는 계속 걷는다. 커다란 호두나무가 보인다. 나무를 경탄하며 바라본다. 앞서가는 구급차 한 대와 뒤따라가는 경찰차 두 대가 보인다. 갑자기 나타나 사이렌을 울리며 급히 지나간다. 사이렌 소리가 가로지른다. 나는 비명을 지르고 보도에 쓰러져 귀를 막는다. 니콜라는 내 눈이 끔찍한 공포로 커지는 것을 본다. 그리고 내가 몸을 떠는 것을 본다.(다음 날 니콜라가 전화를 걸어 나에게 말해 주었다.)

    자, 집까지 바래다줄게. 니콜라는 말하며 내 손을 잡는다. 이제 내 손이 다시 느껴진다. 니콜라의 손이 느껴지니까. 니콜라는 나를 부축하고, 나는 다시 일어선다.
    과호흡을 하는구나. 니콜라가 말하고는 나를 안는다.
    우리는 한참을 그렇게 서 있다. 서로 기대고. 그렇게 서 있다가 내가 울음을 터뜨린다. 울고 나자 나는 다시 마음이 가라앉아 니콜라를 놓는다.
    그냥 구급차였는데. 니콜라가 말하고는 나를 집에 바래다준다.

    나는 겁을 내기 때문에 어두움을 연습한다. 어두운 곳에 머무르는 연습을 하지만 또한 어두움 밖으로 나가는 연습도 한다. PTSD 씨와 하는 세션의 목적은 내가 어두움 밖으로 발을 디디도록 돕는 것이다. 그리고 그 방법은 두려워하지 않으면서 어두운 곳에 머무르는 것이다. "어둡다고 무서워하지 마." 내가 어릴 때 엄마는 말했다. "빛만 없을 뿐 똑같은 세상이야."

   하지만 나는 어두운 곳이 두렵다.

   글자 그대로 말하자면 어두운 밤거리, 집에서 불면증과 무서운 꿈과 악몽을 겪는 밤

   하지만 그뿐 아니라 큰 소리, 윗집 사람이

   갑자기 내는 발소리

   카페에서 엎어지는 커피잔, 알람 울리는 소리, 내 전화의 삑 소리

   자동차가 울리는 경적과 외치는 소리와 개 짖는 소리

   그리고 길에서 누가 갑자기 뒤에서 나에게 속삭일 때

   등등 더 많은데

   나는 이 모든 것에 몸을 움츠리고

   충격을 받고, 숨이 멎고, 멀리멀리 도망치고 싶어진다.

   해가 바뀌던 밤 아이들 몇이 하늘에 폭죽을 쏘자 나는 악마가 뒤에서 쫓아오기라도 하는 것처럼 달리기 시작했다.

   나는 달리고 달렸다. 달리기로 결정한 것은 내 몸이었고, 나는 급히 뛰쳐나가서는 전혀 다른 동네까지 가서 이제 안전하다는 생각이 들었을 때야 멈추었다.

*

나는 아파트에 산다. 우리 집은 84제곱미터다. 건물은 4층이다. 아래층에는 아이가 셋인 여자가 산다. 위에는 나이가 좀 있는 여자가 산다. 아주 조용한 분이다. 그분이 빨래를 지하실로 들고 내려가거나 지하실에서 들고 올라갈 때면 숨을 헐떡이는 소리가 들린다. 자전거로 장을 보러 갈 때도 모습이 보인다. 아래층의 세 아이가 놀거나 싸우는 소리도 들린다. 아이들 엄마가 화가 나서 소리를 지르는 것도 들린다. 아침 일찍 엄마와 아이들은 직장과 유치원과 학교를 향해 집을 나선다. 저녁이면 엄마는 발코니에서 담배를 피운다. 담배를 피우면서 친구와 통화할 때가 많다. 엿들으려는 건 아니지만 그래도 궁금해진다. 나는 내 등나무에 물을 주고 다시 안으로 들어온다. 등나무는 담장을 타고 우리 윗집까지 올라간다. 윗집에서는 그걸 문제 삼지 않았다. 언젠가는 등나무가 지붕까지 올라가겠지만 그건 내가 어쩔 수 없다. 위층 분은 창틀에 푸른 식물이 여러 개 있다. 돌보는 데 시간을 들이는 듯하다. 길에서 그 화분들을 보면 상태가 좋아 보인다. 나는 쉰일곱 살이다. 아이들은 이미 분가했다. 아이들은 서로 많이 다르다. 나는 셋 모두를 사랑한다. 내 상황은 이렇다. 나는 여기에 산다. 아침 햇살이 부엌에 들어오는 게 좋다. 아침에 일어나면 햇빛이 나를 맞는다. 길을 향한 거실에 들어오는 부드러운 오후의 햇빛도 좋다. 길에는 나무가 있고 자동차가 다니고 활기가 있지만 저녁이면 조용하다. 저녁마다 나는 혼잣말을 한다. 여기는 참 조용하니 좋네. 아래층은 시끌벅적하고 위층은 조용하고, 더 이상 바랄 게 없다. 윗집에서 재채기하는 소리가 들린다. 때로는 밤에 그분이 침대에서 돌아누우며 기침하는 소리가 들린다. 때로는 밤에 아이 우는 소리가 들리고, 그러면 엄마가 아이에게 서둘러 가는 소리가 들린다.

*

PTSD 씨는 내게 매일 의자에 앉아 숨을 들이쉬라고 한다.

자신의 들숨 안으로 들어가 보세요. 그가 말한다.

그건 못 하겠어요. 내가 말한다. 생각이 너무 많아서 나에게 집중이 안 돼요.

그래도 해 보세요. 아침마다 십오 분만 말이지요. 이건 매일 연습을 해야 효과가 있으니까요.

숨을 뱃속까지 깊이 들이쉬는 게 어려워요.

아니요, 잘하실 수 있어요. PTSD 씨가 말한다. 여유를 가지고 하세요.

하지만 나는 그 여유를 부리기가 싫다. 의자에 가만히 앉아 십오 분 동안 숨을 들이쉬는 상황은 내 본능이 거부한다. 그 상황에서는 즉시 폐소 공포증이 생긴다. 하지만 지금은 내 핵이 내 안에서 너무 회전하고 있으며, 그 핵의 빛이 깜박이는 게 눈에 보인다. PTSD 씨는 나에게 내 생각을 두려워하지 않기를 익혀야 한다고 말한다. 생각은 생각일 뿐이고 감정은 그 생각에 대한 반응일 뿐이니까.

생각은 생각일 뿐이죠. 그가 말한다. 감정은 감정일 뿐이고요. 불안과 공포도 마찬가지예요. 그가 말한다. 생각과 감정. 단

순한 생각과 감정.

　못 견디게 불교적이네요. 나는 생각한다. 얼어 죽을 참선은 개나 물어 가라. 내가 생각한다.

　우리는 노란색으로 꾸민 로세의 부엌에 앉아 있다. 가까운 봄이 예감의 형태로, 말로 묘사할 수도 설명할 수도 없는 조그만 표징의 모습으로 다가오는 그런 날이다. 외할아버지가 말하듯 그냥 공기가 성장을 품고 있다. 로세는 커피와 크래커를 내놓고, 레아는 케이크를 가져왔다. 둥근 케이크에는 크림을 얹고 라즈베리로 꾸몄다. 나는 긴 의자에 아니와 로세 사이에 앉아 있고, 니콜라는 케이크를 자르면서 남자 친구와 자기 아들 사이에 갈등이 끊이지 않는다는, 집에서 싸움이 나면 도망쳐서 굴속에 숨고 싶다는 이야기를 한다. 아들은 열여섯 살, 동기 부여가 힘든 나이다.

　왜 굴속에 숨고 싶어? 로세가 묻는다.

　문제가 생기는 게 싫으니까. 둘 사이에 끼어서 중개인이나 연락책이 되는 거 싫어. 그럴 힘도 없고, 난 그저 아무 일도 없었으면 좋겠어. 나한테 애라고는 그 아이 하나뿐이고 남자 친구는 애가 없는데 왜 그 아이를 가만두지 못하는 걸까? 애는 호르몬 때문에 병이 날 지경인데.

　그건 나도 그래. 레아가 말하며 케이크를 입에 쑤셔 넣는다. 음, 정확히는 호르몬 부족 때문이지.

　그럼 병원에 가 봐. 아니가 말한다. 부인과 여의사를 찾아봐. 남자들은 도움이 안 돼. 본인들은 호르몬 치료라는 게 필요하지 않으니 네 열감 같은 데는 관심이 없지.

붉은토끼풀을 써 봐. 로세가 말한다.

로세, 허브 어쩌고 하는 헛소리는 관심 없어.

하지만 효과가 있는걸. 로세가 말하고는 커피잔을 비운다. 항염 식단도 그렇고.

잠을 제대로 못 자겠고, 너무 더워.

그러니까 붉은토끼풀을 써 보라니까! 로세가 외친다.

싫다니까. 레아가 이렇게 소리치고 둘은 마주 보더니 웃음을 터뜨린다.

우리는 (대개는 이미 다 자란) 아이들 이야기, 우리를 저버리는 에스트로겐 이야기, 땀과 불면증과 내가 내가 아니라는 느낌에 관한 이야기, 여자들이 평생 이렇게 고통을 받아야 한다니 얼마나 부당한가 하는 이야기를 좀 하고, 출산 때 이야기 몇 개를 다시 하고(서로의 출산 이야기는 이미 1000번은 들었다.), 마지막 생리 이야기(우리 중 몇은 아직 진행 중이다.)와 계속 성관계를 원했던 시절, 자신의 상태가 정말 나쁜 날도 여신 같았지만 얼마나 예쁜지 스스로도 몰랐던 시절이 기억나는지 서로 묻는다. 아, 그럼 그럼 그럼. 여성지의 사서함에서 얼마든지 읽을 수 있고 아무도 듣고 싶어 하지 않는, 사실 우리도 별 관심이 없는 자질구레한 이야기들이지만, 그래도 이 모든 것이 지금의 삶과 마찬가지로 우리의 삶이다. 우리도 스스로 못 알아볼 만큼 변했고, 안에서부터 변화가 오니 겉으로도 드러난다. 조만간 우리는 더 늙을 테고, 그때 우리가 우리 사진과 양피지처럼 주름진 손을 번갈아 보면 지금의 피부는 젊고 탄탄하게 보일 것이다. 그때는 우리가 외모에 아무 관심이 없기를. 그리고 우리의 손을 볼 때 자랑스러운 마음이 들기를. 이 손은 평생 들고, 닦고, 끌고, 일하고, 쓰다듬고, 우리를 지켜 주었다. 나는 잠시 눈을 감고 너무 일찍 돌아가신 외할머니를 눈앞에 그린다. 분노가 많았던 우리 친할머니는 뵌 적이 거의 없지만 돌아가실 때까지도 허영을 버리지 못했다. 깊은 턱 주름에 케이크처럼 화장을 덕지덕지 하셨었지.

레아는 손님들이 일화를 하나씩 준비해 와야 하는 파티에 참석한 적이 있다. 한 여자가 유리잔을 두드리며 일어섰다. 그러고는 어릴 때 나이 든 남자의 원치 않는 관심의 대상이 되었던 이야기를 했다. 남자는 그녀의 상사였고 유부남이었는데 이 젊은 여성을 가만히 두지 않았다. 여러 번 거절했지만 자꾸 접근해서 괴롭혔다. 그녀에게 몸을 비비고 귀를 핥고 불쾌한 소리를 내며 엉덩이를 만졌다. 그는 끊임없이 전화를 걸었고, 그녀는 전화를 끊었다. 사무실에 찾아오고 집으로 찾아왔다. 전화를 걸고 또 걸었다. 그녀는 겁에 질려 커튼 뒤에 숨었다. 그녀는 직장을 그만두었다. 그는 그만두지 않았다. 그녀는 부인에게 말하겠다고 협박했다. 그가 대답했다. 집사람은 내 일에 간섭 못 하지. 그녀는 비닐봉지에 소변을 모아 꼭 묶었다. 그리고 이전 직장으로 가는 버스를 탔다.(직장을 그만두고 몇 달이 지난 후였다.) 따뜻한 여름날이었고, 창문은 열려 있었다. 그녀는 비닐봉지를 던져 목표물을 맞혔다. 책상에 앉아 있던 남자는 오물을 뒤집어썼다. 여자는 놀란 남자가 창밖을 내다볼 때까지 그 자리에 서 있었다. 한순간 남자는 여자의 눈을 보았다. 날 좀 내버려둬. 여자는 큰 소리로 외치고 떠났다. 이제 나는 나이가 들었지요. 그때는 스물이었어요. 파티에서 이야기를 들려준 여자가 말한다. 그러고는 앉는다. 침묵이 흐른다. 아무도 아무 말 하지 않고, 몇몇은 한숨을 쉰다.

나는 비밀이 여럿 있다. 비밀들은 나 혼자 간직할 것이다. 비밀들은 내 것이다. 무시무시한 비밀도 있는데 PTSD 씨와는 공유할 수 있다. 간밤에는 틈새마다, 문마다 기어들어 가는 고양이들이 나오는 꿈을 꾸었다. 내가 문과 창을 다 닫아도 고양이들은 길을 찾아낸다. 고양이들은 물고 긁고 스르륵거리고 내 몸 주위를 기어다닌다. 마치 내 몸을 정복하고 나를 없애려는 듯이. 악몽을 꾸다 깨니 고양이들이 밀고 들어오는 게 아직 느껴지고, 몸이 근질근질하고, 나 자신이 불결하게 느껴진다. 불을 켜고 커튼을 치고는 부엌의 작은 식탁에 앉아 PTSD 씨가 알려 준 대로 숨을 들이쉬어 본다. 하지만 심장은 너무 빨리 뛰고, 호흡도 그걸 어찌하지 못한다.

학교에서 돌아오면 여동생들과 나는 문을 열고 안으로 들어서서 외투를 벗고 가방을 내려놓기 전에 잠시 멈추어 기다렸다. 어두운 현관에 아주 조용히 서서 귀를 기울였다. 우리 아버지. 기분이 어떠신가? 우리는 아버지의 기분을 귀로 들을 수 있었고 코로 맡을 수 있었다. 아버지가 집에 있는지 없는지 쥐 죽은 듯 고요한 집에서도 들을 수 있었다. 우리는 숨을 삼키고 어두움 속에 서서 귀를 기울였다. 귀를 기울이며 우리는 눈길을 마주했다. 아이들의 맑은 눈이 경계한다. 우리는 아파트 현관에 서 있었고, 거기에는 거실과 통하는 미닫이문이 있었다. 우리는 서로에게서 표징을 찾았다. 우리는 외투를 벗고 들어갈 용기가 있을까?

　가로등이 드문 어두운 거리를 따라 걸을 용기가
　커다란 창문이 있는 여름 별장을 빌려 우리끼리 거기 묵을 용기가
　깊은 숲속에서, 황량한 바닷가에서 우리끼리 산책할 용기가
　공업 지역을 자전거로 가로지를 용기가
　저녁에
　늦은 열차를 타고 집에 갈 용기가(역에서 집까지 어떻게 가지?)
　택시를 탈 용기, 택시 기사를 믿을 용기가 있을까?
　그 밖에 여러 가지.
　보통 우리는 용기가 없었다.
　괜히 겁이 많았던 게 아니고 두려워할 이유가 있었다.
　평생. 숨을 죽이고 서서 귀를 기울이기, 언제나, 평생.
　자유의 반대말.

　내가 요구르트를 다 먹어 버렸다고 아버지가 나를 계단 아래로 밀친 적이 있다. 아버지가 나를 계단 아래로 밀쳤을 때 나는 아버지의 고함 소리를 이웃들이 들을까 마음이 쓰였다. 아버지는 나를 발로 찼다. 이 와중에 나는 이웃에서 누가 계단으로 올라오거나 내려오지 않기를 바랐다. 그보다 부끄러운 일은 없었으니까.
　아무도 알면 안 된다.
　나는 낮은 소리로 말한다.

아빠, 놔주세요.

이웃 사람들요, 아빠, 이웃 사람들 생각을 하세요.

아버지는 마지막으로 나를 한 번 더 찼고, 나는 우리 층 바로 아래 층계참에 쓰러졌다. 아버지는 계단을 올라가 문을 세게 닫았다. 나는 열쇠가 없었다. 열쇠는 코트 주머니에 있는데 코트는 현관에 걸려 있었으니까. 몸을 일으키며 이 생각을 했다. 나는 비틀거렸다. 통증이 느껴졌다. 휘청거리며 계단을 내려와 길로 나갔다. 나는 어머니가 퇴근해서 집에 돌아온 걸 확신할 때까지 거리를 돌아다녔다. 거리를 돌아다녔고, 버스 정류장의 벤치에 몇 시간을 앉아 기다리며 생각했다. 봄이라서 다행이다. 비가 안 와서 천만다행이다. 5시가 되자 나는 초인종을 울렸고, 어머니가 문을 열어 주었다. 이 일에 대해서는 아무도 말하지 않았다. 저녁이 되어 옷을 벗고 보니 온몸에 푸른 멍이 들고 한쪽 무릎은 부어 있었다. 동생들은 물었다: 아빠가 언니한테 어쩐 거야?

요구르트를 먹어 치웠기 때문이지. 내가 말했다.

그냥 자자. 동생들이 말했다.

나는 자지 않았다.

지금은 3월이고, 어떤 날은 해가 높고 바람이 분다. 해는 높지만 바람은 겨울 추위를 품고 있다. 지긋지긋하게 춥다. 아침에는 부엌으로 햇빛이 들어오고, 심지어 햇빛이 너무 강해서 나는 창에 커튼을 치고 작은 탁자에 앉는다. 새들은 둥지를 틀기 시작했고, 들떠서 서로를 열렬히 부르는 것처럼 들린다. 좋은 자리를 찾기 위해 다투는지도 모른다. 나는 잠시 앉았다가 다시 자리에 눕는다. 몸은 돌처럼 무겁고 온통 닳은 느낌이다. 세포들이 분열하기에 지쳐서 쉬게 해 달라는 것 같다. 몇 시간을 자고 나니 PTSD 버스를 타고 PTSD 씨에게 갈 시간이다.

한 주일 어떻게 지내셨어요? 그가 묻는다.

늘 피곤해요.

피곤한 건 좋은 거예요. 그가 말한다. 최대한 많이 쉬세요.

병가는 언제까지 쓸 수 있을까요?

진행을 봅시다. 받은 병가로 충분하지 않으면 제가 연장을 신청할 수 있어요.

충분하다는 건 무슨 뜻이죠?

다시 일을 할 수 있고 스트레스를 덜 받을 만큼 상태가 좋아진다는 뜻이죠. 정상적으로 기능하게 되는 겁니다.

뭐가 정상이죠?

나는 그를 바라보고, 나는 살아 있으니 기능을 하기는 하는 거라고 생각한다.

그사이 아버지에 대해서 생각하셨나요?

했어요. 그리고 여동생 생각도 했지요. 파도처럼 때때로 밀려와요.

여전히 그렇게 부끄러운 생각이 드세요?

그렇지 않아요. 지금은 그 생각을 해도 덜 두렵고요.

좋아요. PTSD 씨가 말하고 미소를 짓는다. 그건 치료에 반응을 보인다는 뜻이니까요. 잘하셨어요. 아주 잘하고 계세요.

그는 나에게 눈을 감고 모든 것을 다시 한번 이야기해 보라고 한다.

집으로 오는 버스에서는 다시 피곤하다. 초록색 소파에 앉아도 피곤하다. 녹초가 되었고, 두드려 맞은 것처럼 뻐근하다. 무기력하게 축 늘어져서 기분도 색을 잃는다. 나는 나 같지가 않고, 다시는 내가 되지 못할 것 같다. 바보상자를 켜고 주택에 대한 방송, 시골의, 자연 속의, 혹은 상류층의 삶을 그린 연속극들, 대단한 상품을 놓고 경쟁하는 쇼 같은 것들 속으로 사라진다. 시시콜콜한 이야기들이 마구 쏟아진다.

어머니는 여러 해 동안 외할아버지의 병원에서 근무했다. 처음에는 외할머니가 그 일을 했는데 외할머니가 (너무 일찍) 돌아가시자 어머니가 일을 물려받았다. 외할머니는 소위 협조하는 배우자였다.[1] 어머니가 스스로 외할아버지와 일하기를 바랐는지, 아니면 그저 할아버지를 위해서, 할아버지가 외롭고 우울하지 않도록 그렇게 했는지 나는 모른다. 책임감으로 그랬는지 나는 모른다. 어머니는 외할아버지의 비서로 작은 사무실을 지켰다. 진료가 6시까지 계속되는 수요일이면 우리는 방과 후에 어머니를 찾아가 함께 집으로 올 수 있었고, 어머니가 전화를 받고 환자를 맞이하는 동안 바닥에 앉아 어머니 뒤쪽 벽에 기대어 숙제를 했다. 막냇동생은 대기실의 화분에 물을 주었다. 어머니가 결국 아버지와 이혼했을 때 나는 외할아버지의 병원을 청소하는 일자리를 얻었고, 급여의 반을 어머니한테 드렸다. 우리는 살림이 어려웠다. 나는 열네 살이었다. 이혼 후 나는 아버지를 본 적이 없다. 아버지는 우리를 보고 싶어 하지 않

---

1 배우자의 사업장에 고용된 배우자를 덴마크 세법에서 지칭하는 표현이다.

왔다. 우리도 볼 마음은 없었지만 아버지의 부재를 우리에 대한 직무 유기로 느꼈다. 일요일이면 우리는 외가에서 점심을 먹었다. 할아버지는 어릴 적 이야기, 전쟁 이야기, 할아버지의 부모와 형제자매 이야기, 젊은 의사였을 때 이야기, 어느 봄날 저녁에 공원에서 외할머니를 만난 이야기를 했다. 할머니는 공원 근처의 공장에 다녔는데 근무를 마치고는 동료와 함께 산책을 하곤 했단다.

아주 예뻤지. 할아버지가 말했다. 그러다가 우리는 결혼을 했어. 대가족을 원했지만 우리에게는 너밖에 주어지지 않았지. 할아버지는 이렇게 말하며 어머니의 손을 토닥였다.

남자 형제가 있었는데 돌아가셨지요. 내가 말한다.

그 이야기는 하지 말자. 어머니가 말한다.

어머니. 거의 눈에 보이지 않는. 갈등 회피형. 아름답고 수줍은. 늘 꿈을 꾸고 있으며 이 세계에 진실로 현존하지는 않는 듯한.

그리고 점심 식탁의 어머니. 어머니가 아주 살짝 앞으로 몸을 기울이면 그 얼굴을 특별한 방식으로 덮던 검은 머리카락. 막냇동생은 어머니의 품에서 꼬물거렸고, 어머니는 무심한 팔로 동생을 감쌌다.

엄마? 동생이 말하며 어머니를 바라본다. 괜찮아요?

이제 집에 갈 생각을 하자. 빨래도 해야 해. 일요일 오후 2시 30분이 되면 어머니가 말했다. 어머니는 일요일 오후면 빨래방에 가서 빨래를 했다.

그래도 일단 설거지는 해 줄 거지?

물론이죠, 아버지. 잘 먹었습니다.

그렇게 우리는 설거지를 하고 집으로 왔다. 세탁할 옷을 비닐봉지에 넣어 빨래방으로 내려갔다. 숙제도 함께 가지고 갔지만 보통은 그냥 앉아 거품과 물 속에서 빙빙 도는 빨래를 바라보았다. 마지막에는 어머니를 도와 합판으로 된 큰 탁자에서 빨래를 개켰다. 그곳에서는 세제 냄새가 났고, 개가 있을 때가 많았다. 여자가 많았고, 유아차의 아이들, 가족을 위해 빨래를 하는 다 큰 소녀들이 있었다. 우리는 세탁한 옷을 집으로 가져왔다. 저녁에 어머니는 달걀을 부쳤고, 자기 전에 설탕을 넣은 차를 주었다. 외할아버지 집에서는 밖에서 사 온 음식이 나왔다. 외가 근처의 작은 가게에서 주문했는데 순박한 주인 여자는 크고 하얀 상자에 고기와 생선과 감자를 채우고 정성스레 꾸며서 심부름꾼(창백한 소년)에게 들려 보냈다. 소년은 초인종을 누르고 동생들과 내가 문에서 상자를 받을 때면 땅만 바라보았다. 외할아버지는 맥주를 마시고 다른 사람들은 주스를 마셨다.

나의 세 아들 황금 고깔들이 오늘 점심을 먹으러 온다. 나는 감당이 안 된다. 겁에 질려 너무 일찍 잠에서 깬다. 내 아이들이 찾아오는데 나에게는 그게 스트레스가 된다. 추워지고, 몸이 굳고, 초록색 소파의 모서리에 꼼짝 못 하고 앉아 있다. 몸을 움직일 수가 없다. 장을 봤어야 하고, 토마토소스 스파게티를 만들었어야 하고, 부엌을 정리했어야 하는데. 앉아서 운다. 마음은 통제할 수도 없이 산산조각이 났다. 나는 못 하겠다. 일요일이고, 교회에서 종소리가 들린다. 태양은 희미하고, 너무나 노란 개나리가 눈에 확 들어온다. 자, 이제 일어나자. 나는 메모를 한다.

커피

상추

쿠키

파스타

토마토

마늘

쪽지를 집에 두고 나간다. 쪽지에 무엇을 적었는지를, 토마토소스 스파게티를 만들려 했다는 걸 잊어버린다. 멍한 채로 나는 슈퍼마켓에 가서 빵과 다른 식품을 장바구니에 던진다. 안개 속을 걷듯이 집으로 돌아온다. 나는 기계적으로 정리를 하고, 달걀을 삶고, 거실 식탁을 꾸민다. 접시에 음식을 담고, 토마토 껍질을 까고, 차이브를 썬다. 거울을 들여다보지만 내가 나 같지 않고 어딘가 일그러졌다. 땀이 나면서 춥다. 머리를 올린다. 손을 씻는다. 끔찍한 일이 생기는 게 아니라고 혼잣말을 한다. 그저 아이들이 점심을 먹으러 오는 거잖아. 다 그저 생각일 뿐이야. 감정일 뿐이고. 지금 너는 위험하지 않아.

아이들이 말한다. 엄마, 잘 먹었어요. 그러고는 의자에 기댄다.

아니 뭘. 내가 말한다.

둘은 미소 지으며 서로를 놀린다. 막내는 조용하다. 이제 해가 나와서 막내의 머리를 비추고 머리는 붉게 빛난다. 아이는 창백한 모습이다. 나는 어떻게 지내냐고 묻고 싶지만 그러지 않는다. 손주들은 부엌의 작은 탁자에서 그림을 그린다.

넌 해를 빠뜨렸잖아. 한 아이가 말한다.

해는 안 그릴 거야. 다른 아이가 말한다. 물만 그릴 거야.

해는 물에도 비치는데. 첫 번째 아이가 말한다.

내 물에는 안 비쳐. 여기는 세상에서 제일 깊은 데니까.

큰아들은 커피를 내린다. 어느새 거실에 햇빛이 가득하다. 나는 조리대 위 찬장에서 잔을 꺼낸다.

이제 좀 괜찮아요? 아들이 묻는다.

그래. 내가 말한다. 치료를 받으러 다니니까. 훨씬 나아.

반가운 소식이네요. 아들이 말한다.

고맙다. 내가 말한다.

커피를 마시고 다들 떠난다.

할머니, 안녕! 손녀 둘이 말하며 내 배를 끌어안는다.

안녕! 와 줘서 고마워! 잘 지내고. 우리 보물덩어리들. 너희를 보니 참 좋구나.

아이들은 현관에서 신발을 신고 재킷을 입는다. 이제 다들 신발 끈을 혼자 묶을 줄 알고, 막내는 배운 지 얼마 되지 않아 아주 열심이다.

자! 아이가 만족스럽게 말하며 토끼 인형을 팔에 낀다. 할머니, 다 됐어요.

그림은 선물이에요. 그 아이의 언니가 말한다.

나는 아들들의 볼에 입을 맞춘다.

잘들 지내라. 내가 말한다.

아이들 뒤로 문이 닫히고, 나는 현관에 서서 문을 바라본다. 나는 우리 집 현관에 서서 우리 집 문을 바라본다. 한참을 거기 서 있는다. 안으로 들어와 소파에 앉는다. 아주 녹초가 된 나는 정리를 하지도 쓰레기를 내다 버리지도 남은 음식을 냉장고에 넣지도 않는다. 저녁에 보니 그림이 두 장 있다. 하나는 꽃과 나무와 꼬마 양을 그렸다. 하늘에 해가 걸려 있다. 다른 하나는 드라마틱해서 종이 전체가 푸른색, 초록색, 회색, 검은색, 보라색으로 덮였다. 눈이 둥그런 작은 노란색 물고기가 왼쪽 구석에 그려져 있다. 나는 무당벌레 모양의 자석으로 그림을 냉장고에 붙인다. 다시 소파에 눕는다.

화요일, 비. 나는 아니의 부엌에 앉아 있고, 아니의 개는 내 무릎에 앉아 있다. 우리는 아니가 어머니에게서 물려받은 얇은 도자기 찻잔으로 차를 마신다. 나는 그 어머니의 부엌에서 이 잔들을 보았던 기억이 난다. 우리는 열일곱 살 때부터 알고 지냈다. 보들보들한 갈색 개는 내 무릎에 공처럼 웅크리고 있고, 나는 양손을 개의 따뜻한 등에 얹는다.
아이들을 점심 식사에 초대했더니 어땠어?
좋았어. 내가 대답한다.
즐거웠어?
그랬던 것 같아.
너무 무리하지는 마. 아니가 말한다.
알아.
그래도 무리했어?
응.
도와줄 일이 있으면 전화하라고 했잖아. 너는 손을 내밀고 도움을 청하는 데 좀 익숙해지는 게 좋겠어.
그래. 내가 말한다. 하지만 속으로는 생각한다. 싫어. 내 아이들을 위해 음식을 준비하는데 도움을 청하지는 않을래. 그렇게까지 무너지기는 싫어. 이미 한참 무너지기는 했어도. 그래. 그런데 싫어. 나 자신의 약점과 불안과 공포를 가리기 위해 사용하는 단어들. 너무나 자주 거짓을 말하는 단어들.

PTSD 씨는 뭐래?

선을 그으래. 무리한 요구라고 생각하면 거절하는 법을 배워야 한다는데 문제는 언제부터 무리인지를 내가 모른다는 거지. 난 그걸 배워야 해.

이해해. 아니가 말하고 차를 더 따라 준다.

그렇지 않아. 이해 못 해. 나는 그렇게 생각하며 아니에게 미소를 짓는다. 모든 게 다 무리인걸. 나는 생각한다. 개는 바닥으로 뛰어내려 탁자 아래에 눕는다. 비가 유리창을 두드리고 아니는 가게에서 도와주는 직원 이야기를 하지만 나는 귀를 기울이지 않는다. 나는 뇌가 꺼졌고, 날아와서 유리창에 미끄러지고 흘러내리는 물방울을 바라본다. 투명한 물, 투명한 유리. 손을 바라보니 내 손도 투명하다.

레아는 이야기한다.(저녁. 로세의 노란색 부엌에서 만나고 몇 주일이 지났다.) 다들 알지, 나는 손님들이 일화를 하나씩 준비해 와야 하는 파티에 참석한 적이 있어. 식당에서 여러 해 동안 웨이트리스로 일하던 여자가 있었어. 웨이트리스의 유니폼이 검은 치마와 흰 블라우스이던 시절 이야기지. 남자 동료들 몇몇은 습관적으로 그녀의 엉덩이를 만졌지. 웨이터 하나는 그 치마에 그런 엉덩이로 돌아다니고 있으니 한 대 맞으라고 늘 말하곤 했대. 여자도 그냥 익숙해졌어. 그런데 그 남자가 화장실에서 새로 들어온 수습생인 열일곱 살 소녀에게 구강성교를 강요하며 이걸 무리한 요구라고 생각하면 수습 자리를 잃게 될 거라고 협박했다네. 여자는 수석 웨이터에게 가서 그 남자에 대해 문제를 제기했어. 수석 웨이터는 볼기를 찰싹 맞아서 큰 피해를 입은 사람은 아무도 없었다고 그러더라나. 하지만 화장실에서의 일은 말할 수 없었어. 어린 수습생이 일자리를 잃을까 걱정했기 때문이지. 여자는 소녀를 보호할 의무를 느꼈기 때문에 자신이 계속 거기서 일해야 한다고 생각했어. 어린 수습생에게 아무 일도 없도록 할 책임을 느끼는 것은 심한 스트레스였어. 아이가 자신에게 이야기를 했으니 자기 혼자 책임을 져야 한다고 느꼈거든. 근무 시간이면 여자는 늘 소녀를 지켜보았고, 자신은 비번인데 수습생이 근무를 할 때면 무슨 일이 있을까 염려했어. 그녀는 남자 직원이 엉덩이에 손을 대면 쳐내기 시작했고, 그랬다고 수석 웨이터에게 지적을 받았어. 다른 직원의 손을 자꾸 쳐내면 해고할 수밖에 없다고. 내가 참석했던 파티에서 그 여자가 들려준 이야기는 이거야. 다른 손님들은 말없이 앉아 그녀를 바라보았고, 몇몇은 고개를 저었어. 나이 든 한 여자는 그렇지 하고 웅얼거렸다.

너는 바람의 성깔에 맡겨진
공중의 보풀이었을까?

말도 안 돼. 니콜라가 말했다. 온갖 일이 다 기억나네. 니콜라는 머리를 흔들고는 손으로 눈을 가리고 몸을 앞으로 숙였다. 로세는 일어나서 잔들을 쟁반에 얹었다. 밤은 깊었고, 집에 갈 시간이 되었다.

나는 정말로 정상인가? 나도 바람처럼 강한 것 아닐까? 그렇지. 내가 그렇게 느끼지 못할지라도 나는 강하다. 로세의 집에서 돌아오는 길에 내가 나 자신에게 말한다. 나는 매주 버스를 타고 PTSD 씨를 찾아가지 않나. 나는 언제나처럼 나 자신의 치유를 위해 싸우고 있다. 그게 무리였기 때문에 나는 병이 들었다. 그 이상도 이하도 아니다. 나는 나 자신에게 이렇게 말하면서 로세의 집을 떠나 우리 집을 향해 어두운 거리를 걷는다. 이게 현실이라고, 내 잘못이 아니라고.

내 잘못이 아니다.

나는 옆구리에 윤기가 도는 갈색 암말을 탄다. 높이 자란 풀 사이로 말을 타고 간다. 벌과 나비가 날아다닌다. 만물이 깨어나는 4월, 작고 노란 자두가 열리는 나무에도 꽃이 핀다. 말이 걸음을 뗄 때마다 내 몸이 안장 위에서 출렁인다. 나는 열다섯 살이고, 숲을 향해 가며 속보를 시작한다. 우리는 길을 따라 움직인다. 길가에는 아네모네가 피어 있고, 나무에는 아직 피지 않은 봉오리들이 있다. 말이 콧김을 뿜는다. 나는 말을 몰아 숲을 가로질러 반대편의 호수에 도착해서는 말에게 풀을 뜯게 한다. 스웨터를 벗으니 햇빛이 팔을 내리비춘다. 나는 눈을 감고 햇볕은 머리와 입술과 눈꺼풀과 가슴과 피부를 데운다. 나는 말에 올라앉는다. 내 안에서 기쁨의 전율이 느껴지고, 말은 평화로이 풀을 뜯고, 깊은 호수에 바람이 스치면 수면이 아른거린다. 물은 반짝이고 태양은 빛난다. 말, 사람, 봄.

말 이야기를 하자. 외할아버지의 사촌 누이 한 분은 승마 학교를 운영했다. 내가 여름 방학에 그곳에서 일하게 된 것이 모든 일의 시작이었다. 처음에 나는 청소를 하고 말을 빗기고 건초를 실어 나르고 마구간을 쓸고 말굽을 닦고 말들에게 물과 먹이를 주었다. 풀밭에서 말들을 따라다녔고, 안장과 고삐 얹는 법을 배웠다. 어린 학생들이 안장에 앉는 연습을 할 때 나는 경마장 트랙을 따라 말을 끌었다. 고모할머니 집에서 나는 부엌방 뒤의 작은 방에 살았다. 그분은 아주 묽게 커피를 내렸고, 거의 언제나 간단한 샌드위치를 저녁으로 냈다. 고모할머니는 결혼도 안 하고 아이도 없었으며, 승마 학교가 일생의 역작이었다. 머리가 붉은 승마 교사였고 사십 대 초반이었다. 그때 나는 이분이 나이가 많다고 생각했지만 사실은 힘도 좋고 유연했으며, 다른 학생들이 없는 아침 일찍이나 늦은 오후에는 나에게 승마도 가르쳐 주었다. 나는 승마가 너무나 쉬웠다. 마치 평생 말을 타기만 기다린 것 같았다. 그때까지 경험했던 가장 큰 자유로움이었다. 조금은 위험했지만 그래서 더 짜릿했다. 열네 살부터 열일곱 살 때까지 나는 여름마다 승마 학교에서 일했다. 그렇게 어머니와 동생들에게서 몇 달씩 떨어져 있었고, 평생 처음으로 나 홀로였다. 고모할머니는 나에게 잘해 주었다. 여름에 내가 와 있는 걸 좋아했다. 때때로 아주 더울 때면 우리는 테라스에 앉아 레모네이드를 마셨다. 고모할머니가 말했다. 잘 들어 봐. 저게 종다리야. 그렇게 나에게 종다리와 다른 새의 소리를 구별하는 법을 가르쳐 주었고, 여자는 자기 인생을, 자기 중심을, 자기 세계를 스스로 만들어 나가야 한다는 것도 가르쳐 주었다. 하지만 당시 나는 전혀 이해할 수 없었다. 내가 제일 좋아한 말의 이름은 바냐였다. 마구간에, 향기와 냄새 속에, 크고 뜨거운 동물들 곁에 있기. 가뿐히 바냐에 올라타기, 아침 공기, 아침 안개 속에서 승마하기.

*

나는 세 아이와 함께 아파트에 산다. 우리 집은 84제곱미터다. 건물은 4층이다. 아래층에는 자전거 보관소가 있다. 위에는 중년 여자가 산다. 그 사람은 혼자 사는데 아주 조용하다. 오후에는 윗집 거실에 텔레비전이 켜진 소리가 들리고, 목욕을 할 때면 물소리가 들린다. 가끔은 그녀가 우는 소리가 들린다. 집에 돌아오는 모습을 가끔 볼 수 있는데 어디에서 돌아오는지는 모르겠다. 키가 크고 호리호리하며, 나를 만나면 바닥을 내려다볼 때도 있고 어떤 때는 당황해서, 어떤 때는 친절하게 나를 바라본다. 누가 아래층에서 자전거를 세우거나 자전거를 꺼내면 그 소리도 우리 집에 들리고, 문을 세게 닫는 소리도 들린다. 나는 서른다섯 살이다. 아이들은 서로 많이 다르다. 나는 셋 모두를 사랑한다. 나는 이 년 전에 그 아이들의 아버지와 이혼했다. 내 상황은 이렇다. 나는 여기에 산다. 이웃들이 잠들면 저녁에 발코니에서 담배를 한 대 피우는 게 좋다. 나는 친구와 전화하는 게 좋다. 나는 꿈과 동경이 있다. 나는 초조할 때도 지칠 때도 있다. 그리고 아래가 기분 좋고 즐겁게 움찔거리는 걸 느낄 때도 많다. 그런 느낌은 뜬금없이 아무 때나 찾아온다. 나는 온종일 일한다. 아이들이 아프면 나는 아주 지친다. 우리 집은 꽤 어둡지만 부엌에는 아침에 빛이 들어온다. 아침 햇살이 부엌에 들어오는 게 좋다. 아이들은 부엌의 작은 탁자에서 아침을 먹는다. 마당에는 나무가 있다. 때로는 밤에 위층 사람이 외치는 소리가 들린다. 때로는 밤에 아이 하나가 악몽을 꾸고 잠이 깨어 운다. 그럼 나는 다른 아이들이 깨지 않도록 아이를 안고 내 침대로 데려온다.

*

나는 여동생이 둘 있는데 하나는 이미 다른 세상 사람이다. PTSD 씨를 만나고 돌아오는 길에 이번에는 평소보다 일찍 내려 동생의 묘지를 찾아간다. 자그마한 돌에 동생의 이름이 금색으로 쓰여 있을 뿐이고 잡초가 많이 자랐다. 나는 야채 가게에서 산 튤립 한 다발을 내려놓는다. 더 이상 찾아오는 사람은 없지만 우리는 이 묘지를 계속 사용하기 위해 비용을 지불한다.

동생은 스무 살에 죽었다. 발견한 사람은 나였다. 동생은 자기 침대에 앉아 있었지만 오른쪽으로 넘어가며 미끄러져 반은 앉고 반은 누워 있었다. 얼굴은 이미 노랗게 뜨기 시작했고, 회색이 되어 부어 보이는 동시에 푹 파여 보였다. 푸른 입술, 입가의 거품. 감긴 눈. 검은 머리가 얼굴을 덮고 있었다. 나는 비명을 질렀다. 그리고 동생을 흔들었다. 나는 비명을 질렀다. 지르고, 지르고, 또 질렀다. 나는 스물두 살이었고, 시간은 늦은 오후였다. 동생이 연락이 안 되었기 때문에 내가 문을 열고 들어갔다. 동생의 룸메이트는 집에 없었다. 우리는 이틀 동안 동생과 연락을 시도했었다. 이불잇은 푸른 줄무늬였고, 베개는 형태를 알아볼 수 없이 뭉쳐져 있었다. 재킷은 의자 위에 놓여 있었고, 동생은 분홍색 티셔츠만 입은 맨다리였다. 발톱은 붉은색을 칠했는데 매니큐어가 까져 있었다. 외할머니의 팔찌를 손목에 찬 채로 넘겨졌고, 창에 커튼이 쳐져 있었다. 맥박은 없었다. 나는 바닥에 토했다. 동생의 작은 방, 책상, 침대, 서랍장, 옷 더미에 토하고, 부엌으로 달려 나가고, 다시 돌아와서는 아니에게 전화를 걸고 비명을 질렀다. 나중에 구급차가 왔다. 마치 몇 시간이 지난 느낌이었지만 사실은 몇 분이었다. 나는 바닥에 앉아 몸을 떨고 딸꾹질을 했다.

나는 땅바닥에 앉아 그 작은 돌에 손을 얹는다. 여기는 까마귀와 까치가 많다. 새들은 울어 대면서 벤치 옆 쓰레기통에 먹을 게 있는지 쑤셔 본다. 날은 흐리고 4월 중순, 땅은 차갑다. 동생은 카페에서 일을 마치고 집으로 돌아와서는 약을 먹었다. 약을 과다하게 먹었다. 얼마나 오랫동안 약을 먹었는지 모르지만 그때는 과다하게 먹었고, 아니면 이미 몸에 쌓인 것이 너무 많은데 카페에서 돌아와 약을 또 먹었기 때문에 과다해졌을 수도 있고, 아니면 그날 내내 혹은 그 전날에도 카페에서 계속 약을 먹었는지도 모른다. 어쨌건 결국은 약물 과다 복용이었다. 우리는 동생이 치료받기를 바라며 애걸하고 빌었고 나는 화를 내기도 해 봤지만 동생은 자신에게 문제가 있다고 생각하지 않았다. 생전에 내가 마지막 만났을 때 동생은 어머니 집 부엌의 식탁에 기우뚱하게 앉아 있었다. 그러고는 잠이 들어 식탁에 놓인 접시에 얼굴이 닿을 뻔했다. 우리는 동생을 흔들었고, 동생은 침을 흘리며 웅얼거렸다. 알았어, 알았어, 그만해. 나 깼으니까. 동생의 눈이 다시 희미해졌다. 어머니는 거실로 가더니 등 뒤로 문을 닫았다.

나는 차가운 땅에서 일어나 묘지를 가로지르고 집까지 시내를 계속 걷는다. 벚나무는 꽃이 피나 보다.

아랫집에는 불이 켜졌지만 윗집은 어둡다. 방금 자동차 한 대가 아주 빠르게 내 옆을 지나쳤을 때 나는 잠시 두려운 마음이 들었다. 차에서 큰 소리로 음악이 들렸다. 나는 뛰기 시작하고, 우리 골목으로 달려 들어온다. 열쇠를 문에 꽂는 내 손이 떨린다. 발코니로 통하는 문을 열고 해가 지는 가운데 나는 외투를 입은 채로 앉아 있는다. 불을 켤 용기가 나지 않는다. 나는 문에 앉아 밤나무 가지의 실루엣을 바라본다. 내가 어두움 속에 몸을 숨기고 있다는 것을 나도 안다. 그리고 이게 정신 나간 짓인 줄도 안다. 여기는 안전하니까. 위험이라고는 없지만 내 손은 떨린다. 그리고 외투를 벗지 않아 너무 덥다. 나는 꼼짝 않고 조용히 앉아 이 상태가 지나가기를 기다린다. 심호흡을 하고 배운 대로 넷까지 세지만 가슴에 들어앉은 돌덩이는 없어지지 않는다. 내 몸은 활처럼 긴장했고, 나는 아주 작은 소리에도 귀를 기울인다. 냉장고, 수도관의 물소리, 무언지 모를 삐걱 소리. 슬슬 피로가 온다. 나는 슬며시 거실로 들어가고, 애를 쓰며 최대한 아무 소리도 내지 않는다. 담요 밑으로 기어들어 간다. 거실에서 잠을 자면 누가 집에 침입했을 때 더 잘 들을 거라고 허튼 상상을 한다. 새벽녘에 잠이 깨어 외투를 벗어서 바닥으로 밀어낸다. 나는 땀범벅이고 머리에서는 맥박이 쿵쿵거린다. 노란 등을 켜고 물을 한잔 마신다. 밤이 물러가기를 기다린다.

레아는 (전에도 말했지만) 손님들이 일화를 하나씩 준비해 와야 하는 파티에 참석한 적이 있다. 초록색 정장을 입은 여자가 일어서서 말했다. 공동 주택에 도어폰이 없던 옛날 얘기예요. 어떤 여자가 파티에서 돌아와 계단에 불을 켭니다. 어떤 남자가 지하로 통하는 통로에서 튀어나와 여자를 덮치죠. 여자를 칼로 위협하며 돈을 요구해요. 여자는 갖고 있던 현금 조금을 주고요. 그랬더니 남자는 여자의 옷을 찢기 시작해 원피스를 찢고 목을 붙잡습니다. 불이 꺼져요. 여자는 간신히 몸을 피해 어두움 속에서 계단을 올라가 5층까지 갑니다. 남자는 뒤따라오고요. 여자는 열쇠를 손에 들고 낑낑대며 옆집 문을 두드리면서 도와 달라고 외치지요. 4층에서 문이 열려요. 잠옷을 입은 여자가 프라이팬을 들고 나타나지요. 남자가 나이 든 여자의 집 앞에서 불을 끄려는 순간 그 여자는 프라이팬을 그의 등을 향해 날립니다. 남자는 계단에 쓰러지고 칼은 땅에 떨어집니다. 나이 든 여자는 칼을 집어 들어요. 5층에서는 이웃이 문을 열고요. 치마가 다 찢어진 여자는 경찰을 불러 달라고 간신히 말하고, 이웃은 그렇게 합니다. 그사이 4층에서 남자가 일어서려는데 나이 든 여자가 한 번 더 치지요. 경찰이 오자 남자는 딱한 모습으로 쓰러져 있습니다. 그는 체포되고, 충격을 받은 희생자는 울고 있어요. 나이 든 여자는 그녀를 기름때가 낀 밤색 부엌에 앉게 합니다. 그러고는 설탕을 넣은 차를 주고 새장과 뻐꾸기 시계와 수많은 무거운 가구가 안정감을 주는 거실의 소파에서 재웁니다.

이게 내가 자란 곳이에요. 그 나이 든 여자는 우리 엄마랍니다. 초록색 정장을 한 여자가 말한다.

아무 일도 없다. 그래야 한다. 나는 일어나서 커피를 마시고 창밖을 내다본다. 산책을 하고 텔레비전을 본다. 음식을 준비하고 텔레비전을 좀 더 본다. 잠을 잔다. 그런 것들이 틀이 되지요. PTSD 씨가 말한다. 거기에서 시작하는 거예요. 이제 나는 친구들도 만나고 매주 치료를 받으러 가기도 한다. 무슨 일이 너무 많아도 안 되지만 무슨 일이 있기는 해야 한다. 너무 아무 일이 없어서 내가 우울해져도 안 되고, 무슨 일이 너무 많아서 내 증상이 나타나거나 강화되어서도 안 된다. 균형을 유지하기는 힘들지만 시간이 흐르면서 나는 점점 나아진다. 알아차림도 휴식도 전보다 잘한다. 하지만 위기는 제 발로 찾아온다. 어쩔 수 없는 일이지요. PTSD 씨는 그렇게 말한다.

동생은 어릴 때 몸이 약했다. 막내였다. 눈은 크고 갈색이었고, 십 대 때 마리화나를 시작했다. 집에서는 조용했고 문제를 일으키지 않았다. 잠이 많고 누구와 싸우지도 않고 무례하지도 않았지만 어머니는 말했다. 얘는 통제가 안 돼. 이중생활을 한다니까.

일이 그렇게 된 건 어쩌면 내 책임인지도 모른다. 나는 여름이면 승마 학교에 가 있었고, 다른 계절에는 내 문제, 학교와 청소 일에 신경 쓰기도 바빴다. 그리고 열일곱 살이 되자 그날로 집을 나왔다. 나는 자유롭고 싶었고, 어머니에게서, 그리고 동생들에 대한 책임에서 벗어나고 싶었다. 나는 내 동생을 저버렸다. 우리는 어릴 때 아주 가까웠는데 나는 동생을 버렸다. 동생은 어머니처럼 원래 수줍었다. 학교를 그만두고 공항에 취직했다. 그 후에는 병원에서 청소 일을 하다가 결국 카페에서 일자리를 찾았다. 나는 동생이 일할 때 종종 들러서 어떻게 지내는지 살펴보았다. 동생은 막 집에서 나가 독립한 참이었다. 계산대 뒤에 서서 주문을 받는 동생이 약기운이 있어 보이지는 않았지만 내가 잘못 보았는지도 모른다. 동생은 나를 보면 늘 반가워했다. 눈이 흐렸었나? 눈동자가 작아졌었나? 동생이 시간이 있으면 우리는 함께 청량음료를 마셨다. 막내가 세상을 떠나기 얼마 전에 가운데 동생은 스페인어를 배우며 호텔 객실에서 일을 하려고 스페인으로 갔다. 막내가 죽었을 때 둘째는 사라고사에서 지내고 있었고, 장례식에 왔다가 돌아가지 않았다. 우리는 울면서 서로의 손을 꼭 쥐었다. 아버지는 오지 않았다. 우리는 아버지가 나타날까 봐 불안했다. 와서 그 자리에 있음으로써 세상을 떠난 동생을 불명예스럽게 할까 봐. 어머니는 말했다. 너희 삶을 살아 나가야지. 어머니는 함께 죽은 사람처럼 보였다.

그 인간을 너희가 봤어야 하는데. 니콜라가 말한다. 벼락 맞은 거 같았지.
우리는 아니의 거실에 앉아 포도주를 마신다. 갈색 개는 니콜라의 다리 바로 옆에 서 있다.
그 사람한테 뭐라고 말했는데? 내가 묻는다.
내 아들한테 그렇게 심하게 대하지 말라고 했지. 자기가 십대일 때 어땠는지 기억 좀 해 보라고. 그렇게 닦달하고 이런저런 요구를 하지 말라고.

잘했네. 로세가 말한다.

그랬더니 남자가 뭐래? 내가 묻는다.

갔어.

돌아왔어?

응. 짐을 싸러 왔지. 상처도 받았고 화도 나서.

언제 일이야?

화요일 저녁에, 내가 로세 집에 갔다가 돌아왔을 때.

그 후로 소식이 있었어?

응. 전화를 걸고는 자기가 노력해 보겠다네.

믿어?

안 믿지. 음, 확신이 없어.

그래서 너는 뭐라고 했는데?

자기 행동을 바꿀 수 있는지 잘 생각해 보라고 했지.

그럼 넌 어쩔 생각이야? 내가 물었다.

여유를 좀 가지는 것도 좋을 듯해. 로세가 말한다. 그러다 보면 결정을 내리기 전에 네가 뭘 바라는지가 분명해질 수도 있으니까.

니콜라는 한숨을 쉰다.

니콜라를 위해서 건배! 레아가 말하며 잔을 든다.

아들을 위해서 건배! 아니가 말한다.

니콜라는 우리를 향해 슬픈 미소를 짓더니 다시 한숨을 내쉰다.

홀로서기는 힘들어. 니콜라가 말한다.

혼자 아니야. 로세가 말한다. 우리가 있잖아.

병을 비운 우리는 헤어진다. 나는 니콜라를 따라 지하철을

탄다.

속상해. 니콜라가 말한다. 난 그 사람 좋아하거든. 하지만 애한테 그렇게 하는 건 용서가 안 돼.

그래, 이해해. 남자가 애를 때려?

그건 아니야. 야단치고 면박을 주지.

니콜라는 계단을 내려가 열차로 간다. 나는 자기 아들에게 잘해 주지 않는 사람을 어떻게 사랑할 수 있는지 이해가 되지 않는다. 우리 아버지가 눈앞에 선하고 몸이 떨린다. 아버지는 으르렁거리며 계단을 내려와 동생을 때린다. 암퇘지. 아버지가 말을 뱉는다. 아무짝에도 도움이 안 되는 암퇘지.

동생과 나는 어머니 집에서 만난다. 부엌 찬장 정리를 돕기로 했다. 동생은 마드리드에서 호텔 하나를 공동으로 운영하고 있는데 들렀다. 어머니는 교외의 노인용 주택에 산다. 우리는 빵과 버터를 가져갔고, 차를 끓인다. 동생은 바로 설거지를 시작한다. 냄비에는 남은 음식이 눌어붙었고 음식이 묻은 접시가 개수대에 쌓여 있다. 어머니는 의자에 앉아 지팡이를 꼭 붙잡고 있다. 걸음이 불편하고 자주 넘어진다. 나는 거실 가운데에 서서 어릴 적부터 눈에 익은 가구를 바라본다. 선반에는 책이 몇 권, 창틀에는 도자기 강아지가 몇 마리. 찰흙에 찍은 손바닥은 우리가 유치원에서 만들어 어머니에게 준 크리스마스 선물이다. 우리 셋의 사진과 외할아버지, 외할머니 사진이 소파 뒤의 벽에 걸려 있다. 죽은 동생이 어릴 때 그린 빛바랜 그림도 하나(똑같은 원피스를 입은 여자아이 셋과 꽃 한 송이).

어떻게들 지내냐? 따뜻한 차를 마시며 식탁에 앉아 있으니 어머니가 묻는다.

괜찮아요. 동생이 말한다. 며칠 있다 돌아갈 거예요. 잠깐 들른 거니까요. 그냥 엄마가 잘 계신가 확인하고 싶었어요.

여기는 별일 없지. 어머니가 말한다. 아침마다 보호사들이 번갈아 오는데 시간들은 별로 없어. 한 명은 친절해. 외국인인데 아주 부지런하고, 우리는 많이 친해졌어. 자기 인생 얘기를 해 줘. 애가 셋이고 이름은 알라야지. 나는 매주 두 번 재활 치료를 시작했고.

발목 때문에요? 동생이 묻는다. 어머니는 무거운 고개를 끄덕인다. 그래. 병원에서는 엇자랐다고 하네.

너는 어떻고? 어머니가 나를 바라보며 묻는다.

괜찮아요. 내가 말한다. 아주 좋아요. 찬장이나 계속 정리하죠?

동생은 찬장을 비우고, 나는 그릇 안쪽과 바깥쪽을 세제로 닦는다. 우리는 접시와 컵과 유리잔을 깨끗한 선반에 다시 넣는다. 냄비와 팬, 대접과 통도.

고맙다. 어머니가 말한다. 나도 도와줘서 고맙다고 말한다.

우리는 찻잔을 닦는다. 어머니는 우리를 배웅하는데 지팡이를 짚고 아주 천천히 걷는다. 우리는 건물 앞 벤치에 잠시 앉아 햇볕을 쬔다.

버스로 집에 가니? 어머니가 묻는다.

차를 빌렸어요. 동생이 대답한다. 언니, 시내까지 태워다 줄까?

나는 고개를 끄덕인다.

내일 또 올게요. 동생이 말한다.

우리는 어머니에게 작별 인사로 입을 맞춘다. 벤치에서 봄날의 강한 햇빛을 받는 가늘고 마른 어머니는 마치 어린 새 같다. 어머니가 손을 흔들고 우리도 마주 흔든다. 동생은 차에서 음악 소리를 키우고, 우리는 함께 노래하며 웃는다. 이십 분이 지나니 우리는 파티에 가는 젊은 여자들처럼 즐겁고, 가볍고, 걱정이라고는 없다. 포옹으로 헤어진다. 보고 싶었어, 나도 그랬어, 언제 마드리드로 가니, 조만간 한번 와, 호텔에 방 있어, 그래 그럴게.(하지만 나는 갈 생각이 없다.) 저녁에 어머니가 전화를 한다.

너희, 오븐을 잊어버리고 안 닦았구나. 엄청 지저분한데.

하지 않은 말이 너무나 많다. 나는 어머니에게 부담을 주어 봐야 아무 소용이 없다는 걸 알 만큼 나이를 먹었다. 다른 사람들과의 충돌을 통해서가 아니라 내 안에서 정리를 해야 한다는 것도 안다. 막내가 세상을 떠나고 석 달 후 어머니는 자살을 시도했다. 당시 어머니는 혼자 지내기가 힘들어 할아버지 댁에서 지냈다. 문을 두드리고 불러도 어머니가 반응이 없자 외할아버지는 어디서인지 모르는 힘이 나서 문을 차고 들어갔다. 어머니는 어릴 때 지내던 방 침대에 누워 있었다. 할아버지는 아래층 진료실에서 해독제 날록손을 가져와 주사를 허벅지에 꽂아 어머니를 살려냈다. 어머니는 몇 주간 정신 병동에 입원했다. 어머니는 모르핀을 외할아버지가 날록손을 꺼내 온 바로 그 잠긴 약장에서 훔쳤다. 우리는 그 이야기를 한 번도 하지 않았다. 말하고 싶지 않아. 부끄러워. 어머니는 그렇게 말했다. 외할아버지는 화를 내면서 동시에 두려워했다. 그래서 어머니가 어릴 때 지내던 방의 문을 뜯어내고는 어머니를 할아버지 댁에서 살도록 했다. 할아버지는 손녀딸의 죽음으로 낙담했고, 하나밖에 없는 딸마저 잃을까 겁에 질렸다. 어쩌면 어려서 잃은 아들을 떠올렸는지도 모르겠다. 우리가 말을 꺼내면 안 되던 십삼 개월밖에 살지 못한 아이. 외할아버지는 하늘의 매처럼 어머니를 감시했다. 어머니는 그걸 오래 견디지 못하고 얼마 지나지 않아 혼자 살던 집에 돌아와 매일 아침 병원으로 출근했다. 어머니는 뻣뻣하고 창백한 모습으로 앉아서 환자들을 맞이했다. 당시 우리는 어머니를 피했다. 어머니의 얼굴은 산산조각이 났고, 우리는 그 망가진 얼굴을 견딜 수가 없었다. 이제 엄마 같지가 않았다. 어머니는 우리에게 도움이 안 되었고, 우리는 어머니에게 도움이 안 되었다. 동생이나 나나 아직 어렸고, 시내로 나돌았으며, 말도 안 되게 취하도록 마시고 다녔다. 가끔 나는 어머니 집에 들러 청소를 했다. 어머니는 혼자 힘으로 청소를 하지 못해서 집이 간혹 말할 수 없을 만큼 더러웠다. 나는 그래서 화가 났던 기억이 있다. 나는 어머니가 노력을 좀 했으면 했다. 몇 년 후 외할아버지가 은퇴를 하자 어머니는 조카가 하는 종묘장에 회계로 취직했다. 아무도 그 나이의 여자를 고용하려 하지 않았지만 조카와 임신 중인 아내는 딸을 잃은 어머니를 딱하게 여겼다. 어머니는 원래 사무 보조 교육을 받은 분이었고, 회계를 약간 복습할 필요가 있었다. 종묘장까지 자전거를 타고 가는 길은 멀었다. 특히 비 오는 가을날이나 추운 겨울날에는 더 그렇게 느껴졌지만 어머니는 한 번도 버스를 타지 않았다. 종묘장은 어머니의 마지막 직장이 되었다. 나는 지금도 동생의 분홍색 티셔츠를 가지고 있다. 침실의 맨 위쪽 장, 비닐봉지에 들어 있고, 한 번도 빠지 않았다.

니콜라가 전화를 걸어 말한다. 남자 친구한테 돌아오지 말라고 했어. 니콜라는 울면서 야단법석이다. 나는 니콜라의 결정에 찬성한다고 말한다. 몸 안에 퍼지는 온기가 느껴진다. 나는 너무나 기뻐서 니콜라를 동정할 수가 없다. 다 지나갈 거야. 내가 말한다. 괜찮아질 테니까 그냥 기다려. 훌륭해, 니콜라, 잘했어. 니콜라는 작은 목소리로 고맙다고 하고는 전화를 끊는다. 이걸 승리라고 생각하다니 나는 정상이 아니다. 이것은 나의 승리가 아니다. 니콜라는 우리 어머니가 아니다. 나는 니콜라가 아니다. 니콜라는 이 일로 괴로워하고, 니콜라는 내 친구다. 나는 조언을 하거나 무엇이 옳고 그른지 판단하기보다는 니콜라의 말을 들어 주어야 한다. 부끄럽다. PTSD 씨는 이는 투시이며 부끄러워하지 말고 패턴을 똑바로 바라봄으로써 이를 인식하고 변화시키라고 할 것이다. 두려워할 일이 아니라고, 이 패턴을 떨치고 나면 나 자신 안에 머무르고 홀로서기가 더 쉬워진다고 할 것이다. 나 자신의 역사와 나를 통제하고 제한하는 이런 반응들을 떨쳐 버리고 싶은 소망이 다시 살아난다. 이 소망은 예측할 수도 없고 폐소 공포증처럼 나타난다. 나는 텔레비전을 켠다. 잠자리에 들기 전에 발코니 문을 연다. 밤나무 사이로 부는 바람 소리에 한참 귀를 기울인다. 서늘하고 좋은 5월의 공기. 5월의 공기는 긍정적인 거라고 PTSD 씨는 말하겠지. 보세요, 잘하시잖아요, 그는 그렇게 말할 것이다.

나는 잠이 깨어 침대에서 돌아눕는다. 곧 생각이 사방으로 뻗친다. 외할아버지를 둘러싼 생각들이다. 할아버지가 돌아가셨을 때 나는 할아버지 댁 부엌의 타일을 붙인 탁자 서랍에서 공책을 하나 발견했다. 딱 두 가지 기록이 있었고, 날짜가 없었다. 나는 공책을 주머니에 넣었다. 나는 몸을 굽혀 침대 아래에서 그 공책을 꺼낸다.

이상하리만큼 푸르고 비가 많던 늦가을에 내가 복싱 훈련을 시작했을 때 사람들은 내가 상실을 슬퍼하고 있다고 믿을 만했다. 하도 의자에 앉아 글을 읽거나 공중을 바라보아 내 자세는 아주 굽어졌다. 마치 공중에 비밀이 담겨 있고 내가 그 비밀을 해독할 희망이 있기라도 하듯이. 하지만 나는 슬퍼하는 게 아니었다. 그때는. 아직 그 전이었다. 10월이었다. 날씨는 그리 차지 않고 공기는 축축했다. 잿빛 아침, 비의 장막, 연무. 머리에는 혼란한 생각이 가득했고 무거운 몸에는 다시 살아나고 싶은 갈망이 가득했으며 호흡에는 생명이 가득했던 나는 아침 일찍 거리를 헤맸다. 내 몸을 깃털로 쓰다듬기만 해도 충분했을 것이다. 그런 가벼운 손길만으로도 나는 해방되고 힘을 얻었을 것이다. 하지만 나는 복싱을 하고 싶었다. 이것이 내가 가진 유일한 목표였다. 그녀를 만나기 전, 그가 태어나기 전이었다.

부엌은 작고, 타일을 붙인 정사각형 탁자 옆에는 흔들거리는 의자가 있다. 눈이 부신 등, 접시 꽂는 선반, 냄비 두 개와 팬 하나. 부엌살림은 모두 여기에 오기 전에 누군가 다른 사람들이 사용했던 것들이다. 바닷가의 조약돌이나 호박처럼 마찰로 둥글고 부드럽게 닳은 국자까지도. 금이 간 컵들은 멀미가 나도록 사람들의 입으로 오르락내리락했으리라. 모두 내가 길모퉁이의 고물상에서 1스킬링을 주고 산 것이다. 나는 저녁이면 턱을 들고 여기에 앉아 벽을 바라보는데 벽은 마치 강과 개울과 호수가 그려진 지도 같다. 페인트의 균열을 보면 강과 개울과 호수가 생각나고 진짜로 강과 개울과 호수가 눈에 보이기 때문이다. 때로는 꿈에도 나타난다. 물론 이 모든 건 내가 계속 벽을 생각하다 보니 나온 상상임을 나도 안다. 나는 그림을 상상해 내어 의식 속에 품고 있어서 이들이 밤에 아름답거나 무서운 꿈으로 스며든다. 하지만 이런 물줄기나 웅덩이는 해방되지 못한다. 그 안에는 희망도 없고, 새 시작도 없다.

더는 없었다. 이 짧은 두 편의 글을 같은 날 썼는지도 모른다. 아닐 수도 있고. 외할아버지가 젊을 때 권투를 했다는 건 나도 안다. 벽난로로 난방하는 방에 살면서 의대에 다니던 시절 이야기다. 외할머니를 만나기 전이다. 하지만 글은 더 나중에 썼을 수도 있다. 나는 할아버지가 글재주가 있는 줄은 몰랐다. 그 작은 방에 혼자 살 때 외로움과 낙담에 빠졌는지도 모르겠다. "그녀를 만나기 전, 그가 태어나기 전이었다." 아마 어린 남자아이 이야기겠지. 어머니가 태어나기 몇 년 전에 할머니가 낳은 아이, 우리가 언급하면 안 되는 그 아이. 나는 아직 침대에 누워 있다. 일요일 아침이고, 나는 아주 일찍 잠에서 깼다. 얇은 커튼 사이로 햇빛이 들어오고 집은 아주 고요하다. 나는 외할아버지 생각을 한다. 슬픔을 억눌러야 하는 시절에 슬픔을 경험한 젊은 아버지. 그래서 할아버지는 지난날에 대한 짧은 글

두 편을 썼고, 그리고 권투를 하고 싶었다고 썼다. 할아버지는 청년의 우수와 외로움을 그보다 나중에 온 큰 슬픔에 비추어 보고 있다. 어머니가 어려서 자라던 집의 부엌에, 병원 위층 집에 있던 타일을 붙인 탁자. 어머니가 정리를 하는 동안 나는 자주 동생들과 거기 앉아서 우유를 마셨다. 나는 외할아버지가 샌드백을 치고 샌드백 주위에서 춤추듯 몸을 날리는 상상을 한다. 땀을 흘리며 줄넘기를 하는 몸. 팔 굽혀 펴기와 제자리 뛰기, 강하고 정확하게 공격하는 데 필요한 고급 기술. 외할아버지의 강한 젊은 몸. 침대에 누워 나는 공책에서 본 글 두 편을 떠올리며 궁금해한다. 평소의 할아버지, 내가 알던 할아버지의 말투는 찾아볼 길이 없다. 할아버지는 할머니를 만났을 때 권투를 그만두었다. 할머니는 내가 다섯 살이 되기 조금 전에 돌아가셨고, 기억나는 건 옅은 향수 향기뿐이다. 재스민. 백단유. 소파 위의 수가 놓인 쿠션과 나일론 스타킹.

벚나무는 움이 텄나 보다. 몇 주일째 꽃이 핀다. 나는 뜬금없이 노력이라는 단어가 생각난다. 노력을 한다는 단어. 나는 노력하지 않겠다. 나 자신을 쥐어짜 변화시키지는, 나 자신을 바꾸지는, 지금과는 다른 무엇으로 바꾸지는 않겠다. 다른 사람이 나를 훌륭하다고 생각하도록 나 자신을 쥐어짜 변화시키지는 않겠다. 나는 노력하지 않고, 훌륭해지지 않겠다. 혹시 할 수 있다면 나는 꼼꼼해지고 싶다. 그리고 심호흡을 하고 싶다. 나는 내 감정이건 남의 감정이건 감정의 지배를 받지 않고 싶다. 그리고 내 인생사의 지배도 안 받고 싶다. 나는 식물원을 돌아보고 꽃이 피는 나무들에 감탄한다. 그리고 아니, 이제 되었으니 그만하라고 생각한다. 장한 딸, 정말 애썼구나. 더 노력해 봐. 아직 부족하구나. 너는 아직 부족해. 네가 하는 것도 아직 부족하고. 너는 서투르고, 여자애야. 여자애는 노력하지 않으면 가치가 없어. 네가 무언가가 되려면 아버지가 북돋워 줘야 하는데 아버지는 절대 그러지 않지. 아버지 눈에는 완벽하지 못하고 마음에 차지 않으니까. 그럼 아버지는 실망을 하고, 그래서 분노를 하지. 아버지는 자신을 자녀들과 분리하지 못해. 그래서 늘 실망하고 분노한다. 아버지가 화를 내면 어머니는 조용히 문을 닫고 나간다. 어머니는 마치 공중으로 사라지는 것 같다. 어머니는 아무 말도 안 하고 부엌에 몸을 숨긴다.

 나는 벤치에 앉는다. 머리가 터지려고 한다. 나는 코로 숨을 들이마시고 입으로 천천히 내쉰다. PTSD 씨가 가르쳐 준 대로. 그리고 나는 첫째 아들 생각을 하기로 작정하고 생각을 다른 곳으로 돌린다. 나는 그 아이가 어떤 아빠인가 생각한다. 그는 아이들을 판단하지 않고, 아이들에게 훌륭해지라거나 노력하라고 요구하지도 않는다. 나는 등을 기대고 앉아 나무우듬지 사이로 분홍색 구름들을 바라본다. 동공을 통해 뇌로 흡입하니 분홍색 구름에서 손주들이, 그들의 웃음과 힘이 보인다. 얼마 전에 5월 저녁의 공기를 즐겼듯이 다시 잠깐 좋은 순간을 맛본다. 희망이 있고 생명이 있다. 기가 있다고 생각하고는 나는 내가 혼자 슬그머니 웃는 게 느껴진다.

 나는 쉰일곱 살이다. 더 이상 열감이 오지 않는다. 내 몸은 이제 안정되었다. 생리 주기도, 하혈도, 채워지지 않는 성욕도 없다. 월경 전 두통도 피임도 없다. 아무도 길에서 나를 보고 휘파람을 불거나 부르지 않는다. 아무도 나에게 관심이 없다. 나는 아무도 아니다. 나는 나다. 안정된 나. 가끔 나는 따스함, 등을 쓰다듬는 손길을 꿈꾼다. 잡을 수 있는 손을. 하지만 자주 그러지는 않는다. 몸은 외부를 향해 닫혔고, 나 자신으로 족하다. 몸은 이불 아래에 아늑하게 뭉쳐져서 매트리스로 가라앉는다. 좋을 때 몸은 안전을 누리는 아이의 몸처럼 제 온기로 충분하다. 몸은 평화를 누리고 싶어 한다. 이제야 평화를. 성병도 어설픈 관계도 없고, 내가 만족시키거나 내 가치를 증명해야 하는 대상도 없다. 임신의 두려움도 임신도 없고, 출산도 없다. 외부로부터 몸을 볼 일도 더 이상 없고, 이제 내 몸에는 내가 산다. 몸이 할 수 있고 이 세상에 살아 있고자 하는 동안. 몸에 대한 요구는 남에게서건 나에게서건 이제 끝이다. 마침내 자유, 몸은 자유다. 몸은 나이를 먹고, 몸은 살아난다.

변신. 에스트로겐 상승과 하강. 마지막에는 가장 큰 변신, 죽음이 온다. 내 동생이 하강보다 상승을 좀 더 느끼고 살아남았더라면. 동생이 그리워서 속으로 살짝 떨린다. 여전히. 해가 그렇게 많이 지났는데도.

약을 너무 많이 삼키고 있다는 걸 동생은 알았을까? 죽으려는 의도였을까? 우리는 그 죽음이 사고였다고 결론을 내렸다. 모든 정황으로 보아 사고입니다. 경찰이 말했다. 동생분은 마약 중독이었어요. 수치심과 죄책감. 처음에 우리는 무엇보다 수치심과 죄책감을 느꼈다. 슬픔은 나중에야 왔고, 우리는 그 슬픔으로부터 도망쳤다. 작별 편지도 없고 계획했다는 정황 증거도 없다. 나는 다시 발코니 문에 앉아 밤나무를 바라본다. 저녁, 보름달. 나는 담요를 몸에 꼭 감았다. 동생이 완전히 다른 분자 구조가, 순수한 에너지가 되어 어두운 대기를 떠다니는 것이 느껴진다. 동생의 핵은 눈에 보이지 않는 입자로 변화했다.

결국 우리 중에서 안정된 관계를 유지하는 건 야콥과 함께 사는 레아 한 명뿐이다. 둘은 서로 알고 지낸 지 이미 이십오 년이 되었다. 니콜라, 아니, 로세, 나는 혼자 산다. 아니는 부모님이 아닌 다른 사람과 함께 산 적이 없고, 지금은 개 한 마리와 함께 살고 있다. 나는 아이들 아버지와 십일 년간 같이 살았다. 로세는 몇 년을 베로니카와 사귀고 함께 살았지만 베로니카가 다른 사람과 사랑에 빠졌다. 레아와 야콥은 딸이 둘이고 니콜라는 아들이 하나 있으니 우리는 다 합하면 아이가 여섯이다. 니콜라와 레아만 아이들이 아직 집에 있다. 레아의 큰딸과 내 아들들은 독립해서 나갔다. 니콜라의 남자 친구는 자기 물건을 가지러 왔고, 일은 아주 빨리 진행되었다. 그는 어머니 집으로 들어가며 성깔 나쁜 고양이를 데리고 갔다. 니콜라는 전에 꽤 여러 해를 아들과 둘이 살았고, 그러다가 사 년을 함께 지낸 그 사람을 만났다. 나는 그를 그저 몇 번 만났을 뿐이다. 니콜라는 처음에 그에게 푹 빠졌고, 그는 니콜라에게 매우 다정했다. 우리 친구들은 니콜라를 못 참아 줄 지경이었다. 광적으로 사랑에, 아니면 그녀가 사랑이라고 생각한 그 무엇에 빠진 니콜라는 당시 별로 좋은 친구가 되지 못했다. 우리는 그러라고 두었고, 일 년 후 니콜라는 돌아와서 다시 정신을 차리고 평소와 같아졌다. 지금 니콜라는 마음이 가벼워 보인다. 더 이상 울지도 야단법석을 벌이지도 않는다. 그리고 거실 바닥을 새로 칠하고 화분도 잔뜩 샀다. 할부로 새 침대도 샀다. 아니는 니콜라를 도와 헌 침대를 재활용 센터까지 날랐다. 그 물건은 하루라도 빨리 집 밖으로 내놓고 싶었으니까. 니콜라는 집을 나간 그 사람과 쓰던 침대에서 자고 싶지 않았다. 침대를 여러 번 걷어차고 저항의 표시로 며칠을 현관의 매트리스에서 잤다. 거실은 화분이 가득해서 마치 온실이나 정글처럼 보인다. 아침마다 니콜라는 화분을 돌보고 물을 주고 거름을 주고 시든 잎을 떼어 낸다. 이제 니콜라는 아들과 서른 개의 화분과 함께 산다. 우리는 니콜라의 아들에게 잘해 주지 않은 사람이 자기 엄마한테 가 버렸다는 데 다들 마음을 놓았다. 니콜라는 그의 전화번호를 차단하고 그가 두고 간 속옷 몇 점과 양말들을 갈가리 잘라 버렸다. 그러고는 화장실이 막히지 않도록 여러 번에 나누어 옷 조각들을 흘려 보냈다.

꽃이 피고 어느새 거의 져 버린 건 벚나무만이 아니고 라일락도 있다. PTSD 씨에게 가는 버스 창밖에 꽃이 가득 핀 모습이 보인다. 흰색과 연보라, 빛나는 초록색 잎. 향기가 느껴지려 한다. 버스 맨 뒤에 앉은 나는 하트 모양의 잎에 대해 생각하고, 눈을 감았다 다시 뜬다. 오랜 가뭄 끝에 가랑비가 오고 도시 위로는 검푸른 구름이 덮였다. 너무 일찍 도착한 나는 커피 메이커의 버튼을 누른다. 원두가 갈린다.

거 진짜 시끄럽네. 맞은편에 앉은 여자가 말한다. 그 소리는 정말 싫어요.

나는 미안하다고 말한다.

여자가 말한다. 사과할 필요는 없어요. 커피인데요 뭘.

네. 나는 말하고 미소를 짓는다. 여자도 마주 웃는다.

나는 울고 싶지만 여자에게 다시 미소를 보낸다.

여자의 옆에는 젊은 남자가 앉아서 휴대 전화로 게임을 하고 있다. 그 외에는 대기실에 아무도 없다.

큰 소리는 견디기 힘들지요. 내가 말한다.

아까의 여자는 고개를 끄덕인다.

여기 다니는 게 도움이 되었으면 좋겠어요. 지금 딱 세 번째예요.

도움이 되는 거 같아요. 내가 말한다. 시간이 많이 걸릴 뿐이지요.

나아지는 데 말이지요?

그래요. 내가 말한다.

젊은 남자는 잠시 고개를 들고 나를 쳐다본다.

갑자기 사람들이 밀려들어 온다. 역에서 오는 것이다. 괴로움에 시달리는 사람들이 줄지어 들어와 방을 채운다. 나는 생각한다. 좀비 떼. 다들 11시에 예약이 있는 사람들이다. 의료진은 작은 진료실에서 나와 우리를 한 명씩 부른다.

그간 어떻게 지내셨어요?

괜찮았던 것 같아요. 어린 시절 생각을 꽤 했지요. 아버지와 어머니와 죽은 동생요. 다른 동생이 지난주에 마드리드에서 와서 같이 어머니를 찾아갔어요.

방문은 어땠나요?

괜찮았어요. 찬장을 청소했고, 별 얘기는 하지 않았어요. 나는 동생의 죽음에 대해 엄청난 죄책감을 느꼈지만 큰동생을 만나니 반가웠어요. 우리는 자동차에서 노래를 했고, 즐거운 시간을 보냈지요.

감당할 수 있다고 느끼는 상황이 점점 늘어난다는 말을 들으니 반갑네요. 힘들 때는 그 점을 기억하세요. 이건 크고 긍정적인 변화예요. 수면은 어떤가요?

매일 악몽을 꾸지는 않아요. 지난번에 여기에 다녀간 다음에는 아주 피로했지만 지금은 에너지가 좀 생기지 않았나 싶어요. 내가 보기에 생각이, 뭐랄까, 더 부드럽고 일관되어진 것 같아요. 네, 생각이 좀 더 개방적이 되고, 생각들이 나를 스쳐 가게 할 용기가 더 생겼어요.

트라우마적인 생각들도요?

옛날 것들 몇몇은요.

새로운 것들도요?

아니요.

좋아요. 동생의 죽음을 생각하면 세부가 기억나나요?

그래요.

그럼 폭력적으로 반응하시나요?

아니요. 그런 것 같지는 않아요. 보통은 안타까운 생각이 들고, 그 상황으로 돌아가는 경험을 해요. 예를 들면 내가 동생을 발견했던 날로 말이에요. 점점 기억이 더 많이 나요. 우리가 어릴 때 일도요.

그런 일들도 처음 일어났던 당시처럼 힘들게 하지는 않을 거예요. 그 상황을 재현하면 공황이 오나요?

아니요. 하지만 죄책감을 크게 느끼죠.

동생이 죽은 건 당신 잘못이 아니에요.

내가 한 시간만 일찍 갔으면 동생을 구할 수 있었을 거예요.

동생이 죽은 건 당신 잘못이 아니에요. 큰 소리로 그렇게 말해 보세요.

침묵.

큰 소리로 말해 보세요.

동생이 죽은 건 내 잘못이 아니다.

맞아요. 차이가 느껴지나요? 심호흡을 해 보세요. 그리고 한 번 더요. 느껴지세요?

네. 조금 느낄 수 있어요.

그 상황이 다시 느껴지거나 생각나면 혼자 큰 소리로 말하세요. 동생이 죽은 건 내 잘못이 아니다.

알았어요.

그리고 슬픔에 자리를 내주세요. 슬픔이 거기 있어도 돼요. 우리가 동생의 죽음을 같이 다루었으니 죽음이 트라우마 반응을 불러일으키지 않을 거예요. 지금은 아주 정상적으로 반응하고 계세요. 동생을 보고 싶은 건 당연하니까요. 그 일을 생각해도 더 이상 위험하지 않다는 걸 뇌는 이해했어요. 알겠지요?

알았어요.

선을 긋고 거절하는 건 어떻게 되고 있나요?

그건 잘 모르겠어요. 정확하게 무슨 뜻으로 그 말씀을 하시는지 내가 온전히 이해하지 못한 것 같아요.

할 수 없을 것 같거나 하고 싶지 않은 일을 거절해 보셨나요? 그냥 자동적으로 도망치고 스스로를 격리하는 반응으로서가 아니라 이런 상황을 인지하고 나서 말이에요. 내 말은 그런 뜻이에요.

사실은 모르겠어요.

앞으로 거기에 주의를 기울여 보세요.

알았어요.

이제 정해진 시간이 끝나기 전에 시작하는 게 좋겠어요.

못 하겠어요.

알아요. 힘든 일이지요. 하지만 우리가 한 가지 사건으로 작업을 하면 다른 트라우마를 치유하는 데에도 효과가 있다는 걸 기억하세요.

원두를 갈지 않는 커피 메이커를 들여놓으셔야 할 거 같아요. 대기실에서 우리가 스트레스를 받아요.

말씀해 주셔서 감사해요. 전달할게요. 좋습니다. 지난번과 동일한 사건으로 계속하지요. 동생을 발견했던 사건 말이에요. 지금은 SUDS가 어때요?

20이에요.

좋아요. 그럼 눈을 감고 모든 세부를, 소리와 냄새, 보이는 모든 것을 묘사해 보세요. 천천히 하세요.

알았어요.

그럼 타이머를 시작할게요. 준비되셨어요?

야채 가게 주인은 물건들을 들여놓는다. 아직 환하다. 나는 토마토 500그램, 멜론 하나, 감자 몇 개를 사고 딜과 양파도 산다. 집에서 나는 감자를 삶고 토마토 샐러드를 만든다. 따뜻한 저녁이고 등나무 꽃이 피고 있다. 처음 몇 해는 전혀 꽃이 피지 않았고, 나는 꽃이 필 거라고 전혀 믿지도 않았었다. 하지만 지금은 온통 활짝 피었다. 내가 처음에 심은 화분에서 자라고 있다. 어떻게 그렇게 적은 흙으로 잘 자라는지 모를 일이다. 등나무는 질소를 구하는 거의 마술적인 능력이 있다고 읽었다. 공기에서 질소를 모아 그것으로 스스로 비료를 만들어 낸다고 한다. 이 등나무는 해마다 점점 커지고 거칠어져 공중으로 새 가지를 뻗으며 붙잡을 곳을 찾는다. 새 가지는 끈끈해서 고정된 무엇에, 담이나 나무나 울타리에 붙을 수 있다. 나는 발코니에 앉아 후식으로 멜론을 먹는다. 취하도록 마시고 싶지만 그러지 않는다. 비둘기 두 마리가 밤나무에 앉아 구구 소리를 낸다. 찌르레기가 어디 높은 곳에서, 아마 굴뚝에서 운다. 찌르레기는 노래를 하고, 나는 내 등나무가 내가 생각할 수 있는 무엇보다도 대단하다고 여긴다. 나는 외할아버지의 공책에 적는다.

나는 등나무이고 싶다.

월요일에 막내아들이, 귀여운 황금 고깔이 전화를 걸어 자기는 망한 것 같다고 말한다. 자기 인생을 어째야 좋을지 모르겠단다. 나는 말한다. 이십 대 중반에 지극히 정상적인 일이지. 아들이 말한다. 그런 말이 아니에요. 다 무의미하다는 생각이 들어요.
무의미하지 않아. 내가 말한다.
하지만 그런 생각이 들어요. 아들이 말한다. 저는 그래요.
오후에 집에 올래? 내가 묻는다.
오겠단다.
아들은 소파에 앉아 손에 컵을 들고 자기 인생의 의미를 모르겠다고 이야기한다. 나는 놀라서 굳어 버린다. 전공을 잘 선택했는지, 친구들을 좋아하는지 모르겠단다. 연애를 할 수 있을지 모르겠고, 연애를 하고 싶기나 한지도 모르겠단다. 아무 것도 모르겠어요. 아들이 말하고 숨을 헐떡인다. 오후의 햇빛이 들어와 우리를 비추고, 아들은 올리브색 눈을 깜박인다. 외롭고 길을 잃은 느낌이에요. 아들이 말하고 커피를 마신다. 불안이 심하고요. 우리는 잠시 말없이 앉아 있는다. 나는 있는 힘을 다 모아서 아들에게 나아질 거라고, 지나갈 거라고, 애인과 친구들이 생길 거라고, 취미를 찾으라고, 배드민턴을 치고 달리기를 하고 체스를 하고 뭔가를 하라고, 그러면 다 좋아질 거라고, 힘을 내서 승마를 하러 오라고, 아들의 감정이 틀린 거라고 말해 준다. 침묵이 영원하게 느껴진다. 아들은 컵을 식탁에 놓고 창밖을 내다본다. 잠깐 여행을 떠나서 거리를 두어 보면 어떨까 싶어요. 아들이 말한다. 친구 하나가 북극 지역의 식당에서 일하는데 거기서 여름에 일자리를 찾을 수 있지 싶어요. 친구 말로는 가능할 거 같대요. 여름에는 사람이 많이 오고 저는 청소 경력이 있으니까요. 저는 그럴 기분이 아닌데 다들 신나게 노는 이 도시에서 여름을 지내는 생각을 하면 견디기 힘들어요. 일하는 게 나을 수도 있어요. 텐트를 가지고 가서 시간이 있을 때는 숲에서 하이킹을 할 수도 있고요. 나는 아주 괜찮게 들린다고 말한다. 아들은 말한다. 불안하고 혼란스러워요. 진심으로 즐거워할 수 있는 게 없어요. 일어나기 싫을 때도 많아요. 종일 침대에 누워 있죠. 마리화나를 너무 많이 피워요. 화내지 마세요. 학교 공부에 뒤처지고 시험에 떨어졌어요.

　화나지 않아. 나에게 이런 말을 해 주니 고맙지. 좋은 침낭이 없으면 하나 선물할게. 북극 지역으로 간다면 말이지.

　엄마, 고마워요. 제 방은 몇 달 동안 세놓을 수도 있지요.

좋은 생각이네.

우리는 현관에 서서 서로를 안고 서로를 붙들고 있다. 나는 목이 메어 오고, 내가 아들을 얼마나 사랑하는지, 그리고 내가 해 줄 수 있는 게 얼마나 적은지를 생각하면 울음이 터지려 한다.

몸조심해. 내가 말한다.

아들은 계단 아래로 사라지고 나는 문을 닫는다. 그리고 나는 운다. 나는 통제할 수 없이 울음을 터뜨리고, 현관 바닥으로 내려앉고, 등을 벽에 대고 앉아 내 닳은 손에 눈물을 쏟는다. 나는 왜 우는지. 윗집에서는 무거운 발소리가 들리고 화장실에서 물소리가 난다.

*

나는 아파트에 산다. 우리 집은 84제곱미터다. 건물은 4층이다. 위층에는 젊은 아가씨가 여자 친구와 산다. 아래층에는 중년 여자가 산다. 아주 조용한 사람이다. 오후에는 아랫집 거실에 텔레비전이 켜진 소리가 들리고, 화장실의 물소리가 들린다. 키가 크고 멋있는 여자인데 자주 마주치지는 않는다. 나도 이제는 그리 자주 나가지 않는다. 계단을 다니기가 힘들다. 나는 장을 보러 나갈 때와 지하실에서 빨래를 할 때만 계단을 이용한다. 나에게는 아주 고된 일이다. 슈퍼마켓에는 자전거로 가기 때문에 짐을 들고 오지 않아도 된다. 내 자전거에는 앞뒤로 바구니가 있다. 나는 발코니가 있어서 참 다행이다. 아끼는 의자에 앉아 신선한 공기를 쐴 수 있고, 여름이면 커다란 나무를 바라보며 햇살을 느끼는 것이 즐겁다. 아랫집 사람에게는 우리 집까지 올라오는 등나무가 있다. 특히 5월에 꽃이 피면 참 마음에 든다. 나는 여든한 살이다. 잘 걷지 못하고, 이 년 전에 고관절 수술을 했다. 지금은 무릎이 말썽이다. 나는 아픈 데가 많다. 때로는 위층에서 음악을 크게 틀고 춤을 추거나 여자 친구와 다투는 소리가 들리고, 때로는 크게 오래 웃지만 밤에는 대개 조용하다. 내 아이들은 서로 많이 다르다. 나는 셋 모두를 사랑한다. 아이들은 가끔밖에 못 본다. 다들 자기 일로 바쁘다. 내 상황은 이렇다. 나는 여기에 산다. 나는 동생과 통화하는 걸 좋아하고, 우리는 수요일마다 통화를 한다. 나는 푸른 화분이 많아서 오후면 살펴본다. 아침 햇살이 부엌에 들어오는 게 좋다. 아침에 일어나면 햇빛이 나를 맞는다. 나는 혼자 잘해 나간다. 길에는 나무가 있다. 저녁마다 나는 혼잣말을 한다. 여기는 참 조용하니 좋네. 하지만 때로는 밤에 아래층에서 소리치거나 우는 소리가 들린다.

*

레아와 야콥은 나를 점심 식사에 초대한다. 나는 용기를 내어 고맙다고 말한다. 작약 한 다발과 적포도주 한 병을 사서 둘이 사는 작은 집으로 열차를 타고 간다. 앞뜰은 무성하게 웃자랐다. 장미가 피었고, 전면은 담쟁이로 거의 덮였다. 둘은 딸들이 아주 어릴 때부터 이 집에 살았고, 이 집을 아주 헐값에 사서 여러 해에 걸쳐 수선해 나갔다. 반쯤 썩은 나무 그네가 지금도 배나무에 매달려 있다. 레아가 그 나무를 심던 기억이 나는데 지금은 나무가 크고 잎은 은빛과 청록색이다. 나는 잠시 멈추어 서서 나무를 바라보다가 문을 두드린다.

음식은 야콥이 준비했다. 야콥은 에너지가 넘치는 남자다. 부엌에서도 소란을 떨며 빠르게 일한다. 음악을 듣고 노래를 따라 부른다. 우리는 작은 거실에서 식사를 한다. 가구가 옹기종기 들어서 있고, 아이들이 그린 그림들은 햇빛에 바랬다. 생일에 사용했던 오래된 국기가 꽃병에 꽂혀 있고, 서가에 마른 장미가 걸렸다.[2] 창틀에 쌓인 펄러비즈 그림들, 먼지 앉은 볼펜과 연필이 꽂힌 필통, 식탁 아래로는 상태가 전 같지 않은 카펫이 있다. 여기는 안전하고 좋은 곳, 달라진 것은 하나도 없이 모두 그대로다. 이사를 들어온 이후로 벽을 칠한 적이나 있는지 모르겠다. 레아는 민영 병원 쪽에서 일자리를 구할까 생각 중이라고 한다. 병원의 업무 부담은 더 이상 감당을 못 하겠고, 임금 인상이라고는 없는 데다 밤 근무도 해야 하니까. 야콥은 식탁을 손가락으로 두드리고 디저트를 내온다. 어떻게 지내? 야콥이 묻는다.

음, 아주 훌륭하지는 않아.

그렇게 들려. 정말 안됐네. 야콥은 일어서서 손을 내 어깨에 얹는다. 여기에 오면 언제나 환영이야. 그가 말한다. 언제든지 소파에서 자도 되고.

레아는 고개를 끄덕이고 갑자기 더워한다. 이마에서 작은 땀방울이 흐른다.

아휴. 레아는 신음 소리를 내며 창문을 연다. 야콥은 웃는

---

2 덴마크에서는 생일이나 크리스마스에도 국기로 장식하곤 한다.

다. 우리는 적포도주를 마시고, 레아는 잊었던 작약이 생각나 물에 꽂아 식탁 가운데에 놓는다.

작은딸이 집에 온다. 자전거를 타고 오느라 볼이 붉어졌다. 접시에 음식을 듬뿍 받아서 삼킨다. 생명력이 넘치는 열여덟 살. 연극 수업 이야기를 하고, 머리에 이가 생긴 친구 이야기를 하고, 아, 숙제! 하고 소리치더니 일어난다. 숙제를 잊었네. 그러고는 계단을 달려 올라가다가 층계참에 서서 나에게 손을 흔들며 외친다. 만나서 반가웠어요. 2층에서 딸 방의 문이 닫히는 소리가 들린다.

간호사가 되지 말고 조산사가 되었어야 했는데. 레아가 말한다.

지금이라도 할 수 있어. 야콥이 말하고 식탁을 거두기 시작한다.

어휴. 야콥은 부엌에 있고 레아가 말한다. 잠을 잘 못 자. 땀이 나서 침대가 다 젖어. 미치겠어. 기분도 문제고.

기분이 왜?

말로 설명할 수가 없는데. 레아가 말하고 나에게 미소를 짓는다.

커피? 야콥이 묻는다.

아니. 커피 마시면 잠을 조금도 못 자. 레아가 말한다. 눈썹이 또렷한 레아가 앉아 있다. 회갈색 머리카락이 얼굴을 감싼다. 레아는 살이 좀 쪘다. 레아는 병원에서 죽어라 일한다. 레아는 아름답다.

그냥 종일 피곤해. 레아가 말한다. 야간 근무도 있고.

이 집이 참 마음에 들어. 내가 말한다.

집에 갈 때가 된 것 같다. 있을 만큼 있었다.

정원을 지나 나오다가 뒤를 돌아보니 둘은 서로 팔짱을 끼고 계단에 서 있다.

자전거로 왔어? 야콥이 묻는다.

나는 머리를 흔든다.

이제 자전거를 탈 용기가 없다. 자전거는 이제 그만이다. 하지만 그 말은 하지 않는다.

나는 PTSD 씨에게 SUDS가 원래 무슨 뜻인지 묻는다.

SUDS는 주관적 고통 지수예요. PTSD 씨가 말한다.

아하. 내가 대답한다.

그러니까 불편함의 주관적인 단위지요. 그가 말한다. 환자들이 PTSD 치료 과정에서 자신의 트라우마를 접했을 때 느끼는 불편함을 측정하기 위한 도구예요.

알겠어요. 내가 말한다.

아시다시피 이건 1부터 100까지의 척도예요. 환자 개인이 대치 상황에서, 그러니까 상상으로 트라우마에 노출되었을 때 이를 심리적, 신체적 불편함이라는 측면에서 어떻게 경험하는지는 주관적이고 개인적이죠.

그래서요? 눈을 감고 트라우마에 대해 이야기하면서 생각할 때 말인가요?

그래요. 예를 들어 어떤 환자는 가장 트라우마적인 사건들에 대해 이야기할 때 SUDS가 25일 수 있고, 다른 환자는 같은 상황에서 SUDS 100을 느낄 수 있어요. 몸을 떨고 두통이 생기고 메스꺼움이나 다른 신체 증상을 느끼기 시작하는 사람들도 있고, 울거나 자신이 이성을 잃어 간다고 느끼는 사람들도 있고, 정신병적으로 되는 사람들도 있지요. 환자들은 자신의 SUDS가 어떻다고 느끼는지를 스스로 표현하지요.

그건 나도 잘 알지요.

그래요. 그러니까 SUDS는 모든 사람의 반응을 일반적으로 측정하는 도구가 아니라 말씀드린 것처럼 개인적인 척도지요. 환자가 어떻게 반응하는지를 환자와 치료자가 모두 알고, 그래서 환자가 무엇을 가장 극심한 트라우마로 여기는가를 파악하고, 그럼으로써 가장 다루기 어려운 사건들을 표적으로 두고, 하지만 정밀하게 작업을 하기 위한 것이에요.

알겠어요.

이해가 되나요?

그런 것 같아요.

그리고 중요하게는 환자들이 눈을 뜨고 지금 이 순간, 현실로 돌아왔을 때 자신의 SUDS가 얼마인지를 스스로 통제할 수 있다는 거예요. 그렇게 해서 환자들은 트라우마는 과거의 일이기 때문에 상상을 통한 노출이 끝나면 더 이상 무서워할 상대가 없음을 배우지요. 그때는 SUDS가 보통 낮게 나오는데 이건 중요한 깨달음이에요.

복잡하게 들리는데요.

스스로도 이런 경험을 하지 않으시나요?

해요. 이걸 처음 해야 했을 때는 SUDS가 올라간 채로 종일 유지될 거라고 생각했어요. 내가 죽겠구나 생각했지요. 하지만 다시 떨어졌지요. 네, 이해가 돼요. 집에 가는 길에 버스에 앉아서는 차분하고 아주 피곤했어요.

그래요. 한 번 더 하실 수 있겠어요?

아니요.

PTSD 씨는 미소를 짓는다.

알았어요. 그가 말한다.

시작해 봅시다. 그가 말한다.

나는 눈을 감고 어두움을 들여다본다.

6월 초에 막내아들이 전화를 걸어 말한다. 여기 왔어요. 식당에서 일자리를 구했죠. 그러니 마음이 좀 편하네요. 여기는 참 좋아요. 아들이 말한다. 버스로 여기까지 왔고, 날씨는 좋아요. 정말로 차가운 바닷바람이 부는 날이 며칠 있기는 해도요. 저는 좀 나아졌어요. 아들이 말한다. 식당이 있는 건물의 천장이 비스듬한 지붕 아래 방에서 지내요. 일이 쉽지는 않지만 주방에서 힘들게 일하는 것도 괜찮은 경험이에요. 청소와 설거지를 하지요. 주방장은 유난히 상냥한 사람은 아닌데 악의도 없어요. 내일은 친구하고 수영을 갈 거고, 여기 오길 잘했다는 생각이 들어요.

얼마나 마음이 놓였는지 모른다. 나는 이미 이런 상상을 했으니까. 1) 아들이 마리화나를 심하게 남용하다가 약을 먹기 시작해 약물 과잉으로 죽는다. 2) 아들이 우울증에 시달리고 학업을 그만둔다. 3) (결과적으로) 아들이 자살한다. 하지만 아들은 괜찮다면 침낭을 부탁하고 싶다고 한다. 가격이 괜찮은 물건을 찾아봐. 돈은 내가 보내 줄 테니까. 통화를 마치자 아들이 식당 사진을 보낸다. 식당은 해변의 산책로를 향하고 있고 밖에도 탁자와 의자가 있다. 피오르 해안이 보인다. 수영을 하러 물에 들어갈 수 있도록 잔교가 하나 있다. 나는 아들에게 동화처럼 아름다워 보인다고 쓴다. 그리고 레아의 막내딸에게 그의 방에 세를 들지 물어봐 줄 수 있다고도 쓰지만 아들은 방을 이미 학교 친구에게 세를 주었단다. 나는 심호흡을 하고 혼잣말을 한다. 아들은 잘 해낼 거야. 진척이 있어. 자기 상황이 좋지 않다는 걸 깨달았고, 책임을 지고 행동하는 거지. 어떻게 하면 상황을 바꿀 수 있을지 스스로에게 물어본 거야. 한 걸음 한 걸음씩, 나는 혼잣말을 한다. PTSD 씨가 알려 준 대로. 그런데 아들이 마리화나를 계속 피워서 1, 2, 3번으로 돌아가면 어떻게 되지? 지금은 알 수 없다. 미래의 일인걸. 내가 혼잣말을 한다. 우리는 미래에 대해서는 아무것도 모르지. 지금은 1, 2, 3번이 실현될 가능성은 어느 정도 줄어들었어. 한 번에 하루씩. 나는 소파에 누워 텔레비전을 켠다. 다음 날 아침이 되자 아들에게 좋은 충고를 해 주지는 못했지만 적어도 잘 들어 줄 수 있었다는 게 흐뭇하다. 지금 나에게는 아들이 해변에서 일하며 좋은 친구와 함께 여름을 보내는 걸 기뻐할 힘이 있다. 나는 침낭을 살 돈을 송금하고 점퍼를 사도록 좀 넉넉하게 보낸다. 차가운 바닷바람에 아들이 추울까 봐.

니콜라는 가끔 울면서 전화를 걸고 하늘 아래 혼자인 듯 외로워한다. 그래서 나는 아니에게 전화를 건다. 아니는 걱정하지 말라고, 무엇이든 시간이 걸리는 거라고 한다. 우리 나이가 되면 이별이 쉽지 않으니까.

이별이 쉬운 나이는 없어. 그리고 내가 니콜라를 걱정하는 건 당연하고. 내가 말한다. 니콜라는 참 안됐어. 내가 말한다. 정말 속상해하고 있어.

나야 잘 모르지. 우리가 승마 학교에서 둘 다 미카엘을 좋아했던 이후로 연애라고는 안 해 봤으니까. 그 친구의 반바지 기억나니? 물 빠진 헤비 록 티셔츠하고. 하지만 사실 니콜라는 아이 아버지하고 이혼했을 때 이미 다 경험했잖아.

그런다고 쉬워지지는 않아, 아니.

우리는 뭘 어떻게 해 줘야 할까?

우리가 할 수 있는 건 평소처럼 옆에 있어 주는 것뿐이지. 뭘 하고 싶은지 물어봐 주고.

니콜라는 하고 싶은 게 없대.

그래. 하지만 생길 거야.

알았어. 아니가 말한다.

미카엘. 미카엘을 거의 잊고 있었네. 내가 말한다. 우리가 둘이 그를 나눠 가졌으면서 그걸 몰랐다고 상상해 봐. 그 아이는 등에 여드름이 있었고 땀 냄새가 엄청났지.

결국 우리는 아니의 집에서 만나고, 아니는 케이크를 구웠다. 창백해진 니콜라는 큰 눈을 하고 부엌에 앉아서 우리가 하는 말을 듣는다. 레아는 병원에 다녀왔고, 호르몬 치료를 받게 되었다. 무슨 기적 같아. 레아가 말한다. 마치 괴혈병 환자가 비타민 C를 흡입하는 것처럼 내 몸이 약을 받아들여. 괴이한 비유라고 로세가 대답한다. 그 전에 붉은토끼풀부터 써 봤어?

안 해 봤어. 레아가 외친다. 우리는 웃지만 레아는 웃지 않는다. 넓적다리에 호르몬 크림을 바르는 게 다야. 밤에 잠이 잘

오고, 방광염도 없고, 갑자기 더워지는 일도 거의 사라졌어. 다시 내가 된 것 같다니까.

어느 게 난지 어떻게 알아? 니콜라가 조용하게 묻는다. 우리는 니콜라를 바라보고, 로세는 팔을 니콜라에게 얹는다. 오렌지 케이크는 촉촉하고 향긋하다.

처음에는 화가 많이 났는데 지금은 그냥 슬퍼. 니콜라가 말한다.

그 사람은 소식이 있어? 내가 묻는다.

아니, 전혀.

다행이네. 내가 말한다. 그 인간은 잊어. 니콜라, 너는 너의 빛나는 핵이 있어. 넌 그게 있다니까.

니콜라는 공허한 눈빛으로 나를 바라본다. 사 년, 내 인생의 사 년을 그 사람하고 보냈어. 니콜라가 말한다.

마침내 아니가 말한다. 뭔가 마실 게 필요해. 그러고는 포트와인을 가지고 와서 따른다. 레아는 막내딸이 8월에 집을 떠난다고 이야기한다. 다른 친구랑 교외에서 함께 사는데 방 하나를 둘이 같이 쓸 거래. 이제 곧 집에 아이가 아무도 없어지는 거야. 그럼 야콥하고 나는 무슨 얘기를 하고 뭘 해야 하지?

전에도 말했지만 레아는 손님들이 일화를 하나씩 준비해 와야 하는 파티에 참석한 적이 있다. 젊은 여자가 아주 나지막한 목소리로 이야기한다. 들릴까 말까 한 목소리에 사람들이 모두 귀를 쫑긋 세워야 한다. 나는 학교에서 놀림거리가 되었고, 늘 두려웠어요. 수줍음을 타는 것 때문에 놀림을 받았죠. 나는 사실 지금도 그래요. 하루는 남자애들이 내 책가방을 빼앗아 화장실에서 수도꼭지 아래에 댔지요. 가방에서는 물이 뚝뚝 떨어지고 책과 작문 공책이 모두 엉망이 되었어요. 글쓰기를 좋아했는데 이제 내 이야기들은 다 젖고 글씨는 물에 번졌지요. 가방 안에는 정말 속이 상할 때 적는 작은 공책이 있었어요. 나는 속상한 일을 적는 게 아니라 행복한 이야기를 적었어요. 이젠 그마저 없어진 거예요. 내 이야기들이 물에 빠져 죽은 거죠. 놀림을 당하고 웃음거리가 되고 밀쳐지는 것보다 더 힘들었어요. 그날 이후로 쓰는 걸 그만뒀어요.

젊은 여자의 이야기는 이랬다.

내가 승마 학교에서 일했던 마지막 여름에 아니도 그곳에서 일자리를 얻었다. 우리는 첫눈에 반했고, 서로에게 자석처럼 끌렸다. 아니는 부엌방 뒤의 작은 내 방에서 자곤 했다. 우리는 밤새 누워서 이야기를 나누었고, 많이 웃었다. 아니는 나보다 한 살 위였고, 나는 아니의 모든 면에 경탄했다. 검고 매끄러운 머리, 고데기로 말아 올린 앞머리. 온갖 별난 행동들. 심지어 너무나 나무를 타고 싶어 하는 충동까지도. 아니는 승마 학교에서 가까운 마을에 살았다. 그러다가 일 년 후에는 미용 기술을 배우기 위해 시내로 이사를 와서 우리는 거의 매일 만났다. 내 인생은 이때 시작했다. 아니는 외동딸이었는데 나를 말하자면 동생으로 삼았다. 우리는 의자매가 되었고, 담배를 피웠다. 우리는 무엇이든 할 수 있어. 아니는 그렇게 말하고 나를 진지하게 바라보았다. 우리는 표정을 관리하지 못하고 슬금슬금 웃기 시작했고, 웃음을 멈출 수 없었다. 바닥에 누워서 웃는 젊은 두 여자. 밖에는 겨울의 태양. 털양말과 두꺼운 스웨터. 당시 나는 기름을 뗄 돈이 없었다. 아니는 머리에 어마어마한 목도리를 두르고 있었다. 아니는 여왕 같았다.

라일락은 꽃이 졌고 밤나무들은 흰옷을 입었지만 공원에는 붉은 꽃이 핀 나무가 두 그루 있었다. 마지막까지 남은 튤립나무 꽃송이들은 어딘가 환각적이어서 색깔이 달라지고 꽃이 활짝 피었으며 꽃잎은 야생의 모습으로 돌아가 사방으로 의미심장하게 흔들리다가 땅에 떨어진다. 아침에는 발코니에 울새가 들르기 시작했다. 부엌 창문에서 새가 보이는데 앉아서 머리를 살짝 흔들고는 금세 가 버렸다. 아기 새가 있는지도 모르지. 나는 커피를 가지고 발코니에 앉는다. 아침 햇살이 강렬하다. 땀이 나기 시작하니 나는 안으로 다시 들어온다. 길을 내다본다. 살이 오른 비둘기가 나무에서 열매를 따 먹는다. 나뭇가지가 새의 무게에 휘청거린다.

여름휴가 계획은 있어? 로세가 문자로 묻는다. 없어. 내가 대답한다.

나는 휴가를 떠날 생각이 없다. 아무 데도 가고 싶지 않다. 감당할 수가 없다. 나는 그냥 아무 일 없이 지내고 싶다. 식당에 가기도 싫고, 영화관에 가기도 싫고, 극장에 가기도 싫고, 바에 가기도 싫고, 물건을 사기도 싫다. 여행하기도 싫고, 바닷가에 가기도 싫고, 낯선 사람들과 함께 있기도 싫다. 나는 로세에게 그때쯤에는 주말에 손주들이 올지도 모른다고 쓴다.

하지만 나는 안다. 주말을 내내 같이 보내는 건 나에게는 무리다. 네 시간은 그래도 현실적이지 않을까.

그 집이 눈앞에 나타난다. 커다란 창문 아래의 침상. 피아노. 밤, 어쩌면 겨울. 그의 얼굴은 보이지 않는다. 둔탁한 어두움. 내가 피아노를 쳤던가? 손 아래에 건반을 느낄 수 있나? 누군가가 노래를 하고 있었다. 집은 높은 층에 있어서 그냥 창을 기어 올라가 밖으로 나갈 수는 없었다. 침상에서는 검은 하늘이 보였다.

여러 번 갔었기 때문에 디스코텍의 무도장 바닥이 눈에 선하다. 그해에 아니와 나는 거의 주말마다 그곳에 갔다. 바로 그날 저녁의 춤추는 내 모습이 보이는 것은 아니다. 늘 손님이 많고 음악 소리가 컸고 우리는 서로에게 소리치며 재미난 시간을 보냈다. 우리는 우리끼리만 춤을 추었다. 나는 아니와 함께 그곳에 있었고, 제일 좋아하던 곡들 사이에 우리는 화장실에 가서 다시 화장하고, 마스카라와 립글로스와 볼연지를 새로 발랐다. 그리고 그날 저녁은 아는 사람을 몇 명 만났다. 취하고, 소리 지르고, 스스럼도 없고, 우리 자신을 외부로부터 관찰하지도 않았다. 우리는 열심히 마셨고, 들떴고 시끌벅적했다. 그런데 아니가 없어졌다. 찾을 수가 없었다. 바깥에, 길에 서서 아니를 찾을 때 내가 얼마나 간절했는지 기억이 난다. 나는 아는 사람들이 섞여 있던 무리로 돌아갔다. 거기에는 그날 처음 만난 사람들도 있었다. 그러다가 우리 몇 명은 그 집에 가 있었다. 갑자기 그 집에. 어떻게 그 집으로 갔는지는 기억이 나지 않는다. 확실히 아는데 나는 열아홉 살이었다. 다른 사람들이 누구였는지 기억이 나지 않지만 누군가는 노래를 했다.

나는 취하도록 마시고 싶지만 그러지 않는다. 속옷 바람으로 소파에 앉아 오렌지 껍질 같은 피부를 바라본다. 밤이고, 따뜻하다. 노란 등이 켜져 있다. 곧 해가 뜨겠지. 잠이 안 온다. 아무짝에도 도움이 안 되는 암퇘지. 어머니는 부엌에 앉아 있다. 그리고 문을 닫았다. 문밖 복도에서는 아버지가 막냇동생을 쫓고 있다. 동생은 아이들 방으로 달려 들어가 몸으로 문을 막는다. 하지만 동생은 작다. 큰동생과 나는 식탁에 앉아 그림을 그린다. 우리는 일어나서 동생을 돕지 않는다. 둘러붙은 듯이 의자에 앉아 있고, 움직이지 않는다. 눈에서 불이 이는 아버지는 방 한가운데에 서 있다. 블록으로 지은 탑을 걷어찬다. 탑은 무너진다. 아버지는 토끼 인형을 발로 차고 동생을 잡는다. 동생을 들어 밖으로 끌어낸다. 동생은 울지도 소리치지도 않는다. 어떤 때는 동생이고, 어떤 때는 나다. 큰동생일 때도 있다. 저녁 식탁에 온 아이는 볼이 빨갛게 부어 있고 아주 잠잠하다. 깔고 앉을 방석을 달라고 속삭이듯 말한다. 우리는 어머니를 도와 설거지를 하고 아버지는 잠자리에 든다.

아침이다. 나는 어머니에게 전화를 한다.
외할아버지는 아빠가 폭력적인 걸 아셨나요?
너니?
네, 저예요. 할아버지는 아셨나요?
어떻게 지내니?
잘 지내요. 아셨나요?
왜 지금 그걸 묻는 거니?
알고 싶어서요.
난

네?

난

난 말 못 한다. 난 몰라.

하지만 엄마

기억이 나지 않아.

엄마!

기억이 안 나. 안 난다고. 그 이야기 좀 그만할 수 없겠니. 나는 못 하겠다.

노란 등, 초록색 소파, 여름 밤. 더운 밤, 더운 방. 나는 볼이 화끈거릴 때까지 내 얼굴을 친다. 등을 끄고 소파 탁자 아래쪽 바닥에 몸을 눕힌다. 몸을 완전히 웅크린다. 나는 작고 단단한 공이 되었다. 공간은 딱 내가 들어가기에 충분하다.

다음 날 아침 부엌에는 햇살이 넘치지만 외할아버지의 공책에 이렇게 적을 때 나는 춥다:

파란 침상. 하늘. 깨어 있다.

나는 잠시 앉아 있지만 더 이상 생각나는 말이 없다. 혹시 말을 끌어낼 무슨 소리가 들리나 귀를 기울이지만 물속처럼 고요하다.

공원에는 붉은 꽃이 핀 밤나무가 두 그루 있다. 나는 그중 한 그루 아래의 풀밭에 앉아 있다. 나무에서 꽃이 떨어진다. 밤나무 가지에 무리 지어 달려 있던 자잘한 꽃들이. 꽃들은 떨어지며 땅으로 흩날리고 내 머리카락에 앉는다. 우람한 나무들, 훌륭한 그늘. 따뜻하다. 나는 나무에 기대앉아 책을 읽어 보지만 집중이 안 된다. 책을 가방에 넣는다. 세 명의 어린 딸을 둔 가족이 맞은편 벤치에 앉는다. 아이들은 아이스크림을 먹는다. 아이들은 다리를 흔들고 셋이 똑같은 치마를 입고 있다. 막내는 엄마 품에 안겨 있다. 엄마는 냅킨으로 아이의 입을 닦아 준다. 아빠는 일어나서 가족의 사진을 찍는다. 다람쥐 한 마리가 길을 가로질러 달리더니 내 머리 위의 밤나무에 올라가 가지 속으로 사라진다. 나는 잔디에 앉아 눈을 감는다. 아이들의 목소리(다람쥐야! 다람쥐야!)가 새소리, 공원을 둘러싼 도로에서 들리는 자동차의 백색 소음과 섞인다. 그의 얼굴은 보이지 않는다.

황금 고깔들과 나. 아이들 아버지가 이사를 나간 지 얼마 지나지 않았다. 위의 두 아이는 이층 침대에서 자고 막내는 아기 침대에서 잔다. 네 살인 아이는 아기 침대를 다 펼쳐도 이제 그 안에서 몸을 쭉 뻗고 눕기가 어렵다. 저녁이면 나는 발코니에 앉아 담배를 피운다. 내 인생을 어찌할 것인가. 돈이 부족하지만 나는 아이들을 돌봐야 하니 다른 아르바이트를 더 할 수는 없다. 아이들 아버지는 젊은 여자, 나보다 젊은 여자와 살려고 떠났다. 처음에 그는 세 아들을 자주 만났지만 점점 핑계가 생겼다. 애인과 주말 여행을 가야 한다, 일이 있다. 파티에 가야 한다. 시간이 없다. 몇 년이 지나자 둘은 아이가 생겼고, 또 몇 년이 지나자 그 여자도 떠났다. 그는 새 애인이 생겼다. 나는 발코니에 앉아 담배를 피운다. 내 인생을 이제 어찌할 것인가. 아이들은 아버지를 만나는 것을 좋아한다. 그는 재미난 아버지이고, 아이들과 놀아 주며, 공원에서 공놀이를 하고, 아이들을 안아 올려 흔들어 주고, 볼과 목에 입을 맞춘다. 처음에는 아버지와 그 애인의 집에서 아이들이 하루나 이틀 잘 때도 흔했다. 그럼 나는 혼자 있는 것이 좋았고, 아이들이 없는 사이에 숨을 좀 돌렸다. 하지만 아이들이 떠나고 나면 나는 내 인생을 어찌할 줄 몰랐다. 조용하면 나는 우울하고 혼란해진다. 나는 아니에게 전화를 거는데 시내에 나가고 싶지만 동시에 싫다. 우리는 만나서 커피를 마시고, 나는 갑자기 내가 얼마나 피곤한가를 깨닫는다. 그리고 거의 내내 잠을 잔다. 어질러 놓고 빈둥거리다 보면 아이들이 집으로 돌아온다. 도시락, 유치원, 학교, 직장, 빨래, 청소, 요리. 할 일이 끊임없이 쏟아지고, 영원히 반복된다. 세 아이는 최고의 친구들이다. 우리는 이야기를 읽고 놀이를 한다. 아이들은 변장을 하고 우리 작은 집에서 칼을 차고 모자를 쓰고 돌아다니며 동물 인형에게 헌 박스로 집을 지어 주고 알록달록 색칠을 한다. 나는 놀이터의 벤치에 앉아 아이들이 정글짐에 매달리고 그네를 흔들고 기어오르고 달리는 모습을 바라본다. 아이들은 다투고, 화해하고, 울고, 웃는다. 정말 재미난 말을 하고, 이것저것을 묻는다. 잠자리에 들 시간이 되었을 때 나는 아이들에게 노래를 불러 준다. 아이들이 자는 동안 나는 발코니에 앉아 담배를 피운다. 그러고는 아이들의 다음 날을 준비하기 위해 도시락을 채운다.

PTSD 씨는 말한다. 다시 승마를 해 보면 어때요? 할 마음이 드세요?

나는 모르겠다고 말한다. 못 할 거 같아요. 내 몸을 더 이상 느낄 수가 없어요. 내가 말한다.

아니는 승마를 배우지 않았다. 말을 무서워한 것은 아니지만 동물에 올라탄다는 아이디어를 좋아하지 않았다. 하고 싶지 않다는 말을 그렇게 했다. 나는 열일곱 살이고 아니는 갓 열여덟 살이 된 그해 여름을 마구간에서 아니와 함께 보내게 된 행운. 우리는 둘 다 햇볕에 그을리고 힘이 셌으며, 고모할머니가 잠자리에 들고 나면 테라스에 앉아 싼 포도주를 마셨다. 이 년이 지난 시점에 디스코텍에서 아니가 나에게서 사라졌다. 럼과 콜라를 많이 마셔 아니가 속이 안 좋았던 건 나도 알았다. 아니는 배수로에 구토를 하고 비틀거리며 집으로 갔다. 갑자기 나는 소파와 피아노가 있는 방에 가 있다. 기억을 떠올리려고 아무리 애를 써도 내가 어떻게 거기에 갔는지 모르겠다. 침상에는 푸른 천이 씌워져 있었던가? 잠에서 깨어났을 때 그가 느껴졌다. 밤하늘이 보였다. 무슨 일이 있었는지 이해가 되지 않았다. 숨을 헐떡이고 있는 건 나다.

우리가 여름 한철 둘 다 미카엘을 좋아했던 이후로 아니는 애인이 생긴 적이 없었다. 이유는 모르겠다. 아니도 모를 듯하다. 우리는 그 이야기를 한 적이 없다. 아니는 무엇이건 스스로 결정하기를 좋아하고, 나는 아니가 마음대로 살고 싶어 하는 걸 문제 삼을 이유가 없다. 십 대 때나 마찬가지로 나는 지금도 아니가 대단하다고 생각한다. 미카엘은 무엇에나 조금씩 재주가 있었고, 승마 학교 일을 도왔다. 그가 농가를 회색 모르타

르로 수선하던 일이 생생하게 기억난다. 그다음 그는 그 집에 붉은 칠을 했다. 미카엘은 수줍은 소년이었지만 우리에게 들키지 않고 아니하고 나와 관계를 가질 만큼은 수완이 있었다. 우리가 몰랐다는 게 믿기지 않지만 우리는 서로를 만나는 데 너무 정신이 팔려서 미카엘은 약간 뒷전이었다. 말들이 풀을 뜯는 작은 숲이 있었는데 미카엘은 거기에서 아니하고 나와 만났다. 그는 너무 서둘러 왔고 앞에서 말했듯이 심하게 땀 냄새가 났는데 우리 취향은 아니었다. 그래도 우리는 그를 만났다. 나는 그 전해, 아니를 알게 되기 전해에도 그와 만났었다. 그때는 주로 지루해서 그랬고, 그다음 해에는 습관이 되어서 그랬다. 미카엘은 그곳에 있었으니까. 나는 별생각을 하지 않았다. 당시 나는 자면서도 흥분을 느꼈고, 깨어서는 성관계에 대해 생각만 하면 되었다. 미카엘은 승마를 하지 않았다. 나만 아침마다 바냐를 타고 나갔다. 바냐의 축축한 옆구리. 승마 학교에 돌아오면 내가 수건으로 닦아 주었다. 그리고 보들보들한 입. 나는 바냐에게 사과를 하나 준다. 나는 마구간에서 헬멧과 승마 바지를 벗고 헛간 뒤편의 샤워실로 서둘러 간다. 하루 일을 시작하기 전 부엌에는 아니와 미카엘과 나를 위한 커피와 토스트가 있었다. 일은 끔찍이 힘들었고, 젊은 우리의 몸은 저녁이면 쑤셨다. 미카엘은 말이 참 적은 남자였다. 우리 중 한 명을 숲으로 데려가고 싶으면 그는 아주 특별하게 우리를 바라보았다. 간절하면서도 집요하게.

그리고 딱총나무 향이 기억난다. 승마 학교에는 딱총나무가 많았고, 어디에서나 절로 자랐다. 지금은 여기에도 딱총나무가 꽃을 피웠다. 나무가 자라는 길을 따라 걷다 딱총나무가 뿌리를 내렸으면 나는 멈추어 서서 달콤한 향을 코로 들이마신다. 향기는 내 안에서 폭발한다. 저녁이면 딱총나무 꽃이 황혼에 희게 빛난다. 한여름이 오고 있다.

종묘장에서 회계 일을 하던 당시 어머니는 자주 자전거 바구니에 꽃을 담아 왔다. 그러고는 일요일이면 자전거로 동생의 무덤에 가서 그 꽃을 심었다. 어머니는 울타리에 물통을 감추어 놓았고, 무덤을 언제나 예쁘고 단정하게 가꾸는 건 어머니에게 중요한 일이었다. 어머니는 봄이면 잡초를 뽑고 땅을 갈고 가지를 다듬었다. 여름이면 가지를 솎았고, 겨울이 오기 전에는 시든 낙엽 위에 가지를 덮었다. 그것이 어머니가 할 수 있는 일이었다. 달리 할 수 있는 게 없었다. 어쩌면 땅에 앉아 울었는지도 모르고, 어쩌면 역시 그 계절에 풀밭을 다니며 먹을거리를 찾던 까마귀와 까치들만 감시했는지도 모르겠다. 알 수 없다. 어머니의 전략에는 억압과 행동이라는 두 축이 있다. 억압은 도망, 삶의 모든 불편하거나 부끄러운 측면으로부터의 도망이다. 행동은 어머니에게 스스로 상황을 통제한다는 느낌을 주는 설거지, 직장에 자전거 타고 가기, 요리, 동생 묘지의 정원 일이다. 시트를 다리거나 속옷을 손빨래하는 것도. 여름에는 잼, 겨울에는 수프 끓이기. 이제 어머니는 나이가 많이 들어서 할 수 있는 일이 별로 많지 않다. 어머니한테 종일 무엇을 하는지 물어보면 이렇게 대답한다. 낱말 퍼즐을 해. 텔레비전을 보고, 가끔 음악을 듣지.

어머니는 지금도 속옷을 손으로 빤다. 무릎에 무리가 가기 때문에 개수대에 오래 서 있지 않아도 되도록 이제는 부엌 의자에 물통을 놓고 한다. 몇 시간이 걸릴 수도 있는 일이다. 물통을 개수대에서 가져오고 다시 갖다 놓는 일이 고되고, 빨래는 짜는 것도 힘이 든다. 때때로 쉬어야 한다. 어머니는 빤 속옷을 욕실에 쳐진 빨랫줄에 넌다. 물이 바닥에 떨어져 가늘게 흐르고 샤워기 아래 하수구로 내려간다. 동생의 무덤은 이제 버려져 무성해졌다.

    7월 1일. 이제 상병 수당은 끝났다. 하지만 같은 직장에서 구 년간 근무했기 때문에 나는 사직하고도 육 개월간 실업 급여를 받을 것 같단다. 내 후임자가 6월 중순에 전화를 걸어 해직을 통보하며 그렇게 알려 주었다. 그러면서 이렇게 말했다. 다시 돌아와서 일을 계속하겠다고 생각하지는 않으셨다고 이해했기 때문에 퇴직 처리를 했습니다. 저희가 여러 번 글로 연락하고 여쭈어 보았지만 대답하지 않는 편을 선택하셨으니까요.
    나는 말한다. 나는 메일을 안 읽어요.
    후임자가 말한다. 해직 통고는 당연히 서면으로도 보내 드렸지요.
    그녀는 불편한 것처럼, 어쩌면 화가 난 것처럼 들린다.
    알겠어요. 내가 말한다.
    그리고 나는 마음이 놓였다. 뭐, 별 상관 없지만 그래도 마음이 놓인 것이 사실이다. 육 개월분의 급여를 받게 되어 마음이 놓이고, 이제 놓아 버려서 마음이 놓인다. 앞으로 어떻게 해 나갈지는 전혀 모르겠지만.

막내아들에게 연락하려고 몇 번 시도를 해 보았지만 전화도 받지 않고 문자에도 답이 없다. PTSD 씨는 여름휴가 중이다. 아침에 더 이상 울새가 오지 않는다. 여기를 떠났는지도 모르겠다. 가끔 나는 저녁에 접시를 들고 발코니로 나가서 식사를 한다. 나는 제비들을 관찰한다. 몇 주일째 많이 더웠지만 간간이 비가 오고 천둥이 치는 밤도 있었다. 나는 잠을 잘 못 자고 혐오스러운 중세 꿈을 꾼다. 경고하듯 울리는 낮은 종소리, 두꺼운 수도복을 입은 남자, 어둡고 악취가 풍기는 통로. 저녁에 잠이 안 오고 큰 공포가 덮친다. 쥐도 도둑도 폭력도 살인도 화재도 무섭다. 오늘은 공기에 미동도 없다. 바다에서 수영하는 상상을 하지만 집의 소파에서 수박과 크리스프브레드로 연명한다. 레아는 여름 별장에 가 있고, 니콜라는 아들과 하이킹을 떠났다. 뭔가 변화가 필요해. 니콜라가 말했다. 우리는 하이킹을 떠날 거야. 니콜라는 그저께 사진을 하나 보냈다. 아들과 함께 배낭을 메고 언덕에 서서 미소 짓는 사진. 둘이 여기저기를 걸어다니며 그 전과 그 후 사이에 새로운 시대의 시작을 표시하는 선을 긋는 동안 로세는 니콜라의 모든 화분에 물을 주기로 약속했다. 나는 공책에 이렇게 적는다.

그의 얼굴은 보이지 않는다. 커다란 창문 아래에 설치된 침상은 천으로 덮여 있고 나는 침상에서 잠이 든다. 잠이 깨어 보니 다른 사람들은 사라졌고, 그와 나 둘만 남았다.

침대에 쓰러진 동생을, 분홍색 티셔츠와 앞쪽에 스마일리가 박힌 민트색 팬티만 입고 죽은 동생을 내가 발견했을 때는

14시 5분이었다. 동생이 사는 골목을 걸을 때, 바람을 맞으며 동생 집 문을 향해 보도를 걸을 때 마침 교회 종이 2시를 치는 소리를 들었기 때문에 나는 그 시간을 안다. 아래층 현관문을 지나 계단을 올라가 동생 집 문을 열었을 때 종소리는 이미 멈춘 뒤였다. 마치 오래전에 멈춘 것 같았지만 사실은 겨우 오 분이었다. 바로 출근해야 했기 때문에 나는 열쇠를 구멍에 꽂기 전에 손목시계를 보았다.

설마. 어머니가 말했다. 그럴 리 없어. 그 아이가 14시 5분에 태어났는걸.

우리는 외할머니의 팔찌를 동생의 팔목에서 빼지 않았다. 그리고 낡은 토끼 인형도 관에 함께 넣었다. 검은 머리, 보드라운 피부. 장의사는 일을 잘했다. 어머니는 아무 말도 하지 않고 교회에서 나갔다. 우리는 어머니를 뒤따라 나가지 않았다. 어머니가 길 위쪽에서 버스를 기다리는 모습이 보였다. 그리고 어머니가 버스를 타고 떠나는 모습이 보였다. 오 일 후 우리는 동생을 묻었다. 어머니는 막내딸을 땅에 눕히고 붉은 장미 네 송이를 구덩이로 던졌다. 몇 주 후 나는 어머니의 서류철에서 출생증명서를 보았는데 거기에 이렇게 쓰여 있었다. 14시 5분 출생. 몸이 떨리고 소름이 끼쳤다. 그 순간 나에게는 망토가 덮였다. 납으로 된 망토, 너무나 무거워서 내가 움직일 수 없는 망토. 그 망토는 부끄러움의 옷, 형벌이었다. 내가 동생을 이 세상에 온 바로 그 시간에 발견했기 때문에. 나는 생각했다. 시간이 14시 6분이었더라면 동생은 죽지 않았을 것이다.

엄마, 미안해요. 나는 말했다. 미안해요.

어머니가 나를 바라본다. 그 시선은 나를 관통한다. 어머니는 나를 보는 게 아니다.

공원의 나비 덤불에는 왜 나비가 없지? 왜 라벤더에는 벌들이 그리 적지? 그래, 왜? 무궁화는 지금 피어나고, 사과와 배는 아직 나무에 매달린 작은 초록색 구슬이다. 다음 날 아침 쓰레기를 가지고 내려갔는데 덤불 속으로 달려 들어가는 생쥐 한 마리가 보인다. 나는 담 앞의 벤치에 힘겹게 앉는다. 우리 주위에서는 이리 많은 생명이 다들 자기 삶을 살고 있군. 내가 생각한다. 우리 눈에 안 보이는 생명도 많고, 우리를 보고 슬그머니 숨는 생명도 많다. 이슬비가 내리기 시작하고, 나는 다시 부엌으로 올라와서 새 봉투를 쓰레기통에 끼우고는 점점 거세지는 비를 내다본다. 여름이 너무 가물었다. 나는 어릴 때 여름 방학에 태양을 경험했던 것과 같은 방식으로 비를 경험한다. 축복, 행복의 샘. 하지만 우리는 결국 무엇에나 익숙해진다. 우리는 스스로를 멸종시킬 만큼 어리석고 적응력이 뛰어나다. 이 생각에 내 안에서 공포가, 그리고 그보다 슬픔과 부끄러움이 차오른다. 나는 커피를 끓였고, 과거에 보던 시리즈의 한 에피소드를 보았다. 내가 젊을 때 통조림된 웃음이라고 불렀던 녹음된 웃음소리로 여기저기 장식한 바보 같은 방송. 보고 즉시 잊어버리는 어리석고 무의미한 방송. 그렇게 몇 시간이 갔다. 비는 그쳤다. 이제 오후가 되어 손자들이 찾아온다. 우리는 공원에 갔고, 아이들은 가는 길에 아이스크림을 먹었다. 한 아이는 나보다 먼저 뛰어가고, 다른 아이는 내 손을 잡는다. 아이는 멈추어 서서 내 손등의 피부를 살펴본다.

할머니, 할머니는 왜 손에 파란 줄이 있어?

오래 살아서 그렇지.

100년을 살면 줄이 생겨?

그렇지. 메달 같은 거야. 안 그래? 아주 오래 살면 파란색 줄무늬 메달을 받는 거야.

하지만 증조할머니만큼 진짜 할머니는 아니잖아요.

아직은 그렇지.

하지만 나는 아가야.

그래, 아가지.

다섯 살이에요. 글씨도 모르고.

하지만 자전거도 배웠고, 머리도 묶을 수 있고, 물구나무도 아마 할 수 있을 거예요. 피리도 불 수 있는데, 해 봐?

손녀딸은 피리를 불려고 안간힘을 쓰지만 나오는 것은 거의 바람 소리다.

우리는 분수가에 앉고, 나는 아이스크림으로 끈끈해진 아이들의 손과 볼을 닦아 준다. 그러고 나니 아이들이 물구나무를 보여 준다. 아니, 큰아이는 물구나무를 서서 갈 수도 있지만 동생은 다리를 제대로 들지 못한다.

할머니, 봐! 아이들이 외친다. 나 좀 봐!

나는 아이들에게 무궁화를 보여 주고, 커다란 너도밤나무도 가리켜 보인다. 아이들은 그 나무의 덴마크어 이름에 '피'라는 단어가 들어 있는 것을 신기해한다.[3] 아이들이 생각하기에

---

3   *blod*(피)+*bøg*(너도밤나무).

나무는 피처럼 붉지 않고 밤색이나 자주색이다. 큰아이가 묻는다. 나무들 이름은 누가 정해?

식물학자들이 정하지.

그리고 우리는 식물학자가 무엇인가에 대해 한참 이야기를 나눈다.

우리는 풀밭에 앉아 있다. 아이들은 내 주위를 기어다니고, 내 무릎에 머리를 눕히고, 내 등에 기대고, 내 허벅지에 앉고, 아기 판다처럼 팔로 나를 감싼다. 나를 껴안고는 말한다. 할머니, 할머니 냄새 좋아. 할머니, 할머니는 할머니 향이 나. 왜 그런 향기가 나요? 아이들은 내 머리를 땋고, 내 귀걸이를 연구하고, 손 끝으로 내 푸른 정맥을 눌러 본다.

이제 우리는 우리 집 부엌에 앉아 옥수수와 시금치를 넣은 팬케이크를 먹는다. 작은아이는 시금치를 싫어해서 옆으로 밀어낸다. 그러고 나서 나는 한 아이는 소파에, 다른 한 아이는 거실의 에어 매트리스에 눕힐 것이다. 아이들이 잠들면 나는 발코니에 앉을 것이다. 우리 아이들이 어릴 때처럼 지금도 담배를 피우고 불을 붙일 수 있으면 좋겠다. 그러고는 다시 들어가서 나도 누울 것이다.

다음 날 아침에 며느리가 아이들을 데리러 온다.

도울 일이 있으면 말씀하세요. 며느리가 말한다. 아이들은 자기들 물건을 담는다.

괜찮아. 내가 말한다. 남아도는 힘이 넉넉지 않을 뿐이지.

알아요. 며느리가 말하고 맑은 눈으로 나를 바라본다.

나를 참아 주렴. 내가 말한다. 나는 약하다고 느껴지는 게 싫어.

약하다고 생각하실 필요는 없어요. 그저 몸조심만 하시면 돼요. 며느리가 말한다.

아이들이 길에서 위를 바라보며 손을 흔들 때 나는 운다. 소파 탁자 아래에서 두 시간을 자고 깨니 부어 있고 덥다. 그리고 또 운다.

때로는 장제사가 와서 말에게 편자를 박았다. 네 주마다 왔던 것 같다. 어떤 말은 다른 말보다 자주 편자를 해 주어야 했다. 장제사는 키가 크고 혈색이 좋은 사람으로 신속하게, 하지만 대단히 침착하게 일했다. 편자를 깨끗이 하는 건 우리가 아는 제일 힘든 일 중 하나였다. 어느 해인가는 열서너 살의 어린 친구가 말에게 차였다. 그 친구는 울면서 외쳤다. 여기는 이제 끝이야! 별일은 없었지만 충격이 컸고, 우리는 그 친구를 다시는 보지 못했다. 소녀들은 아주 적은 돈을 받으면서 별 재미도 없고 힘든 일들을 도맡아 했다. 그럴 수 있었던 건 말에 푹 빠진 소녀들이어서 그들이 가진 행복한 삶에 대한 환상이 온통 말에 관한 것들이었기 때문이다. 이 아이들은 말에 관련한 책과 잡지를 사고, 승마를 하러 가고, 마구간에서 일을 했다. 목에는 은으로 된 작은 말 모양 펜던트를 걸고. 사건이라고는 아무것도 없는 작은 이웃 마을의 아이들이었다. 처음에는 아니와 내가 이 아이들을 데리고 트랙을 돌았고, 아이들이 자신감을 얻으면 나는 아이들이 혼자 말을 타고 돌아다닐 수 있도록 아주 초보적인 기술을 가르쳐 주었다. 느린 속도로 트랙을 빙빙 돌 수 있도록. 아이가 처음으로 말 등에 올라타면 나는 그 아이의 눈을 보고 승마에 마음을 빼앗겼는지 아닌지 알 수 있었다. 겁을 먹고 다시는 안 오는 아이들도 있었지만 행복에 겨워 미소 짓는 아이들도 있었다. 그 아이들은 자기가 갈망하던 것을 찾은 아이들이었다. 몰입, 속도, 통제. 평화, 피난처. 마약. 그들에게, 온전히 그들에게만 속한 무엇.

로세는 나를 아침 식사에 초대했다. 일요일이고, 더위는 참기 힘든 지경이다. 로세는 창문을 모두 열었다. 고양이는 흔들의자에서 가르랑거리고, 우리는 부엌에 앉아 달걀프라이와 시나몬롤을 먹는다. 바람은 한 점도 없고 집 안은 뒤죽박죽이다. 로세는 뒤죽박죽이어도 상관하지 않는다. 책도 뭉치도 물건도 가구도 많다. 가끔 이쪽저쪽으로 옮기기는 하지만 로세는 아무것도 버리지 않고 새로 사지도 않는다. 노란 부엌은 햇빛을 받아 환하다. 로세는 요가에 다녀왔다.

한번 같이 가자. 로세가 말한다.
아니, 별로. 내가 말한다.
음요가는 신경계에 정말 좋아.
생각 없어.
로세는 나에게 미소를 보내며 말한다.
너, 너는 정말 고집덩어리구나.
그러고는 내 왼쪽 귀 뒤의 머리카락을 만진다.
들어 봐. 로세는 말하며 의자에 등을 기댄다. 난 다시 연애할 마음이 들어. 하고 싶어. 인터넷에 프로필을 만들었어. 하고 나니 쇼크 받는 느낌이던데.

쇼크라. 내가 생각한다. 넌 쇼크를 받지 않았어. 쇼크가 뭔지도 모르지.

잘되면 좋겠네. 내가 말한다. 잘해 봐. 내가 말한다.

그러니까, 혼자도 괜찮았어. 하지만 다른 신체에서 오는 따뜻함이 그립더라고. 그냥 나 자신만을 느끼는 건 이제 지겨워졌어.

넌 고양이도 있잖아.

하하, 톰은 귀엽지. 하지만 나는 남자에게 관심이 없어. 너도 알잖아.

로세는 미소를 짓는다.

아이, 더워. 내가 말하며 셔츠를 벗는다.

속옷 예쁘네. 로세가 말한다. 부채 빌려줄까?

로세는 일어나서 복잡한 서랍 속을 뒤진다. 그러더니 잠시 후 빨간 부채를 내민다.

우리는 그렇게 앉아 이야기를 계속한다. 온라인 데이팅과 고양이, 부채의 원래 주인이던 로세의 이모 이야기를 한다.

로세는 독서 클럽 회원이다. 연극을 좋아하고, 저녁에 잠자리에 들기 전에 몸에 아몬드 오일을 바른다. 안정에 도움이 되거든. 피부를 강화하고 내 몸을 돌보는 일이야. 로세의 말이다. 지루하지는 않아. 그래도 애인이 있으면 좋겠어. 이렇게 말하는 그녀의 미소에 힘이 넘친다. 도톰하고 예쁜 입술. 로세는 손을 귀엽게 움직인다. 말하며 손을 뻗친다. 그리고 자주 팔을 머리 위로 들어 올린다.

이제 로세는 얼음물을 내오고, 나는 떠날 때가 되어 다시 셔츠를 입는다.

집으로 오는 길에 나는 인터넷에서 연애 상대를 찾는 로세가, 뒤죽박죽도 상관하지 않고 요가와 약초를 사랑하고 스스로 만족하며 자기 고양이 톰을 사랑하는 로세가 부러워졌다. 걱정할 아이도 없고 자기 자신을, 그리고 자신에게 필요한 것을 느낄 수 있는 듯한 로세. 내가 아끼는 친구 로세. 내 눈에는 걱정도 없고 자유로워 보인다. 하지만 동시에 그녀는 인생의 혼란스러운 고통을 전혀 이해하지 못한다. 나는 깊이 한숨을 쉰다. 자, 다시 생각해 봐. 미친 길은 따라가지 마. 갈등으로, 피해자의 위치로 인도할 뿐이니까.(숨을 깊이 들이쉰다.)

어느 날 꽤 늦은 저녁에 막내아들이 이제야 전화를 한다. 흥분한 목소리이지만 동시에 어눌하고 단어를 찾는 느낌이 약간 있다. 아들은 잘 지낸다고 말한다. 괜찮아요. 그가 말한다.

취했니? 내가 묻는다.

아니란다.

언제 돌아오니?

8월 말요. 그가 말한다.

정말 잘 지내는 거니?

네, 엄마. 잘 지내요. 그냥 일하는 거예요. 같이 일하는 사람들도 좋고, 여기는 재미있어요.

저녁에는 쉬는 거야?

(약간 당황해서) 네, 엄마……. (그러더니) 엄마는 어때요? 엄마는 언제 다시 일하기 시작해요?

당분간은 안 할 거야.

아이들이나 다른 선생님들이 보고 싶지 않아요?

아닌데.

정말 괜찮은 거예요?

응. 내 걱정은 마.

걱정이 되는데요.

나는 알아서 할 수 있어. 너나 몸조심해라. 난 그게 제일 중요해.

아들은 이제 끊고 가야 된다고 한다. 바닷가에서 모닥불을 피우고 아들을 기다리고들 있단다. 나중에 또 얘기해요. 아들이 말한다. 나는 전화기를 손에 든 채 다시 앉고, 용기가 없어지고, 묵직한 예감이 든다.

다음 날 나는 둘째 아들에게 전화를 건다. 그리고 동생에게서 연락이 있는지 묻는다. 있단다.

아주 잘 지내요. 둘째 아들이 말한다. 무슨 문제 있어요?

문제는 없어. 내가 말한다. 그저 걱정이 좀 돼서.

안개 밖으로 나간 게 효과가 좀 있는 것 같아요.

안개?

그래요. 우울함 밖으로요. 그리고 담배도 너무 많이 피웠어요. 구덩이에 빠진 사람 같았죠.

그렇구나.

이제 상업 학교로 돌아오려 할지 두고 보지요. 그냥 일을 하려고 할지도 모르겠어요. 어쩌면 공부는 그저 책임감에서 하는지도 몰라요.

공부가 스트레스가 됐을까?

그럴 수도 있죠.

그럼 내 책임일까?

엄마, 아니에요. 엄마 문제가 아니에요. 어쨌건 그 아이는 지금은 기분이 괜찮아요. 저한테 사진도 자주 보내요. 거기는 아주 괜찮은 곳으로 보여요. 동생이 잘 지내면 그게 중요한 거 아닌가요?

그렇지. 알겠어. 두고 봐야지. 고마워, 아들.

둘째 아들은 여름휴가에 오랜 친구 둘과 섬에 다녀온 모양이다. 고등학교 때부터 알고 지내던 친구들이다. 아이들은 함께 자전거를 타고 다녔고, 좋은 여행이었다. 지금은 다시 직장으로 돌아왔다. 아들은 우리 도시의 큰 도서관 서고에서 일한다. 사서인 둘째 아들은 한번 들르겠다고, 한번 같이 음식을 해 먹으면 어떻겠냐고 말한다.

그래. 내가 말한다. 그러자.

하지만 내 머릿속에 울리는 건 막내아들의 목소리다. 흐느적거리며 질질 끌리는 그의 목소리.

소파 탁자 아래에 누울 이유는 많다. 며칠이 그렇게 지나고 나니 폐소 공포증이 나를 덮치고, 나는 레아에게 여름 별장으로 방문해도 괜찮겠냐고 쓴다. 환영이란다. 나는 간단히 배낭에 짐을 꾸리고 수영복도 챙긴다. 찌는 더위에 도시를 가로질러 바나나 두 개와 물 한 병을 사서 열차에 오른다. 창밖을 스치는 풍경, 들판과 숲, 호수와 크고 작은 마을들을 바라본다. 졸다가 또 깬다. 거의 하루 종일 가야 한다. 레아는 오후 늦게 역으로 마중을 나왔고, 우리는 구불구불한 길을 차로 달려 레아가 부모님께 물려받은 별장에 도착한다. 별로 크지 않은 오래된 나무집이고, 큰 나무가 자라고 있는 훌륭한 대지다. 레아가 어릴 때나 마찬가지로 지금도 원시적이다. 작은 부엌에는 화구가 둘이고 부엌 수도꼭지에 연결된 실외 샤워가 욕실 역할을 한다. 외풍이 차단되지 않아 이 집은 여름에만 사용할 수 있다. 밤이면 생쥐들이 벽 속에서 기고 긁는 소리가 들린다. 바다가 가까워 자전거로 십 분이면 갈 수 있고, 눈 닿는 곳까지 양쪽으로 갯보리가 흔들리며 고운 흰 모래가 깔린 해변이 펼쳐진다. 레아는 어릴 적 남매가 자던 침실을 내주고는 배가 고프냐고 나에게 묻는다. 우리는 테라스에서 식사를 하며 차를 마신다. 레아를 만나니 반갑다. 여기서 두 주를 지낸 그녀는 좀 여유가 생긴 모습이다. 평소보다 조용하고 느리다. 야콥은 막내딸을 마중하러 동네로 나가고 우리 둘뿐이다. 여기는 더위가 그렇게까지 심하지 않다. 바닷바람이 해방감을 준다.

사흘을 레아와 보낸다. 우리는 헤엄을 치고 젖은 수영복을 두 나무 사이에 맨 줄에 넌다. 부드러운 소금물에서 수영을 하고 태양이 우리의 얼굴을 데운다. 우리는 해변에 누워 눈을 감고 아무 말도 하지 않는다. 갈매기 소리와 어린아이들 목소리에 귀를 기울인다. 작은 무리의 아이들이 해변 저쪽에서 모래성을 쌓는다. 나는 숨을 내쉬고 뱃속까지 깊게 다시 들이쉰다. 하나, 둘, 셋, 넷, 그러고는 숨을 천천히 내쉰다. 저녁에는 모기들이 달려들 때까지 테라스에 앉아 있는다. 자잘한 일들을 이야기한다. 집 앞의 벤치에 앉아 지는 해를 바라본다. 불타는 여름 저녁 하늘, 동물 모양의 검고 작은 구름. 나는 이층 침대의 아래칸에서 무거운 잠을 잔다. 우리는 간단한 음식을 해 먹는다. 오믈렛, 이

집트콩과 마늘이 들어간 샐러드, 토마토와 올리브. 레아는 아침이면 커피로 나를 깨우고 산책을 하고 싶은지 묻는다. 우리는 해변을 걷고, 때로는 걸으며 노래를 부른다. 뜻밖에 레아가 노래를 시작하면 내가 따라 부른다. 이상하게 해방감이 들고 웃음이 터진다. 우리는 더 큰 소리로 더 과감하게 노래를 부른다. 오후에는 정원의 커다란 나무들 아래에서 쉬고, 하루하루가 지나며 나는 몸 안에 자리 잡는 평화를 느낀다. 가슴에 통증도 없고, 머리도 안 아프고, 심장도 쿵쾅거리지 않는다. 나는 아래쪽 침대에 누워 벽 속에서 생쥐들이 사각거리는 소리와 나방들이 유리창에 부딪치는 소리에 귀를 기울인다. 밤새의 울음소리가 들린다. 나는 한숨을 쉬고 돌아누워 깊은 잠에 빠진다.

야콥이 돌아온다. 그를 알고 지낸 지 이미 여러 해가 되었지만 몇 시간 만에 벌써 어딘가 불편해진다. 야콥은 잔디를 깎고 덤불을 벤다. 에너지가 넘치는 소란한 남자, 목소리가 크고 많이 웃는 사람이다. 이제 장작을 패려고 하는데 나에게는 스트레스로 느껴진다. 집에 돌아가고 싶어진다. 레아는 아무것도 묻지 않고 나를 역에 데려다주고, 우리는 서로를 끌어안는다. 비닐에 든 축축한 수영복과 배낭을 가지고 나는 집으로 돌아오는 열차를 탄다.

집에 와서 문을 여니 이미 저녁이다. 집 안은 지글지글 끓는다. 나는 등나무에 물을 준다. 밤새 창문을 열어 둔다. 3시쯤 거센 빗소리에 잠이 깨어 잠시나마 거의 행복하게 느낀다.

하루하루가 지나고 여름이 지난다. PTSD 씨는 7월 말에 휴가에서 돌아온다. 밤나무가 침실의 얇은 커튼에 그림자를 던진다. 너무 일찍, 너무 긴장해서 잠에서 깨는 아침이면 나는 누운 채 흔들리는 커튼을 바라본다. 버스를 타고 PTSD 씨에게 간다.

햇볕에 그을린 그는 건강한 특권층 남자로 보인다.

휴가 동안 쉬었으니 살살 시작해 봅시다. 그가 말한다. 휴가라. 내가 생각한다. 나는 휴가를 떠나지 않았는데.

어떻게 지내셨는지 얘기해 보죠.

평소처럼요. 내가 말한다. 특별한 일은 없었어요.

하지만 그는 나에게 특별한 일이 있었다고 생각한다. 손자들이 자러 왔고 레아의 별장을 방문했으니까. 그의 생각으로는 큰 진전이다. 그리고 그는 그것도 휴가라고 생각한다.

알았어요. 내가 말한다.

PTSD 씨는 매일 그날에 대해 일지를 써 보라고 권한다. 내가 어떻게 지내는지 "추적"을 해 보기 위해서라는 게 그의 표현이다.

그럼 아마 큰 진보를 확인할 수 있을 거예요.

이미 하고 있어요. 내가 말한다. 외할아버지의 공책에 적고 있지요. 내가 언제쯤 다시 일할 수 있을 거라고 생각하나요?

준비가 되었다고 느끼면 그때요.

준비가 되었다고 느끼는지를 어떻게 알죠?

그건 알게 돼요. PTSD 씨가 말하며 나에게 미소를 짓는다.

그의 치아는 정말 하얗다.

나의 일: 나는 유치원 교사다. 나는 어린이집, 유치원, 방과 후 교실에서 일했다. 몇 년 동안은 추가로 돈을 벌기 위해 유치원 임시 교사로도 일했다. 언제나 급여는 박하고 일은 힘들었

으니까.

　나는 스물세 살 때 직업 교육을 받기 시작했고, 학위를 받기까지는 삼 년 육 개월이 걸렸다. 그보다 긴 양성 과정은 생각할 상황이 아니었다. 교육을 받을 수 있었다는 것 자체가 대단한 일이었다. 외할아버지가 의사였는데 왜 그랬는지 모르겠다. 외할아버지는 가난한 집에서 태어났고, 할아버지의 어머니는 할아버지의 여동생을 낳다가 돌아가셨다. 남매는 토탄을 채취하며 일당을 받던 둘의 외할아버지 댁에서 자랐고, 나이 차가 큰 형은 배를 타고 화물을 운송하는 범선의 선원이 되었다. 형은 가정 환경이 더 나은 여자와 결혼했고, 남매의 외할아버지가 돌아가시자 이 부부는 어린 외할아버지를 가엾이 여겨 데리고 살았다. 외할아버지는 그들의 도움으로 고등학교 졸업 시험까지 공부를 마쳤다. 할아버지가 들려준 바에 따르면 할아버지는 육체노동에는 아무 쓸모가 없었기 때문에 그분의 외할아버지는 아이를 저주했고, 일을 제대로 못 해서 짐이 된다고 "나무처럼 단단한" 손으로 때렸다. 하지만 머리는 나쁘지 않았다. 졸업 시험을 마친 후에는 중산층 아이들을 가르쳤고(과외), 어느 공장주의 집에서도 가정교사로 일해 학비를 벌었다. 할 수 있게 되자 곧장 당시 살던 도시의 병원에서 경비직으로 아르바이트를 했다. 외할아버지는 도전적이기도 했지만 무엇보다 운이 좋았다. 평생 선원인 형에게 부채감이 있었는데 큰할아버지는 불만이 많은 성격이었지만 당신의 업적에 자부심이 엄청났다. 아내의 재산에서 도움을 받기는 했어도 동생을 의사로 만들고, 그럼으로써 신분 상승을 성취한 것이다. 여동생은 농부와 결혼해 다섯 아이를 낳고 서른에 결핵으로 죽었다. 내 여동생들과 나는 바로 취업을 했다. 외할아버지는 일장 연설을 했지만 우리는 고등학교에 가지 못했다. 우리는 그저 얼른 집을 떠나 최대한 빨리 독립하고 싶었다. 훗날 배운 것 없이 할 수 있었던 일들이 지긋지긋해지고 교육받는 것이 수지가 맞는 일이라는 걸 이해했을 때 우리는 생각을 바꿨다. 그렇게 될 때까지 살지 못한 막내를 제외하면. 큰동생은 객실에서 몇 년을 일하고는 짧은 직업 교육을 받고 호텔에서 실습을 하게 되었다. 그 전에는 계단을 걸레질하고 빵 가게에서 일했다. 나는 그럴 바와 주유소에서 몇 년을 일한 다음에 대학에 갔다. 청소도 했다. 마지막 아홉 해 동안 나는 유치원 원장이었지만 그 일은 계속하고 싶지 않다. 나는 내 인생을 사무와 행정, 회계와 보고서, 직원들 간의 갈등, 불만이 있는 부모들과의 대화로 보내고 싶지 않다. 나는 내 인생을 지속적인 삭감 속에서 헤쳐 나가고 조금이라도 보조금을 더 받으려고 싸우는 일로 보내고 싶지 않다. 내가 무너져 버린 데는 원장 일도 한몫하지 않았나 한다.

나는 스스로에게 말한다. 다른 일을 찾아. 그리고 아니에게 전화를 건다.

어떤 일을 찾을 건데? 아니가 묻는다.

몰라. 내가 대답한다. PTSD가 있는 동안은 분명 아무것도 못 찾을 거야. 어느 직장에서 그걸 품고 가려고 하겠어?

어떻게 알아? 아니가 말한다. 금방 다 나을지도 모르잖아.

일을 할 힘도 없어. 내가 말한다. 하고 싶지도 않고.

이제 8월인데 또 더위가 한번 밀려와 공기가 떨린다. 여름은 이미 많이 지나갔지만 더위와 태양 때문인지 등나무에는 새로 꽃이 세 송이 피었다. 두 번째로 화려하게 꽃이 핀 것이다. 그늘에서도 33도까지 기온이 올라간다. 견디기 힘들 지경이다. 아니는 수영 클럽을 만들자고, 더위가 가실 때까지 매일 오후에 실외 수영장에서 수영을 하자고 한다. 나는 감당하지 못할 것 같지만 다들 훌륭한 아이디어라고 말한다. 아니는 말한다. 내가 차로 데리러 갈게. 계단을 내려와 조수석에 앉기만 하면 돼. 그럼 나머지는 저절로 되는 거야.

그래서 우리는 실행에 옮긴다. 저녁마다 아니가 우리 집 문 앞에서 벨을 울리고, 우리는 실외 수영장에 가서 옷을 갈아입는다. 우리는 염소를 품은 물에 들어가 몸을 식힌다. 처음으로 아니가 나를 데리러 온 저녁에 나는 갈 생각이 없다. 나는 부엌의 의자에 앉아 꿈쩍도 안 한다. 못 해. 내가 말한다.

아니는 나를 끌어내 문쪽으로 떼민다.

안 가. 내가 말한다.

갈 거야. 아니가 말한다.

로세와 니콜라는 수영 시합을 하자는데 나는 전혀 할 마음이 없다. 그래서 물 밖으로 나와 탈의실을 향한다. 나는 마치 심술 난 아이 같은 기분이고, 당장 울 것 같고, 안전하지 않다고 느낀다. 나는 집에 가고 싶다.

이리 와. 레아가 말하고 내 손을 잡는다. 레아는 나와 함께 천천히 풀장 가장자리에서 수영을 한다. 다른 셋은 헉헉거리며 레인을 따라 나란히 수영을 한다.

저녁마다 해 질 녘에 오십 대 여자 다섯 명이 수영을 한다. 다른 사람들은 별로 없다. 아이들과 함께 온 가족들, 목소리가 날카로운 청소년들은 이미 집에 갔다. 퇴직한 사람들도 집에 갔다. 실외 수영장은 9시 30분에 문을 닫는다. 우리 외에는 거의 아무도 없다. 어두움이 깔리는데 짙푸른 하늘에 달이 걸려 있다. 공기는 선선해진다. 물은 찰랑거린다. 나는 이 저녁 루틴에 익숙해지고, 이 시간을 소중히 여기게 된다. 오후에 셔츠가 내 등에 달라붙고 머리카락이 뜨거워지면 밖에서 수영할 생각에 즐거워진다. 루틴. 틀. 한 번에 하루씩. 그리고 내 친구들이 있다는 기쁨.

일, 일. 이걸 어떻게 하지? 일이라는 게 무의미해 보인다. 나는 쓰레기통 옆 벤치에 앉아 있다. 레아의 별장에 다녀온 이후로 지금까지 비가 내리지 않았다. 산불, 마른 강바닥, 마구 올라간 기온, 오염된 식수, 홍수에 대한 기사를 읽는다. 스마트폰을 내려놓는다. 이런 손상되고 고통받은 지구를 물려받을 손자들을 생각한다. 무의미하다. PTSD에 시달리는 여자가 벤치에 앉아 어떻게 소위 정상적인 일상으로, 편안한 마음과 일과 자잘한 염려와 커다란 기대가 있는 삶으로 돌아갈지 생각한다. 잊어. 내가 나 자신에게 말한다. 더 이상 삶은 그렇지 않아. 그렇게 되지도 않을 거야. 그런 적이 있기라도 했다면 말이지. 그리고 지구라, 지구. 나는 힘겹게 일어나서 물이 담긴 작은 그릇을 들고 벤치로 돌아온다. 파리와 말벌이 물을 마시러 온다.

하지만 나는 아이들과 하는 일을 사랑했다. 아주 어린 아이들을 어린이집에 불러모으는 것, 낮은 탁자를 빙 둘러 작고 빨간 의자에 앉혀 놓은 아이들에게 턱받이를 매어 주는 것, 아이들이 노래나 이야기에 반응하는 모습을 보는 것, 기쁜 눈과 웃음, 새하얀 젖니, 이유식에 빠진 손, 침과 흘린 음식, 까르르 웃는 소리, 아무 이유 없이 웃는 소리를 사랑했다. 짝짜꿍. 발동동. 아주 어린 아이들의 솔직함. 순진함이라고도 하지만 나는 솔직함이라고 생각한다. 아이들은 지금 있는 바로 그곳에 있고, 그들의 현재에 존재한다. 아이들은 순수하게 핵이다. 저거 봐, 거미야. 저거 봐, 고양이네. 조약돌을 만져 보고 흙을 입에 넣어 본다. 물에 뛰어들면 어떤 느낌일까? 엄마는 어디 갔지? 엄마가 문이라는 거 뒤로 없어졌는데. 다른 아이의 손을 잡고 이제 둘이라는 걸 깨닫는다. 놀다 보면 어느새 여럿이 되고, 또 많아져 있다. 그러다 피곤해지면 눈을 비빈다. 침대에 누워 편안하게 낮잠을 잔다. 아주 잠들어 버린다. 다시 아주 깨어난다. 부끄러움도 없다. 마법 같다. 우리가 자랄 때는 나이를 기억하지 못한다. 사느라 바빠서 기억할 수가 없다. 나는 무거운 물건을 들어 올리고 기저귀를 갈고 외치고 우는 소리를 견디느라 피로해진 몸으로 어린이집에서 돌아온다. 그래도 나는 충만하다. 아침에 자전거로 일터에 갔을 때 눈에 들어오는 이 작은 얼굴들, 그 얼굴들을 다시 보고 싶고, 그리움의 대상이 되고 싶다.

나무와 풀은 지금처럼 따뜻한 밤에 자란다고 책에 쓰여 있다. 꽃은 해가 진 다음에야 핀다고. 실외 수영장에서, 물속에서, 저녁에, 나는 조금씩 자라고 또 나 자신을 조금씩 열어 간다. 식물들은 현명하고, 내 언어 친구들은 나에게 양분을 공급한다.

그렇게 나는 외할아버지의 공책에 쓴다. 다음 날 아침 부엌 바닥에 앉아 냉장고에 기댄 나는 이렇게 적는다.

지난밤에는 붉은 머리의 승마 교사 꿈을 꾸었다. 여자의 머리카락은 헝클어져 있었다. 그녀는 마치 불타는 듯했고, 점점 커졌다가 다시 줄어들었다. 머리카락은 드러난 등을 따라 흘러내렸다. 날아. 그녀가 계속 속삭였다. 훨훨. 훨훨. 그녀는 따뜻한 손을 내 어깨에 얹었다. 그래서 나는 호수 위로 날았다. 잠에서 깨니 배가 꾸르륵거렸다.

나는 그냥 침대에 누워 있다. 생각은 머릿속에서 뛰는 벼룩들이다. 버터 사야지. 청소기도 돌려야 하는데. 막내아들. 앗, 오늘은 머리를 감아야지. 그리고 또 생각한다. 어느 순간까지는 아이들 아버지와 관계가 즐거웠지. 이제는 눈을 감고 그때 모습을 본다. 우리의 젊고 매끄러운 육체는 시트 아래에서 서로 엉긴다. 그의 손은 내 머리카락에, 나의 손은 그의 가랑이에. 그의 입, 그의 혀. 흥분 상태의 내 몸이 침대 위로 움직인다. 아이들 아버지를 만나기 전 나는 산발을 한 젊은 남자와 사귀었다. 서로 사랑에 빠졌을 때 우리는 겨우 열여덟 살이었다. 그 남자는 내가 집에서 나와 독립했을 때 운 좋게 빌린, 석유난로가 있는 원룸으로 이사를 들어올까도 생각했다. 우리는 유치하고 장난스러웠다. 그 친구와 아니는 자주 우리 집에서 묵었고, 우리는 앨범 하나를 종일, 아니면 밤새 듣기도 했다. 우리는 노래를 모두 외워 버렸고, 노래에 맞춰 소리를 지르고 그칠 줄 모르는 웃음보를 터뜨리기도 했다. 나는 그에게 음식을 해 주고 싶었다. 그의 볼과 허벅지를 깨물었다. 그는 나를 작은 튤립이라고 불렀다. 이유는 모르지만 나는 그때도 벌써 키가 컸다. 우리는 함께 수영을 가고 옷을 나누어 입었으며, 버터만 넣은 파스타와 수돗물과 싼 맥주를 먹고 살았고, 우리끼리만 있을 때는 익숙하거나 새로운 서로의 몸을 손으로 탐구했다.

막내아들이 다시 도시로 돌아왔단 말이지. 자기 인생을 어찌해야 할지 모르는 듯한 내 예쁜 아이. 나는 생각한다. 괜찮아. 너는 알아낼 거야.

아들이 전화를 한다. 목소리는 또렷하다. 상업 학교에서 자퇴했다고 한다. 저한테는 안 맞아요. 아들이 말한다. 열등감이 들어요. 압박감이 크고 스트레스를 받아요. 일을 하고 싶어요. 아들이 말한다. 그게 제가 잘하는 일이에요. 나는 자기 방에 와 있는 아들을 찾아간다. 그는 커튼이 없어서 주황색 인도 옷감을 창에 걸어 강한 햇살을 가린다. 우리는 그의 침대에 걸터앉아 땀을 흘린다. 작은 방은 마치 금색 빛이 모이는 동굴 같다. 햇볕에 그을린 얼굴에 박힌 그의 눈은 상냥하게 보인다. 저번에 본 이후로 턱에는 조금 살이 붙었고 팔뚝이 조금 굵어졌다. 보고 싶었어. 내가 말하며 팔로 안는다.
엄마, 저도요.
어떻게 지냈니?
잘 지냈어요. 그가 말한다. 이제 자유로워서 마음이 좀 편해요. 그는 말하며 나를 바라본다. 남용 치료를 시작했어요.
무슨 말이야?

그래요.

왜?

마리화나를 너무 피웠지요. 다른 것도요.

다른 거?

그래요. 하지만 별로 자주는 아니에요. 전 괜찮아요.

나는 어지러워 숨을 깊이 들이쉰다. 나는 잠시 쉬고 정신을 가다듬은 다음에야 말을 잇는다. 치료를 시작했다니 잘했네. 나는 그렇게 말한다.

저는 동기가 확실해요. 아들이 말한다. 그런 쓰레기 같은 생활은 이제 싫어요.

뭘 했었는데?

온갖 것을요. 하지만 마리화나가 제일 문제예요. 이번 여름에는 약을 하지 않았지만 지금 도시에 돌아와 있으니 다시 욕구가 생겨요.

거기서 전화를 걸었을 때는 왜 그리 멍하게 들렸었니?

맥주를 좀 마셨어요. 해변에서 파티가 열렸거든요. 엄마, 저는 십 대 때부터 약을 했어요.

그랬니?

네.

내가 왜 그걸 몰랐을까.

숨기는 재주가 생기죠. 아들이 말한다.

아들은 다른 젊은 사람들과 모임에서 만난다고, 지금까지 두 번 갔다고 한다. 아주 좋아요. 오늘 저녁에 또 갈 거예요. 나가서 커피 한잔 마실까요? 아들이 물으며 일어선다.

우리는 카페를 하나 찾고, 아이스커피를 주문한다. 이런저런 이야기, 지난여름, 레아의 집에서 보낸 날들, 아들이 식당에서 보낸 몇 주일에 대한 이야기를 나눈다. 나는 물고 늘어져 아들에게서 약물과 어린 시절, 젊은 날들, 그의 악마들에 대한 말을 끌어내고 싶지만 참는다. 내가 수영 클럽 이야기를 하니 아들이 미소를 짓는다. 편안하고 침착하게. 나는 생각한다. 아들은 편안하고 침착하게 보이지 않는가? 그의 핵은 균일하게 잘 타고 있는 게 아닌가? 그의 중심은 단단하고 그의 기는 강하지 않을까?

걱정하시는 거 이해해요. 이모 때문에도요. 하지만 엄마, 저는 이제 제 약물 남용을 책임감 있게 해결할 거예요.

그래. 내가 대답한다. 네가 남용이라고 말하니 참 낯설구나. 여러 해 전에 말하지 그랬니. 도와주었을 텐데.

도움을 받기는 싫어요. 아들이 말한다.

도움을 받기는 싫다.

저녁이 되자 나는 의자를 놓고 올라가 맨 위쪽 장을 연다. 동생의 분홍색 티셔츠가 든 봉투를 꺼내고 장을 닫고는 다시 기어 내려온다. 구겨진 종이봉투에서 블라우스를 꺼내 부드러운 옷감의 냄새를 맡으며 나는 울기 시작한다. 나는 티셔츠를 식탁에 놓고 펼친다. 내 손을 분홍색 옷 위에 펼쳐 놓는다. 의자에 앉는다. 그리고 속삭인다. 너, 너, 너. 먼지 앉은 동생의 옷에 눈물이 떨어진다.

나는 아들이 열다섯, 열여섯, 열일곱 살이었을 때 대마초를 지나치게 피우는 걸 분명히 알았다. 그러고는 지나갈 거라고 생각하며 외면했다. 아, 내 안에 우리 엄마가 있구나. 깊은 거부감을 느낀다. 그러지 말자. 너 자신에 대한 거부감을 갖지는 말아. 내가 나 자신에게 말한다. 과거는 과거이고 현재는 현재야. 지난 일을 바꿀 수는 없지. 그렇게 나는 억지로 나 자신에게 큰 소리로 말하고, 중얼거리고 되풀이하면서 욕실 거울의 나 자신을 바라본다. 내가 하는 말을 나도 믿지 않는다.

어쩌면 아무 책임도 없이

더위는 차차 사라지고 낮도 서늘해진다. 구름은 끼었지만 지금도 비는 오지 않는다. 나는 시내로 공원으로 길게 외출을 하고 항구까지 멀리 나가기도 한다. 저 멀리 정박한 커다란 화물선을 관찰한다. 타르 냄새가 나고 부두에는 물풀이 덮여 있다. 썩어 가는 목재에 조개와 해초가 자란다. 내 안에서 무언가가 점점 커진다. 하루하루가 지날 때마다 점점 더 자라난다. 어느 날 저녁 나는 갑자기 격한 충동에 사로잡혀 옷을 다 벗어 던지고 부둣가에서 물로 뛰어든다. 내 옷 안에서 견딜 수가 없는 그런 느낌이다. 어두운 물에 깊이 잠수했다가 금세 다시 부두에 고정된 사다리를 올라온다. 나는 젖은 머리를 흔들고, 머리카락을 짜고, 다시 옷을 입는다. 옷이 몸에 달라붙고 샌들은 철퍼덕거린다. 작고 하얀 푸들을 데리고 가던 남자가 놀라서 나를 바라본다. 축축하고 차가운 나는 도시를 가로지른다.

묘한 날들이 지나간다. 나는 내 몸 안에서 견디지 못한다. 아무 곳에서도 견디지 못한다. 무언가가 내 안에서 점점 불어나 피부 아래에 더 이상 공간이 없는 기분이다. 나는 집 안에서 스스로를 격리한다. 아니나 다른 친구들과 실외 수영장에도 가지 않는다. 외출도 하지 않고, 문자 메시지나 전화에도 응답하지 않는다. 커튼을 친다. 나는 크게 비명을 지르고 소파 탁자 아래에 눕는다. 그리고 어느 날 아침 눈을 감고 침대에 누워 있는데 드디어 올 것이 왔다. 이제는 짧은 순간들이나 열린 결말이 아니라 앞뒤가 들어맞는 영화처럼 다 보인다. 아들의 밝은 피부와 짧은 금발이 눈에 선하지만 그의 표정은 모호하고 흐릿하다. 칼과 창, 이제는 칼과 창이 내 피부를 뚫고 피가 흐르는 상처를 낸다. 나는 미쳐 버린다. 일어서서 발코니에 나가 난간을 양손으로 꼭 붙잡고 있는데 이 모든 것이 다시 한번 보인다.

갑작스러웠어요. 내가 PTSD 씨에게 말한다. 어느 날 갑자기. 오 일 전 어느 날, 한 오 일쯤 전에 그 일이 생각났어요. 침대에 누워 있다가 발코니로 나가서 밤나무를 쳐다봤는데 그때 모든 게 돌아왔지요. 내가 말한다.

파란색 침상이 있었고 피아노가 있었어요. 아는 사람 몇 명과 함께 그의 집에 갔지요.

잊지 말고 현재 시제로 말해 보세요. PTSD 씨가 말한다.
나는 눈을 떴다가 다시 감는다.

아는 사람 몇 명과 함께 그의 집에 갔어요. 그는 처음 만난 사람이었지요. 우리는 마시고 취해요. 나는 피아노를, 다른 한 사람은 기타를 치고, 몇몇은 노래를 부르지요. 다른 사람들이 누구였는지는 기억나지 않아요. 나는 소파에서 잠이 든 것 같아요. 잠에서 깨어 보니 밤하늘이 보이네요. 겨울이에요. 겨울 하늘이지요. 그 사람이 나를 깔고 움직여요. 그는 거의 아무 소리도 없이 나를 겁탈하고, 나는 하늘을 향해 누워 있지요. 스타킹과 속옷은 이미 벗겨졌습니다. 치마는 배 위로 밀려 올라가 있어요. 나는 숨을 급히 들이쉬며 잠에서 깨지요. 길고 깊은 숨을 들이쉬지만 내쉴 용기가 없네요. 가장 분명히 기억나는 건 이 호흡이에요. 가슴과 입에, 목에 지금도 느껴져요. 한순간은 여기가 어딘지, 무슨 일이 일어나는지 전혀 모르겠어요. 몸이 굳고요. 나는 가만히 누워서 기다려요. 몸이 잠겨 버려서 아직도 숨을 들이마시지 못해요. 그가 옷을 벗길 때 왜 잠에서 깨지 않았는지 모르겠어요. 잠이 들었던 것 같고, 나는 모르는 일이에요. 진부하게 들리지만 사실이랍니다. 다 내 잘못이지요. 암퇘지. 낯선 사람의 집에 가서 잠이 들어 버리다니. 이렇게 끝이 나는 것도 당연해요. 다시 계속되네요. 그는 더 강하게 밀어부쳐요. 내 머릿속은 부글부글 폭발하지만 몸은 완전히 죽어서 쓰러져 있고, 계속 밀려 들어오게 돼요. 팔이 늘어지고, 다리가 늘어지고, 사지가 멍해져요. 내 애인을 생각하고, 동생들을 생각해요. 그리고 그게 계속되지요. 그는 내가 눈을 뜬 것을 눈치 채고 내 손목을 침상에 누릅니다. 그래서 더 흥분되었는지 그는 다 쏟아내고는 씩씩거리다가 몸을 빼내고 침상에서 멀어지네요. 그는 아무 말 하지 않고 나도 아무 말 하지 않아요. 그는 방에서 나가 무언가에 부딪히는 소리를 내더니 수도꼭지를 틀어요. 나는 속옷을 입고 스타킹을 신지요. 스타킹은 올이 풀렸고 내 손은 떨려요. 스타킹을 신기가 쉽지 않네요. 이도 덜덜 떨리고, 나는 아무 말도 하지 않아요. 바닥에서 가방을 찾아 들어요. 반짝이는 천으로 만든 민트색 가방이에요. 나는 구두를 신고, 가죽 재킷을 입고, 휘청이며 출입문으로 가 문을 조심스레 열고는 계단을 급히 내려옵니다. 내 맥박 소리가 들려요. 어지럽고 술기운이 있어요. 밖은 춥고, 나는 더 이상 달릴 수 없을 때까지 달려요. 나는 온통 텅 빈 느낌, 몸은 뻣뻣하고 많이 초조하고 내면이 차고 딱딱합니다. 춥고, 몸이 떨리고, 생각을 할 수도 느낄 수도 없어요. 귓속에서는 쇳소리가 들려요. 나는 걷고 또 걷지요. 잠시 후 택시를 불러 세웁니다. 마치 꿈속 같고, 다른 세계로 등이 떠밀린 것 같아요. 눈이 오기 시작하고, 나는 이렇게 집으로 와요. 택시를 타고 집에 오지요. 아마. 아마 그랬던 것 같아요. 1월이었을 거예요. 그의 피부는 축축하고 창백했어요.

나는 PTSD 씨의 진찰용 의자에서 몸을 앞으로 숙이고 손에 얼굴을 묻는다. PTSD 씨는 나에게 티슈 상자를 건넨다.

이건 수동 트라우마라는 걸 기억하세요. 잠시 후 그가 말한다. 하지만 이 일을 기억해 낸 건 긍정적이에요. 그 사건은 제자리를 찾았고, 이제 거기에 기운을 더 쓸 필요가 없으니까요. 이건 지난 일이라는 걸 기억해요.

무슨 말이죠? 정말 화가 나네요. 내가 말한다. 그리고 얼굴을 들어 PTSD 씨를 향한다. 클리셰처럼 들리죠. 하지만 성폭행에 관한 한 뭐든지 클리셰처럼 들린다는 생각을 해 낸 건 대체 어떤 인간이죠? 이건 클리셰가 아니에요. 사실이죠. 남자 친구가 있는 집으로 돌아왔을 때 그는 내 침대에 누워 자고 있었고, 나는 샤워를 하고 땀이 날 때까지 피부를 박박 문질렀어요. 나는 울지 않았어요. 옷은 내버렸지요. 바닥에 누웠지만 잠이 안 왔어요. 아무에게도, 남자 친구에게도, 아니에게도, 동생이나 어머니에게도 말하지 않았어요. 그 일을 생각하고 싶지 않았고, 그냥 지나가길 원했어요. 하지만 지나가지 않았지요. 나는 절망했고, 몇 주일, 몇 달이 지나도록 일어날 수가 없었어요. 몸을 끌고 직장과 집 사이를 오가기만 했을 뿐인데 모든 게 그 돼지 새끼 때문이라는 걸 몰랐어요. 몇 달이 지나고 남자 친구와 관계가 깨져 버렸어요. 내가 더 이상 재미나거나 명랑하거나 열정적이거나 유치하지 않기 때문이었고, 더 이상 걱정 없고 장난기 있는 젊은 여자가 아니기 때문이었지요. 나는 무겁고 어두워졌고, 늙었고, 내 몸을 혐오했어요. 몸은 부은 느낌이었고 피부는 따가웠어요. 마치 더 이상 내 몸이 아닌 것 같았죠. 내 남자 친구는 아무것도 이해할 수 없었어요. 나는 그에게 화를 냈지요. 그에게 소리를 높이고 고함을 쳤어요. 그런데 그의 눈빛이란. 그는 전혀 이해할 수가 없었거든요. 내가 이야기하지 않았는데 어떻게 이해하겠어요. 내 작은 튤립, 그가 말했어요. 나를 그렇게 불렀거든요. 그는 나에게 손을 내밀었는데 내가 쳐냈어요. 내가 그를 떠났어요.

그래요. PTSD 씨가 말한다. 그랬군요. 그건 여러 해 전 일이에요. 그 일은 뒤로 보내고 새 남자 친구를 만났어요. 일을 배우고 아이를 낳았고, 지난 일은 밀봉해 치워 둬서 수동 트라우마가 되었지요. 이제 그 일이 다시 트라우마가 되지 않도록 주의하는 게 중요해요. 일어난 일은 당신 인생사의 한 부분이에요. 아무리 불쾌한 폭행이었어도 그 또한 삶의 한 부분이죠. 아버지의 폭력이 삶의 한 부분이었던 것과 마찬가지로요. 그 일을 비판하는 건 아주 정당하지만 일어났던 일을 이제 통제할 수 있으니 그 일을 그냥 재워 버릴 수도 있지요.

무슨 헛소리 같네요. 내가 말한다.

버스를 타고 집에 오면서도 나는 내내 화가 난다. 그가 나에게서 앗아 간 것. 나는 이를 꽉 물었고, 주먹으로 치고 싶다. 나는 억지로 산발한 남자 친구 생각을, 유리창이 부옇고 석유 냄새가 나던 내 방, 바닥에 던져진 우리 옷, 그의 입과 우리의 손, 길고 달콤한 오후의 입맞춤이 있던 그 방에서 구겨진 이불 아래에 있던 우리 둘 생각을 한다. 이 모든 생각은 신고당하지도 자신들의 범죄에 대해 벌을 받지도 않은 강간범들에 대한 분노를 차츰 덮는다. 나는 그에게 더 이상 나를 통제할 권한을 주지 않을 것이고, 그에게 내 안에 조금도 자리를 내주지 않겠다. 나는 다시 차분해지고 거의 잠이 들지만 다시 깨어나 속으로 외친다. 안 돼, 그의 악행은 잊혀서는 안 돼. 나는 아들들에게, 아니에게, 동생에게, 충분히 자라면 손주들에게 그의 이야기를 할 거야. 나는 그의 범죄 이야기를 할 거야. 성폭행은 잊혀서는 안 돼. 침을 맞고 비판을 받아야지. 처벌을 받아야 해. 나는 다시 자리에 주저앉아 몽롱한 휴식으로 빠져든다.

　오랜 더위에 쑥 자라난 등나무의 새순에서는 쪼끄만 손을 닮은 쪼끄만 잎이 자란다. 이 쪼끄만 잎은 줄기와 마찬가지로 벽을 타고, 길쭉한 새순은 아무것도 없는 공중으로 자라나 붙잡을 것을 찾는다. 등나무의 새순은 공허함 안으로 자라나 자신을 공허함 속에 던지며 붙잡을 무엇을 찾는다. 자그마한 연두색 손들은 지금 자라는 자리에 있는 것을 무엇이든 붙잡는다. 벽이나 울타리나 홈통일 수도 있고, 누가 버린 빗자루 손잡이일 수도 있다. 등나무는 무엇이나 붙잡고 무엇이나 둘러 감고 위로 자란다. 올라가기 위해 애쓴다. 빛을 향해. 가능한 무엇이나 지지대로 삼아.

　나는 아니에게 전화를 걸어 저녁에 같이 수영장에 가고 싶다고 말한다. 아니는 차로 나를 데리러 온다. 나는 풀로 미끄러져 들어가 맑은 물에서 내 몸을 씻고 달랜다. 우리 다섯은 모두 어두워질 때까지 수영을 한다. 해는 이제 전보다 일찍 지는데 바람이 수면을 살짝 흔들고 달은 구름에 은근히 가렸다. 나는 생각한다. 내 몸은 내 것이고 다른 누구의 것도 아니다. 나중에 우리는 벗은 채로 사우나에 앉는다. 마르거나 다부진 몸, 어둡거나 흰 피부, 짧거나 긴 머리, 크거나 작은 가슴, 하지 정맥류, 모반, 늘어지고 주름진 피부, 많이 상했거나 조금 상한 우리. 그런 우리가 여기 우리 모습 그대로 앉아 있다. 인생을 거치며 만들어진 모습 그대로. 내 안에는 깊은 평온함이 퍼지고 사우나의 온기가 밀려들어 온다. 우리는 여기에, 나는 여기에 있고, 지금 이 순간은 바로 이런 모습인데 이대로 충분히 좋다. 고마워. 내가 친구들에게 말한다.

뭐가? 로세가 의아해하며 묻는다.

그냥 고마워.

그리고 나는 네 명의 친구들에게 어느 겨울밤에 파란색 소파에서 무슨 일이 있었는지 이야기한다. 삼십팔 년 전 내가 열아홉 살이었을 때.

너는 사과나무 가지에 피었던 꽃

숲은 빛이 바랜다. 9월 말이 되었고, 해는 깊고 진하게 타오른다. 하늘은 푸르고 푸르다. 저녁 시간에는 잠시 빛살이 강해져 눈이 부시다. 우리는 저녁 수영을 그만두었다. 공기는 서늘하고 해가 지면 추울 정도다. 바람이 불고 또 분다. 바람은 골목 사이를 외치고 다니고, 나는 옷장을 뒤져서 재킷과 스웨터를 꺼낸다.

아직 어렸을 때 아이들은 지금 내가 자는 작은 방에서 잤다. 더 자라자 거실이 아이들 차지가 되었다. 나는 이 자리에 누워 연애 고민, 몰락, 자기 연민을 겪었다. 혼란, 절망, 강력한 생존 본능. 이혼 후 몇 년이 지났을 때 나는 잠깐씩 누구를 사귀기 시작했지만 그 이상 발전하지는 않았고, 긴장과 성관계와 상심, 그 이상은 없었다. 남자들은 거의 다 유부남이었으니 상황은 이상적이지 않았다. 다른 남자들에게는 내가 금세 지쳤다. 내가 원했던 남자들은 가질 수 없었고, 가질 수 있는 남자들은 내가 원하지 않았다. 나는 서서 별 네 개와 고양이 머리가 있는 작은 그림을 바라본다. 큰아들이 1학년 때 그린 작품이다. 문 옆 벽에 그렸다. 나는 그 위에 덧칠할 용기를 내지 못했다. 고양이는 가느다란 수염이 있다. 미소 짓는 고양이. 나는 바닥에 앉아 현관을 뚫어지게 바라본다. 아들 셋을 키우는 건 힘든 일이었다. 아이들이 자라며 갈등도 커지고, 소음도 커지고, 빨래도 많아지고, 현관에는 신발이 잔뜩 쌓인다. 한 아이는 학교에서, 다른 아이는 아버지와의 관계에서 다툼과 문제를 겪고, 내 전문 분야에서는 외향적 행동이라고 부를 그런 것들을 보인다. 공포, 수면 부족, 시간이 지나며 수동성, 무단 결석, 거짓말. 한 아이는 파티 후에 위세척을 위해 실려 갔고, 다른 아이는 가게에서 절도를 하다가 잡혀갔다. 한 아들은 강도를 만났고, 다른 아들은 축구장에서 싸움을 시작했다. 등등. 나는 얼마나 자주 아이들 아버지에게 전화를 걸고 도움을 부탁했던가. 그도 노력은 했지만 너무 멀었다. 멀리 떨어져 있었고, 자기 일로 바빴다. 아이들이 자라서 점점 공간을 차지할수록 집은 점점 좁아졌다. 나는 아이들에게 소리를 쳤고, 아무도 나를 건드리지 못하도록 욕실에 숨었다. 나는 잘할 수 없었고 에너지도 없었다. 한편 우리가 모여 앉아 이불을 덮고 영화를 보며 단것을 먹고 차를 마시는 저녁, 이건 이 세상에서 가장 편안하고 즐거운 시간이다. 그리고 겨울날들. 밖에는 눈이 오는데 음악을 크게 틀고 웃으며 부엌 바닥에서 춤추기. 엄마, 엄마, 볼륨을 높여 주세요. 숲속에서 하는 달리기 경주. 연못 옆에 엎드려 금붕어와 수련 관찰하기. 침대 가장자리에 앉아 가깝고 친밀한 대화를 나누고 아이의 몸에 이불을 꼭 덮어 주기. 방황하는 십 대 위로하기. 점점 어두워지는데 나는 바닥에 앉아 현관을 뚫어지게 바라본다. 나는 머리를 침대에 기댄다. 갓 태어난 작은 아기. 다 자란 너. 이 모든 시절이 내 머릿속에.

아버지는 집에서 이사를 나갔다. 어머니가 어떻게 내보냈는지 나는 지금까지도 모른다. 아버지가 마구 화를 냈던 것은 기억한다. 발로 차서 문에 구멍이 나고 주먹이 내 등을 쳤다. 어느 날 아침 아버지가 일터에 간 사이 어머니는 약간의 옷을 챙겼고 우리는 집을 떠났다. 우리는 외할아버지 댁으로 옮겼고, 아버지의 이사가 진행되는 동안 거기서 살았다. 우리는 넷이 함께 어머니가 전에 쓰던 방에서 잤고, 어머니는 매일같이 늘 하던 그대로 그 집 아래의 병원으로 출근했다. 마치 아무 일도 없었다는 듯이. 그렇게 느껴졌다. 우리는 버스를 타고 학교에 다녔고, 모든 것이 이상했다. 살던 집에 돌아왔을 때 아버지는 이미 이사를 나간 후였다. 아버지는 마지막 인사로 부엌을 난장판으로 만들어 놓았다. 어머니는 외투도 안 벗은 채 바로 정리를 시작해 깨진 도자기와 유리를 쓸어 내버리고 벽에서 케첩과 화분의 흙을 닦아 냈다. 창문을 모두 열고 일을 다 마치자 말했다. 자, 이제 나가서 멋지게 식사나 하자.

어머니는 열쇠를 바꾸고 우리 집 전화번호도 바꾸었다. 어머니는 부엌에 붉은 바둑무늬 커튼을 만들어 걸었고, 우리는 어머니가 저녁 식사를 준비할 때면 라디오를 듣기 시작했다. 아버지가 부부 침대를 가지고 가서 어머니는 소파베드를 구입했다. 방해를 받지 않고 싶으면 우리는 낮에 그 소파베드에 누워 공부해도 된다는 허락을 받을 수 있었다. 나는 자주 그렇게 했다. 나는 집을 떠날 때까지 동생들과 한방에서 지냈다. 아버지는 지금 어디 살아요? 내가 어머니에게 물었다. 몰라. 어머니가 대답했고, 나는 더 이상 알고 싶지 않았다. 그 일은 더 이상 이야깃거리가 되지 않았다. 아버지는 전기 기술자여서 집 안의 모든 스위치를 직접 바꾸고 등을 보기 좋게 달았다. 아버지는 우리에게 우리의 유전자, 우리의 세포, 우리의 피부, 우리의 악몽 안에 폭력만이 아니라 등들도 박아 놓았다. 여러 해 동안 우리는 아버지가 돌아올까 봐 두려웠다. 계단으로 통하는 문에서 소리가 날 때마다 우리는 두려웠고, 무거운 발걸음이 계단을 올라오는 소리가 들릴 때도 늘 두려웠다. 숨을 참는다. 몸이 굳는다. 눈을 크게 뜨고 서로를 바라본다. 하지만 아버지는 돌아오지 않았고, 몇 년 전에 세상을 떠났다. 아버지의 형제가 신문에 부고를 냈다. 우리는 장례식에 가지 않았고 꽃을 보내지도 않았다. 아버지가 돌아가셨다. 어머니가 말했다.

흠. 내가 말했다.

흠. PTSD 씨가 말한다. 좀 나아지신 것 같네요. 재앙 생각도 줄고, 회피 행동도 줄고, 트리거도 덜 경험하고, 고립은 줄고 자기 돌봄은 늘어나고. 맞나요?

모르겠어요. 내가 말한다. 책을 읽는 것처럼 들리네요.

PTSD 씨는 웃는다.

조만간 스트레스 장애가 생기게 한 트라우마를 가지고 작업을 시작해야 해요. 그가 말한다. 점점 준비가 되어 가는 것 같아요. 이제 제가 드릴 수 있는 도구는 다 가지고 계시니 그것들을 사용해야 한다는 걸 기억만 하면 돼요.

지금도 소파 탁자 아래에 누울 때가 많아요. 내가 말한다.

두려워요. 내가 말한다.

세션이 끝나고 버스를 타러 가는 길에 나는 대기실의 커피 메이커에서 큰 소리가 났을 때 깜짝 놀라던 여자를 만난다. 그녀는 자전거를 끌고 있다.

말씀이 맞았어요. 그녀가 말한다. 치료는 도움이 돼요. 하지만 아직도 그놈의 커피 그라인더는 안 고쳤더라고요. 차례가 되기를 기다리는 동안 이어폰을 사용하기 시작했어요. 데스메탈을 듣죠. 그렇게 커피 쇼크를 피해요. 진짜 말도 안 되죠.

그렇다. 말도 안 된다. 나는 다시 그 거리로 돌아가기 싫다. 그 거리를 생각만 해도 싫다. 나는 다시는 그 거리로 돌아가지 않겠다. 나는 그 장면들을 털어 버리기 위해 머리를 앞뒤로 흔든다. 그리고 내 가방을 품에 안는다. 버스 창밖으로 지나치는 바깥세상을 바라보며 그 거리에 가 보는 건 좋은 거라고, 버스에 앉아 지나가는 건 좋은 거라고 스스로를 설득한다.

평범한 세상이 창밖을 지나친다. 일상의 자질구레한 일들이 모두 펼쳐진다. 오가는 사람, 볼일을 보는 개, 짐을 내리는 차, 구조물에 서 있는 공사장 사람, 단체로 소풍을 가는 학생, 자전거를 타는 사람, 신호등, 나무. 나는 종점까지 다 갔다가 돌아온다. 그리고 나서야 집에 간다.

동생은 나를 마드리드로 불러내려 한다. 호텔에서 무료로 재워 주겠다고, 도시가 아름답다고 꼬인다. 언니, 그냥 와. 동생이 말한다. 날씨는 아름답고, 사치를 조금 누리는 건 언니한테도 좋을 거야. 못 하겠어. 난 사치를 바라지 않아. 내가 제일 싫은 게 사치야. 동생은 아이가 없지만 애인인 가비노는 다 자란 딸이 있다. 나는 가비노의 사진을 본 적이 있어도 직접 만난 적은 아직 없다. 둘은 몇 년을 같이 보냈다. 그래. 동생이 한숨을 쉰다. 그럼 다음번에 내가 엄마를 찾아갈 때 만나. 겨울 휴가 때는 보겠지.

뒷배경으로 호텔의 소음이 들린다. 엘리베이터에서 들리는 종소리, 여러 사람의 목소리, 바닥을 구르는 여행 가방.

어젯밤 늦게 말벌 한 마리가 열린 발코니 문으로 날아 들어왔다. 밖은 어두웠다. 나는 소파에서 일어섰다. 말벌은 몇 바퀴를 돌더니 거실의 액자 포스터 뒤쪽에 앉았다. 나는 잠자리에 누웠다. 심장이 마구 뛰었다. 말벌이 바닥에 앉았다가 밤에 내가 화장실에 갈 때 내 발을 쏠까 겁이 났다. 공포가 점점 커졌고, 잠을 잘 수 없었다. 하지만 아무 일도 일어나지 않았다. 아침에 웅웅거리는 소리가 나지도, 죽은 말벌이 포스터 아래로 떨어지지도 않았다. 나는 벌이 여전히 액자 뒤쪽의 벽에 앉아 있는지 확인할 용기가 없었다. 어쩌면 죽을 자리를, 마지막 비행 구간을 찾고 있었는지도 모르지. 내 거실을 향한 죽음의 비행. 밤에 잠자리에서는 말벌 생각이 너무나 컸다. 뒤척이며 돌아눕고, 다리가 떨리고 팔도 근질근질, 말벌 떼. 죽어 가는 작은 곤충 하나 때문에 아침에는 공포와 수면 부족으로 지쳐 버렸다.

다른 날 어머니를 방문하기로 작정한다. 하늘에는 떠가는 구름이 가득하다. 우리는 어머니의 부엌에 앉아 있고, 어머니는 관절염이 있는 손으로 냄비 집게를 뜬다. 시간이 오래 걸리지만 어머니는 끈기가 있다. 너 줄 거야. 어머니는 말한다. 너 초록색 좋아하잖니.

고맙네요, 엄마.

나는 9월이 좋아. 어머니가 말한다.

나는 묻고 싶고 말하고 싶은 게 많지만 하지 않는다. 우리는 늦은 오후의 햇빛을 받으며 마주 앉아 있는데 갑자기 어머니가 손을 탁자 위로 내밀어 내 손 위에 얹는다.

너는 좋은 애다.

나는 울음이 터진다.

울 거 없어. 엄마가 말하고 다시 손을 치운다. 칭찬인데.

나는 어머니가 사는 시 경계에 가까운 노인용 주택에서부터 먼 길을 걷는다. 시내까지 걸어 나와 시내를 가로질러 걷는다. 갑자기 감정이 벅차오른다. 마음이 급하면서도 슬프고, 초조하면서도 어딘가 감사하는 마음이 생기고. 커다란 불안감에 속이 떨린다. 나는 달리기 시작하고, 숨이 차 올 때까지 달린다. 머리가 수그러들고, 속이 울렁거리고, 어지럽다. 숨을 쉬려 헉헉거리고 다리에 젖산이 느껴진다. 나는 항구까지 가야겠다. 끝까지, 항구까지 가지 않고 견딜 수 없지만 도착해서 물로 뛰어들지는 않는다. 물은 검고, 부두에 부딪힐 때 나는 소리는 편안하면서도 으스스하다. 나는 한참을 서서 출렁이는 물을 내려다본다. 더욱 어두워지고, 나는 어둠 속에 서 있다. 어둠을 가로질러 집으로 온다. 나는 집에 와서 스타킹을 벗고 소파 탁자 아래로 기어 들어가는 대신 부엌 바닥에 눕는다. 내가 보기에는 이것도 진보다. 나는 까르르 웃음을 터뜨린다. 마룻바닥에 누운 여자가 괴로운 상황에서 소파 탁자 아래에 눕지 않았다고 그걸 진보라고 하다니. 나는 내 앙상한 무릎을 보고 더 크게 웃는다.

일요일 아침 일찍 큰아들이 전화를 걸어 나를 깨운다. 브런치에 오란다. 나는 피곤하고 그냥 자고 싶지만 일어난다. 몸을 씻고 머리를 드라이어로 말린다. 셔츠를 다리고 예쁜 부츠를 신는다. 나는 꼼꼼히 신경을 쓴다. 나는 노력을 한다. 아래층에 사는 알리스를 계단에서 만난다. 알리스는 아직 어린 아이들을 데리고 집으로 들어가는 중이다. 아이들은 문 앞 도어매트에서 신발을 벗는다. 한 아이는 굵은 나뭇가지를 끌고 있다. 내가 찾은 거 보세요. 아이가 말한다. 아이의 눈이 빛난다. 보물을 발견했으니까. 알리스는 우리 손주들은 어떻게 지내는지 묻고, 자신은 이제 간신히 베이비시터를 찾아서 저녁에 가끔 외출할 수 있다고 이야기한다.

맨 위층에 여자 친구와 함께 사는 그 여자예요. 알리스가 말한다. 아이들도 좋아해요. 지난 목요일에 밖에서 친구들을 만나 식사를 했는데 정말 즐거웠어요. 여름 내내 갇혀 있는 느낌이 꽤 들었거든요.

그녀는 미소를 짓는다. 나는 지금 손주들을 만나러 나가는 길이라고 이야기한다.

나뭇가지를 든 아이가 울면서 현관으로 나오더니 다른 아이들이 놀린다고 말한다.

저런. 알리스가 말한다. 들어가야겠어요. 아이들이 엄청 배가 고프거든요. 하루 종일 공원에 있었어요. 알리스는 문을 닫는다. 나는 그녀를 별로 잘 알지 못한다. 그저 몇 번 이야기를 나누었을 뿐이다. 그래도 나는 그녀를 이해한다.

날이 따뜻해 밖에 앉을 만하다. 아들과 며느리는 이미 두 딸과 테이블에 자리를 잡았다. 웨이터들이 달걀과 베이컨을 내온다. 아이들은 내 양옆에 앉았다. 곧 여덟 살이 되는 제일 큰아이는 진짜 말이 갖고 싶다고 말한다.
 할머니, 나한테 진짜 말 하나 주시면 안 돼요?
 그럴 수 있으면 좋겠네. 내가 말한다. 하지만 못 하지.
 아빠가 할머니는 말을 탈 줄 안다고 했어요.
 그래, 맞는 말이야. 전에 탈 줄 알았어.
 근데 아빠는 말 타는 법은 잊어버리지 않는대요. 자전거 타는 법처럼 말이에요.
 아빠 말이 맞을 거야. 말 타는 거 배우고 싶으니?
 네. 엄마하고 아빠가 내년에는 말 타는 데 보내 줄 수도 있을 거라고 했어요. 만약 돈이 있으면요.
 재미있겠네. 커다란 말이 무섭지는 않아?
 아니, 하나도 안 무서워요.
 여동생은 화장실에 가고 싶어 해서 내가 데리고 간다. 이제는 혼자 볼일을 볼 수 있다. 나는 혼자 다 할 수 있어. 아이가 말한다. 달걀은 식었고, 우리는 접시 사이에서 퍼즐을 맞춘다. 아이들은 넓은 보도로 가서 놀아도 된다는 허락을 받고, 남은 우리는 근황을 이야기한다. 어떠니. 좋아요. 괜찮아요. 아이들은 잘 지내요. 나도 그래. 나는 말한다. 진전이 있어.

엄마. 아들이 말하면서 내 눈을 바라본다. 거짓말하시는 거예요?

아니, 거짓말 안 해. 하지만 잘 지낸다고 말하면 그게 거짓말이겠지.

방금 잘 지낸다고 하셨잖아요.

얘야. 내가 말한다. 나는 알아서 하고 있어. 네가 나를 도와줄 수는 없고, 그럴 필요도 없다.

목이 메어 오고 눈물이 고인다.

며느리는 내 팔을 잡는다. 내 팔은 식탁 위에 힘없이 놓여 있다. 소매에 베이컨 기름이 묻었다.

그래, 그래. 나는 말하고 눈물을 닦는다. 그 이야기는 그만하고 싶구나. 내가 말한다. 오래간만에 만났으니 즐겨야지. 나는 해 나갈 수 있을 거야.

모르겠어요. 아들이 말한다. 이해가 안 돼요.

아들의 눈에 보이는 어떤 분노.

나는 자리에서 일어나 아이들에게 함께 사방치기 놀이를 할지 묻는다. 아이들은 줄넘기를 내던지고는 가지고 온 장난감이 가득한 배낭에서 유리로 된 파란 조약돌을 꺼낸다. 우리는 보도의 네모 칸에 돌을 던진다. 아이들은 나 때문에 배를 잡고 웃는다. 할머니, 줄을 밟았잖아요.

비가 오기 시작한다. 카페는 차양을 친다. 아이들은 디저트를 받아 테이블보에 초콜릿을 바르고, 뺨에도 초콜릿을 묻힌다. 입안에는 초콜릿 묻은 혀, 여기저기 젖니가 빠진 환한 웃음들. 냅킨으로 종이비행기를 접는데 냅킨이 말을 듣지 않아 작은아이는 소동을 벌인다. 화를 내며 소리치고 냅킨을 던져 버린다. 냅킨은 펄럭이며 날아가다 웅덩이에 떨어진다.

엄마. 아들이 말한다.

응, 아들. 내가 말한다.

며느리는 작은아이를 도와 새로 종이비행기를 접지만 냅킨은 그 목적으로 쓰기에는 너무 부드럽다. 큰아이는 내 무릎에 기어 올라와 입을 내 귀에 가까이 댄다. 아이는 쉰 목소리로 귀엣말을 한다. 온기가 느껴진다.

그러니까 할머니, 할머니는 지금도 말을 잘 타지요. 나는 알아요, 할머니.

귓바퀴에 아이의 침이 느껴진다. 아이에게서 바람과 초콜릿과 기름 묻은 손가락의 시큼한 냄새가 난다.

그 거리. 나는 아니에게 말한다. 그 거리에 대해서는 생각할 용기도 없어.

한번 같이 가 보면 어떨까. 아니가 말한다. 그 거리도 결국 그냥 거리잖아.

우리는 매일같이 통화를 한다. 늘 그랬다. 아니는 내 생명줄이다.

난 못 하겠어. 내가 말한다.

그렇지 않아. 할 수 있지. 아니가 말한다.

그날 저녁에 이를 닦고 나서 나는 넓적다리와 엉덩이의 상처를 손으로 쓰다듬는다. 상처는 가느다란 뱀처럼 내 피부를, 뭉치고 희어진 피부를 굽이친다. 여기서 추억을 찾고 있으면 안 되지. 이 모든 사건은 너무나 생생하고, 나는 기억을 억누르기 위해 온갖 노력이 필요하다. 내 뇌 속에서 작은 점화가 일어나면 얼른 꺼야 한다. 나는 생각을 다른 데로 돌리기 위해 이제 노래를 시작한다. 내 목소리가 욕실에 울리고, 내 목소리가 불을 끈다. "나는 사과나무 가지에 핀 꽃." 나는 노래한다. "나는 공중에 떠다니는 보풀."

10월 1일. 바람이 불고 습하고 추운 날씨다. 어둑어둑한 하늘, 잿빛 저녁. 빗줄기가 유리창에 부딪히고, 나는 나 자신이 누구인지 모르겠다. 계절은 쿵 소리를 내며 하루 사이에 갑자기 바뀐다. 등나무는 노란색으로 변하기 시작한다. 밤나무 잎은 가장자리가 갈색이 되었다. 나는 난방비를 아끼기 위해 담요로 몸을 감싼다. 전기를 아끼기 위해 초를 켠다. 나 자신을 아끼기 위해 아주 가만히 앉아 있는다. 나는 외할아버지의 공책에 적는다.

하루 세 번 식사를 하시나요?
네.
밤에는 주무시고요?
대개는 그렇죠.
사람들을 만나세요?
네.
무리라고 생각하면 거절할 수 있어요?
전보다는 잘하는 것 같아요.
다시 일을 할 힘이 있으세요?
이전 직장에 돌아가고 싶지는 않아요. 그건 무조건 싫어요. 그게 바로 선을 긋는 거예요. 아시겠어요? PTSD 씨는 손을 뒷목에 얹는다. 아시겠어요?

네.

어떤 느낌인가요?

파란색 소파에서 그 일이 있은 후, 아니, 낯선 남자의 집에서 열아홉 살에 성폭행을 당한 후 나는 임신한 걸 알았다. 그 일이 있기 전에 피임을 잊어서 남자 친구의 정자가 내 난자 안에 들어왔는지, 아니면 이 임신이 폭행의 결과인지 나는 알 수가 없었다. 나는 남자 친구에게 아무 말도 하지 않고 의사를 찾아가 임신 중절을 원한다고 말했다. 이제 열아홉 살이에요. 내가 말했다. 아직 십 대고 그릴 바에서 일하고 있어요. 더운물도 안 나오는 작은 방에서 살고, 아이 돌볼 줄도 몰라요. 아버지가 누군지도 모르고요. 의사는 돋보기 너머로 나를 진지하게 바라보고는 필요한 내용을 적어 주었다. 나는 임신 중절 허가를 받았으니 마음을 놓고 숨을 쉬었다. 내 몸은 외부에서 아무것도 받아들이지 못했다. 밤에는 변기에 몸을 숙이고, 낮에는 수풀 뒤에, 길가의 공공 쓰레기통에 토하고, 튀김 기름이 타는 그릴 바에서는 직원 공간의 세면대로 달려갔다. 마치 내 기운을 모두 빼앗아 가는 무엇이 내 안에 기생하는 느낌이었다. 작고 악한 괴물이. 몸 안에 무언가 갑갑한 밀랍 같은 게 있는 느낌, 노르스름하고 끈끈한 밀랍이 피부 아래에 자리 잡고는 몸 안에 갇혀 폐소 공포증에 시달리는 느낌이었다. 어디 아파? 남자 친구가 물었다. 나는 화내며 그에게 고함을 쳤다. 내버려둬, 가, 보기 싫어.

그는 산발을 하고 슬픈 눈으로 서 있었다. 나는 폭행 후 일주일이 지났을 때 그를 떠났다. 임신 중절 후 나는 방에 누워 내가 다시 깨끗해지기를 기다렸다. 식은땀과 출혈. 아랫배의 통증과 팽팽하고 따뜻한 가슴. 엄청난 무게감. 거울에 비치는 혐오스러운 내 모습. 익숙하지만 너무나 낯설어진 얼굴. 폭행한 남자 때문에, 태아 때문에 내 몸 안에 생긴 이물질. 석유난로의 끈끈한 온기 속에서 땀에 젖은 이불을 덮고 침대에 누워 있을 때 그 태아는 낯선 남자의 차고 역겨운 정자에서 자란 거였다는 확신이 점점 커졌다. 나는 아무도, 아니조차도 보고 싶지 않았다. 전화선을 뽑았다. 몇 번은 아니가 집 앞에 와서 문을 두드리고 나를 불렀다. 나는 누워 있었다. 아무에게도 임신 중절 이야기는 하지 않았다. 나는 종일 계속해서 잤다. 어느 날은 빵을 토스터에 넣고 그사이 잠이 들었다. 화재경보기가 날카롭게 울려 잠에서 깨었다. 방 전체가 연기에 뒤덮여 있었다. 나는 자고 싶었고, 사라지고 싶었다. 나는 그릴 바에서 기계적으로 주문을 받고, 감자튀김을 끓는 기름에 넣었다가 다시 꺼내 종이 접시에 쏟고, 생소시지와 소고기 패티랍시는 회색으로 냉동된 고깃덩이를 다루었다.

    나는 아니에게 전화를 걸어 독감에 걸렸었다고 했다. 내가 다시 내가 되기까지는 몇 달이 걸렸다. 그러나 이전의 나로 돌아가지 못했다. 나는 이 일, 폭행과 임신 중절을 머릿속 가장 깊은 곳에 눌러 담고 한쪽으로 밀어서 자그마한 보따리를 만들었다. 나는 격한 피로를 떨쳐 버리고 몸에 붙는 초미니스커트를 입고 나이트클럽에 가서 마구 춤을 추기 시작했다. 화장을 한 눈꺼풀 아래의 얼음 같은 눈빛. 럼 콜라. 진토닉. 남자들이 팔을 만지면 밀쳤고, 그들 사이에 끼어들었으며, 입을 맞추고 싶어 하고 더 많은 것도 원했다. 하지만 발로 차고 주먹으로 때릴 준비도 되어 있었다. 더 이상은 놀기 좋아하는 병아리가 아니었다. 놀기 좋아하는 병아리는 해체되고 살해되었다.

그러다가 나중에는 아무하고나 잤어요. 내가 PTSD 씨에게 말한다. 아무 상관 없다는 듯이 말이지요. 나도 모르겠어요. 내가 말한다.

몸에 대한 소유권을 잃었군요. PTSD 씨가 말한다. 그렇게 자기 몸을 함부로 다루는 경우는 아주 흔하지요. 성폭행은 한 인간의 정체성과 몸에 관련된 아주 중요한 경계를 침범합니다. 아무에게나 몸을 맡기는 행동에도 분노가 담겨 있지요. 복수의 반대 형태라고 할 수 있어요.

그러니까 정상이라는 거네요. 내가 PTSD 씨에게 말한다. 폭행을 당한 후에 호감도 안 생기는 남자를 유혹하고, 그의 집으로 따라가 어쩌면 더러울 시트에 눕는 게 말이죠? 남자가 센게 좋냐고 묻거나, 아니면 아예 아무 말도 없이 씩씩거리기만 하는데 고통스럽지만 얼굴도 안 찡그리고, 이 모든 게 또 다 내 탓이죠. 심지어 이제는 피아노 치는 사람도 없고, 노래하는 사람도 없어요. 끝내기 위해 흥분한 척하고, 세상에, 남자를 최대한 빨리 해치우려고요. 빨리 해치우려고 무엇이든지 하겠지요. 그러고는 희미한 아침 햇살 속에 집으로 돌아오는 거예요. 걷는 것도 아프고, 취기가 올라오고, 스타킹은 너덜너덜한데 이게 정상이라고요? 내가 외친다.

이게 정상이에요? 내가 외친다.

그래요. PTSD 씨가 말한다. 실제로 아주 정상적인 반응이에요.

나는 작은 진료실의 창문으로 성난 눈을 돌린다. 나무들은 주황색이고, 바람이 불면 나뭇잎은 조용히 땅으로 날린다.

다시 나는 PTSD 씨를 바라본다. 그는 생강차를 한 모금 마신다.

알았어요. 내가 말하고 숨을 깊이 들이쉰다. 한참의 침묵.

나는 말한다. 어쨌든 몇 년간은 그랬어요. 오래전 일이죠. 그러다가 동생이 죽었어요. 모든 것이 달라졌죠. 그 후에 전남편을 만났고, 유치원 교사가 되려고 공부를 시작했어요. 다시 모든 것이 달라졌죠. 그리고 첫아들을 임신했어요.

정확해요. PTSD 씨가 말한다. 삶과 죽음이죠. 그가 말하며 묘한 미소를 짓는다. 당신의 타임라인에는 그게 다 포함되어 있어요.

나는 그럴 바를 그만두고 주유소에 취직했다. 여기도 공기는 탁하다. 하지만 똑같은 탁한 공기는 아니라서 임신 중절을 상기시키지 않는다. 주유소 일은 힘들다. 작은 가게에 서서 엔진 오일과 맥주와 크로크무슈를 팔면 춥다. 유리 세정액과 담배. 트럭 운전사들과 바이커들이 오는 저녁에 혼자 있기. 나는 강도와 폭행이 두렵고, 노출된 느낌이다. 그래도 거의 이 년 동안 거기에서 근무한다. 저녁마다, 밤마다, 나는 안전한 집에 와서 문을 잠그며 마음을 놓는다.

나중에는 여기저기 어린이집에서 청소 일을 찾았다. 저녁에 하는 일이었다. 우리는 아이들이 집에 가는 시간에 출근했다. 나는 리놀륨 바닥을 걸레질하고 기저귀 통을 비웠다. 조그마한 변기를 씻고 식탁을 닦았다. 조리사들이 점심 식사를 준비하는 주방을 청소했다. 레인지와 개수대와 개수대 위 타일을 닦았다. 작은 플라스틱 컵과 숟가락을 만졌다. 나는 탈의실에 앉아 아이들의 실내화를, 작은 외투와 작은 우비를 살펴보았다. 옷과 신발 위쪽 선반에는 그림과 찰흙으로 서투르게 만든 모형들이 놓여 있었다. 나는 장난감과 인형을 쓰다듬었고, 벽에 걸린 알록달록한 포스터들을, 책을 읽어 줄 때 아이들이 모여서 듣는 매트리스를 사랑했다. 휴게 시간이면 나는 거기에 누웠다. 숙취로 두통이 오면 머리를 베개에 묻었다. 어떤 세제로도 지울 수 없는 독특한 아이들 냄새. 좋은, 달착지근한 향기. 그래서 나는 아이들과 함께하는 일을 하고 싶었다. 아이들의 물건과 빈 공간을 접하는 것을 시작으로. 아이들이 하루 종일 자라고 놀고 성장하는 장소들, 때로는 속상해하고 위험에 처하기도 하는 장소들을. 어둑어둑한 저녁의 눈에 보이지 않는 그림자처럼 나는 그 장소들을 치웠다. 아이들의 낮이 어쩌면 더 편안해지기를 바라면서. 아이들을 돌보는 사람들이 더 즐거워지기를 바라면서.

일, 일, 몇 년을 뼈 빠지게 일했다. 월말에는 언제나 돈이 없었다. 아픈 허리에 피곤한 다리. 작은 방에서 아이들 소리에 울리는 이명. 어린이집, 유치원. 번쩍 들어 안아 주기, 인내심 있고 주의 깊고 안정적이기. 노래 불러 주고 자리에 눕히기. 옷 입히고 벗기기, 타이르고 갈등 풀어 주기. 콧물을 닦고, 엉덩이를 닦고, 우는 아이와 화내는 아이 달래기. 어린아이들을 웃게 만들기, 노래하고 이야기 들려주기, 1000개의 질문에 대답하고 설명하기, 아이들을 꼭 붙잡아 주기, 걱정과 집 생각 덜어 주기, 더 나아가 혹시 어떤 아이가 잘 못 지낸다는 표징이 있는지, 그렇다면 문제가 기관에 있는지 가정에 있는지 살피기. 이도 저도 아니라면 그냥 아이가 수줍음을 타서 무리에서 놀거나 음식을 먹는 것을 좋아하지 않는지, 아니면 그저 폭발력을 타고나 가만히 앉아 듣지를 못하는지 살피기. 의미 있는 피로감. 나는 자전거를 타고 집에 와서 저녁 식사를 준비했다. 우리 아들들은 가방을 현관에 내던졌다. 음식이 입에 들었어도 서로 이야기를 했다. 숙제, 짜증 나는 일, 여름의 빛에 대해 잠깐잠깐. 작은아이는 내 품에 기어들어 내 목 부위의 냄새를 맡았다. 나는 아이의 머리에서 나는 밀밭 냄새를 코로 들이마셨다. 발코니에 슬그머니 나가 담배를 피우고 아이들과 거의 같은 시간에 잠자리에 들었다. 무언가 꿈을 꾸었다. 가벼운, 어쩌면 동화 같은 꿈을. 다음 날은 다시 처음부터 시작. 오트밀, 칫솔, 출발. 더러워진 주방 바닥, 저녁 식사 재료로는 할인 품목을. 하지만 모험은 아이들이었다. 다른 사람들의 아이들, 그리고 내 아이들. 아이들은 언제나 모험이었다.

스스로 피해자라고 느끼시나요? 다시 만났을 때 PTSD 씨가 묻는다.

네. 내가 대답한다.

아니요. 내가 대답한다.

나는 피해자가 아니었으면 해요. 나는 이렇게 말하고 그의 눈을 바라본다.

PTSD 씨는 메모를 한다.

피해자라는 감정에는 따라오는 게 많지요. 그가 말한다. 하지만 기쁨은 거기에 속하지 않아요. 잘하고 계신 거예요. 그가 말한다.

피곤해요. 내가 말한다.

니콜라는 모자를 더 눌러쓰고 나에게 팔짱을 낀다. 우리는 식물원에 와 있고, 공기에서 겨울의 추위가 느껴진다. 머리 위의 하늘은 거의 희고, 우리는 식물원을 이리저리 왔다 갔다 하다가 결국은 호숫가의 벤치에 앉는다. 니콜라는 지난여름에 아들과 하이킹을 갔던 생각을 자주 한다고 한다. 우리 둘에게 정말 좋았어. 니콜라가 말한다. 우리 둘 모두에게 정말 좋았지. 우리는 텐트에서 잠을 잤고, 밖에서 불을 어떻게 지피는지, 그 불로 음식을 어떻게 만드는지도 알아냈어. 우리는 매일같이 많이 걸었고, 아들은 점점 마음을 열었지. 점점 말도 많이 하고 개방적이 되었어. 가끔은 정말 많이 웃었어. 아들은 발의 물집과 밤의 추위와 무거운 배낭 때문에 생기는 어깨의 통증을 견뎌야 했어. 우리 둘만 남은 이제 내가 바라던 대로 진짜 새로운 출발이 되었지. 그렇게 우리는 더 강해졌어. 니콜라는 말하고 미소를 짓는다. 그러고는 꿈꾸듯이 호수 위를 바라본다. 니콜라가 그 여행을 눈앞에 그리고 있는 게 보인다.

좋네. 내가 말한다. 여행을 떠나기를 정말 잘했네.

니콜라는 미소를 띤 얼굴을 나에게로 돌린다. 그러더니 말한다. 로세가 데이트했다는 말 들었어?

로세는 데이트를 했고, 이번 여름에 데이트를 여러 번 했고, 또 데이트를 할 계획이다. 처음 만났을 때는 인도 음식을 먹고 한잔하고는 로세의 집에서 지냈다. 로세는 기운도 좋아. 니콜라는 말한다. 로세는 뭔가 바라는 게 있으면 시간을 허비하지 않지. 그 여자도 로세처럼 교사인 거 알았어? 이름은 루이세라는 거 같아. 그 여자, 로세의 애인 말이지.

흥미진진하네. 내가 말한다.

니콜라는 나에게 어깨동무를 하고 머리를 내 머리에 기댄다. 굵은 곱슬머리가 내 목에 닿는다.

그리고 나에게 춥냐고 묻는다.

우리는 일어나 매점에서 차를 산다. 니콜라는 우리 아이들 소식을 묻는다. 나는 작은아들 걱정에 대해 아무 이야기도 하지 않는다. 나는 전보다 나아진 것 같다고 말한다

야호. 니콜라가 말한다.

집에 와서 나는 로세에게 전화를 건다. 로세는 너무나 신이 나 있다. 내일은 루이세와 영화관에 간단다. 최고야. 로세가 말하며 웃는다. 그러니까 진짜 최고야. 행복에 빠진 로세가 크게 숨을 내쉰다.

막내 황금 고깔. 다시 그 아이 생각이 난다. 연락을 하기가 겁이 난다. 잘 지내지 못하고 있다는 말을 들을까 겁이 난다. 회피 행동. 그 아들과 대화가 끊어진 지 꽤 되었다. 둘째 아들과도 마찬가지다. 나는 발코니에 앉아 외할아버지의 공책에 적었다. 따뜻한 저녁, 바람도 없다. 등나무는 이제 거의 노란색이 되었다. 아까 비가 와서 지금은 안개가 끼고 이슬이 맺혔다. 요새는

날씨가 심히 변덕스러워 하루는 바람이 불고 춥고 다음 날은 따뜻하고 고요하다.

나는 용기를 내어 둘째 아들에게 문자 메시지를 보낸다. 그리고 동생에게서 소식이 있는지 묻는다. 방과 후 센터에서 일해요. 못 들으셨어요? 아들의 대답이다. 아니, 들은 적 없는데.
어제 만났어요. 괜찮아 보이던데요.
괜찮아 보인다. 내가 생각한다. 그게 무슨 뜻일까. 약을 한 것 같았니? 내가 묻는다.
아니요. 엄마, 그만해요. 왜 직접 물어보지 않으세요?

동생이 죽고 일 년쯤 지나 전남편을 만났을 때 모든 것이 또 다른 방식으로 한 번 더 바뀌었다. 우리는 사랑에 빠졌다. 목적지가 있는지 없는지도 모르면서 방황하던 우리 둘은 처음 만나는 순간부터 정착했다. 우리는 한순간에 어른이 되었다고 느꼈다. 나는 시내 방황을 그만두고 유치원 교사 양성 과정에 지원했다. 새로운 시절, 슬픔과 과음과 자기 파괴로 점철되지 않은 시절이 왔다. 우리는 동갑이었고, 그는 목수가 되기 위한 교육 과정을 막 마친 뒤였다. 봄이었고, 우리는 자전거로 시내를 돌아다니고, 잔디밭에 눕고, 손을 잡고, 구름을 바라보았다. 나는 그의 얼굴을 양손으로 감싸고 아무리 바라보아도 질리지 않았다. 나는 내 작은 방 계약을 해지하고 얼마 안 되는 소유물을 챙겨 그의 집으로 거처를 옮겼다. 거기에는 더운물이 나오는 수도꼭지도 있고 부엌에 샤워 시설도 있었다. 그의 부모가 보증금을 지원해 주었다. 거실에는 다락이 있어 우리는 저녁이면 거기에 누워 음악을 들었다. 우리는 서로의 팔에 안겨, 서로의 등에 기대어 깊은 잠을 잤다. 그의 크고 강한 손을 내 허리에, 내가는 손을 그의 가슴에 얹으면 모든 것이 바로 사라졌다. 나에게 가장 중요한 가족은 더 이상 어머니와 동생들이 아니라 그였다. 동생의 죽음은 뒷배경으로 사라지고 이제는 나와 그가 중요했다. 나는 한참 굶주린 사람처럼 삶에 달려들었고, 구조받은 사람 같은 느낌이었다. 내 스물네 번째 생일에 그는 북클럽 회원권을 선물했다. 내가 이제 장서를 모으기 시작할 수 있겠다고 말하며 그는 대형 폐기물 속에서 건진 오래된 안락의자 위쪽에 선반을 마련했다. 나는 그에게 엄마의 소파 베드에서 보낸 시간에 대해, 누워서 공부할 때 느낀 평화에 대해 이야기했다. 나는 그의 눈길을 느낄 수 있었다. 그의 부모는 문을 닫은 농가에 살았다. 아버지는 교사였고 어머니는 도자기를 구웠다. 어머니는 헛간에 아틀리에를 꾸몄다. 두 분은 좌익이었고, 양과 염소를 키웠다. 현미를 먹었고. 그는 외아들이었다. 미소 짓는 눈과 아주 붉은 입. 볼에는 솜털, 강한 팔, 달달한 침. 그는 완전히 다른 세상의 사람이었다.

제대로 된 일상 되찾기. 그와 함께 일찍 일어나기, 커피 끓이고 아침 식사 하기, 7시에 그가 출근하고 나면 컵과 접시 닦기. 자전거로 학교에 가서 아동의 언어, 동작 능력 발달과 아동기의 단계들, 뇌의 확장에 대해 공부하기.(내 뇌도 폭발한다.) 수많은 프로젝트 기반 학습, 놀이에 관한 그룹 활동, 독립성, 공부. 나는 버드나무처럼 빨리 성장했다. 구내식당에서 다른 학생들과 함께 점심 먹기. 로세와의 만남(로세는 나중에 사범 대학에 다니기 시작하며 그만두었지만), 보조개가 있는 니콜라와의 만남(역시 그만두고 요양 보호사가 되었지만). 나는 새로운 친구와 지인이 생기는 것이 정신을 못 차릴 만큼 행복했다. 자전거로 집에 와서 과제 하기. 자전거로 시내의 여러 기관에 청소 일 하러 나가기. 아르바이트는 계속했지만 공부를 시작했으니 반나절씩만 했다. 늦게까지 일할 때면 가끔 남자 친구가 저녁 식사를 가지고 찾아왔다. 그럼 나는 양동이와 걸레를 세워 두고 장갑을 벗었고, 우리는 여름 저녁에 밖에 앉아 스프링롤이나 감자튀김을 먹었다. 그가 오지 않은 날에는 자정이 다 되어 집에 돌아오면 사랑을 담은 쪽지가 예를 들어 감자와 고기를 볶은 음식을 담고 덮어 둔 접시에 놓여 있었다. 그는 다락에서 곤히 자고 있었고, 나는 행복해하며 계단을 올라가 그의 옆에 누웠다. 이 모든 것은 낭만적으로 느껴졌다. 이 모든 것은 흥미진진하고 옳게 느껴졌다. 마법처럼 내 역사를 뒤로하고 관심을 받고 규칙적인 생활을 얻게 된 듯했다. 그리고 우편함에는 매달 한 권의 책. 나는 안락의자에서 담요를 덮고 소설을 한 권 한 권 삼켰다. 나는 책에 내 이름을 쓰고 선반에 얹었다.

10월 말 어느 오후에 생각하지 않았는데 현관에서 초인종이 울린다. 작은아들이다. 숨이 찬 아들이 현관으로 들어와 나를 안는다. 그는 부엌의 작은 탁자에 앉고, 나는 물을 앞에 놓아 준다. 일터에서 곧장 왔다고 한다. 그냥 인사나 하러 잠시 들렀다고 한다. 그는 신이 나서 방과 후 센터 이야기를 한다. 그건 나하고 비슷하다고 아들이 말한다. 네 엄마가 간 길을 따라가는구나. 나는 그렇게 말하며 기쁨과 뿌듯함을 감출 수가 없다. 그는 웃는다. 그는 마치 방패, 오라, 여름 모자로 보호를 받고 있는 것 같은 모습이다. 그는 기쁨을 발산하고, 그의 핵은 지금 너무나 또렷하다.

너무나 의미 있는 일이에요. 아들이 말한다.

같이 일하는 사람들은 좋니? 나는 물으며 아들과 마주 앉는다. 그의 얼굴을 보는 것이 즐겁다.

몇은 좋아요. 하지만 저는 최대한 저 자신의 프로젝트들을 추진하지요. 음악반을 만들었고, 실외에 있을 때가 많아요. 아시죠, 모닥불을 피우고 축구를 하고 그런 거요. 그리고 인공 암벽을 만들고 있어요. 안절부절못하는 남자애들에게 최고지요. 그래요. 그리고 뜨개질도 하지요. 그가 말한다. 모닥불 가에 둘러앉아 뜨개질을 해요.

네가 뜨개질을 할 줄 안다고? 내가 묻는다.

네. 여름에 여자 친구한테 배웠어요. 아이들에게는 아주 집중할 거리가 되지요. 저는 다른 직원들보다 한참 젊어요. 아들은 말하며 일어선다. 저는 에너지가 많아요. 다른 직원들 중에는 좀 번아웃이 되어 보이는 경우가 있거든요. 사실 아주 지루한 사람들이에요.

아들은 컵을 비운다.

네가 뜨개질을 하다니. 내가 중얼거린다.

네?

네가 뜨개질을 하다니. 대단해.

아들이 미소를 짓는다.

엄마, 고마워요. 아들은 말하고 손을 내 어깨에 얹는다. 그는 내 뒤에 서 있다. 내 머리카락에 입을 맞춘다. 내 안에서 무언가가 보글거린다.

아들은 갈 때가 되었다. 부엌에 회오리바람이 인다. 얘. 내가 말한다. 지금도 약물 피해자 모임에 나가니? 고개를 끄덕인다.

요새 아버지를 만난 적 있니?

네, 지난 주말에 형이랑 동생이랑 함께 방문했어요. 아들이 계단을 내려가며 외친다. 또 봐요! 그가 소리친다. 거실 창에서 아들이 자전거에 올라타고 길을 따라 달리는 모습이 보인다. 빠르다. 그리고 모퉁이를 돈다. 그렇게 사라진다.

우리는 니콜라의 원시림에 앉아 있다. 많은 화분이 지난봄 이래로 어마어마하게 자랐다. 우리는 서로를 보기 위해 때때로 잎을 휘어야 하고, 그럴 때면 웃음이 터진다. 아니의 개는 종려 나무 아래에 누웠다. 자면서 꼬리를 흔든다. 로세는 안 온대. 니콜라가 말한다. 사랑에 빠졌으니 우리하고 놀 시간이 없지.

어이구, 저런. 내가 말한다. 또 시작이야? 웃음이 터진다. 혹시 루이세 본 사람 있어? 없다. 하지만 레아는 사진을 보았다. 노란 안경을 쓴단다. 그럼 로세의 부엌에 어울리네. 니콜라가 말한다. 완벽한 매치야. 더 많은 웃음이 터진다. 토요일 오후에 우리는 커피를 마시고 귤을 먹는다. 잠시 조금 조용해진다. 우리 사이의 분위기는 편안하고, 다른 친구들은 지금 꽤 잘 지내는 것 같다. 아니의 개가 깨어서 내 손을 핥는다. 레아는 다시 호르몬 치료의 기쁨에 대해 이야기한다.

이제는 관계하는 게 더 이상 괴롭지 않아. 아니가 말한다. 봐. 야콥하고 내가 다시 같이 자는 걸 즐기게 될 줄은 상상 못 했어. 적어도 나는 안 그럴 줄 알았어.

아니는 의아해하며 레아를 바라본다. 마치 레아가 멀리 떨어진 행성계 이야기라도 하듯이. 헤어지기 전에 우리는 서로를 포옹하고, 나는 이들의 머리카락, 옷, 피부, 외투, 손수건, 뺨, 목이 가까워질 때 내 친구들, 내 천사들, 내 좋은 영들의 향기를 들이마신다.

그날 저녁은 어두웠고, 나는 자전거를 탔어요. 영화관에서 집까지 자전거로 가는 거였지요. 아니하고 함께 영화를 봤어요. 자전거에서는 페달이 어떤 위치를 지날 때마다 녹슨 소리가 살짝 들렸어요. 교통은 복잡하지 않았고, 일요일이었지요. 그때 비명이 들렸어요. 나는 죽는 줄 알았어요.

안 돼요. 나는 PTSD 씨에게 말한다. 못 하겠어요.
겁내지 마세요. 그가 말한다. 아무 일도 일어나지 않아요. 일은 이미 과거에 일어난 것이니까요.
나는 귀를 막는다.

손님들이 일화를 하나씩 준비해 와야 하는 파티에 레아가 참석했을 때 한 여자가 유리잔을 두드렸다. 이야기를 하겠어요. 그녀가 말했다. 이야기를 하나 들려 드리겠어요. 내 남편은 내가 집 밖에 못 나갈 정도로 나를 통제했지요. 원래 질투가 많은 사람이었어요. 사람들과 함께 있을 때면 내 움직임을 하나도 놓치지 않으려 했지요. 나는 다른 남자와 말도 할 수 없었어요. 물론 직장도 다닐 수 없었지요. 나는 집에서 아이들을 봤습니다. 우리는 지방 소도시에 살았어요. 경계선은 정원 문이야. 그가 말했어요. 나 없이는 우리 땅 밖으로 나가지 마. 그는 나한테 온 편지를 자기가 먼저 읽은 다음에야 나에게 읽도록 허락했어요. 저녁에 외출할 때면 나를 집에 가두었고요. 일요일마다 함께 잤어요. 늘 일요일에만요. 그 사람이 그렇게 정했지요. 그러고 나서 그는 다른 남자들이 얼마나 만나고 싶어 하는지 이야기했어요. 그러면 흥분이 되었나 봐요. 나는 정말 불행했어요. 오빠들이 그와 말해 보려 했지만 그는 간섭을 싫어했어요. 내가 대화할 수 있는 사람들은 오빠들뿐이었어요. 남편이 일하러 가면 나는 오빠들에게 전화를 걸었지요. 낮 동안은 이웃 여자를 만날 수 있었지만 그 여자에게는 내 상황을 이야기하지 않았어요. 용기가 없었거든요. 남편이 그 집 남편과 친했으니까요. 좀 컸을 때 아이들은 우리 집에 문제가 있다는 걸 느낄 수 있었어요. 자기들이 축구를 하거나 춤을 추러 갈 때 내가 같이 가지 않는 걸 이상하게 생각했고요. 나는 머리가 아프다, 피곤하다, 빵을 구워야 한다고 핑계를 댔어요. 남편이 아침에 아이들을 차로 학교에 데려다주었고, 오후에는 아이들이 이웃 아이들과 함께 버스를 타고 왔지요. 어느 날 아침 어떤 여자가 문에 나타났어요. 눈이 활활 타고 있었지요. 남편하고 몇 년째 만나고 있다고 말하더군요. 그에게 나와 헤어지지 않으면 떠나겠다고 위협했대요. 그녀는 절망했고, 내가 그를 포기하기를 바라면서 나를 찾아온 거예요. 나는 그녀를 향해 따뜻하게 미소를 지었고, 그녀는 펑펑 울었어요. 나는 그녀에게 말해 주어 고맙다고 말하고 문을 닫았어요. 그녀는 정원을 가로질러 나가며 큰 소리로 울었지요. 나는 그녀의 흔들리는 어깨를 부엌 창문에서 내다보았어요. 그렇게 해서 남편이 바람을 피운다는 걸 알았지요. 그건 내게 기회였어요. 오빠들이 이혼 신청을 도와주었어요. 우리는 신청 사유로 '부정행위'란에 표시를 했어요. 10월 어느 날 오빠들이 나와 아이들을 데리러 왔어요. 아직 남편은 내가 이혼을 신청했다는 통지를 받지 않은 상태였어요. 그게 우리 계획이었지요. 아이들은 분노하고 당황했어요. 집과 학교와 친구들을 떠나고 싶어 하지 않았으니까요. 나는 오빠들의 도움으로 두 아이에 대한 양육권을 받았고, 우리는 주소를 비밀로 하고 다른 지역으로 이사했어요. 성도 바꿨지요. 나는 슈퍼마켓에서 일자리를 구했어요. 지금은 아이들이 다 자랐지요. 주소는 지금까지도 비밀입니다.

내 이야기는 이거예요.

엄마. 내가 말한다. 엄마.

어머니는 고개를 들어 나를 바라본다.

아빠가 엄마도 때렸나요?

어머니는 눈을 피한다.

그랬어요?

어머니는 한숨을 쉰다.

대답해 주세요. 내가 말한다. 나는 알아야 해요. 이건 내 이야기이기도 하니까요.

엄마.

침묵이 우리 둘 사이에서 진동한다.

아니. 어머니가 말한다. 안 그랬다.

나에게 고함을 치고 모욕을 주었지. 유리와 전등을 깨고,

때로는 의자를 던지기도 했어. 몇 번 의자를 거실 유리장에 던져서 유리 고치는 사람을 불렀던 기억이 나는구나. 하지만 나를 때린 건 딱 한 번이었어. 내가 나가라고 했을 때였지. 그때는 따귀를 때렸어.

그럼 아빠는 자기가 소유한 것만 쳤군요. 내가 말한다. 자기 아이들과 자기 물건들.

어머니는 얼어붙은 듯 나를 바라본다.

내 뒤에는 우리 아버지가 있다는 걸 잘 알았으니까. 어머니가 말한다. 너무 작은 목소리여서 안 들릴 정도다. 아빠는 우리 아버지를 두려워했어.

왜요?

할아버지는 의사셨잖니. 그러니 자기보다 상류층에 속한 분이었고, 나를 때리면 할아버지가 신고하시리라는 걸 알았지.

그럼 엄마는 왜 아빠가 우리를 때린다는 말을 할아버지에게 안 했어요? 엄마?

왜냐면. 어머니가 말한다. 왜냐면.

어머니는 바닥을 바라보고 눈에 보이지 않는 부스러기를 바닥에서 쓸어 담는다.

부끄러워서.

우리는 말없이 석양 속에 앉아 있다.

이윽고 어머니는 말한다. 미안하다.

나는 비명을 지르고 싶지만 참는다. 나는 일어나서 부엌에 불을 켠다. 우리가 서로를 볼 수 있도록.

아니와 나는 통화를 한다. 이른 저녁이고, 이미 어두워진지 한참이다. 아니가 말한다. 레아가 성에 대해서 이야기한 거 있잖아. 난 갑자기 내가 그 주제에 대해 아무것도 모른다는 걸 깨달았어. 관계, 성에 대해서 말이지.

자, 봐. 내가 말한다. 생각해 보면 말이지, 성이라는 건 내가 혼자 마음에 품고 있을 때 가장 좋았어. 사랑에 빠졌을 때나 그랬다고 내가 믿었던 때를 제외하면 말이지.

나는 제대로 사랑에 빠져 본 적이 없어. 아니가 말한다. 아, 있지. 너희 아이들에게. 그리고 우리 개한테. 참 이상한 일이지.

아니가 속으로 미소를 짓는 게 느껴진다.

너는 남자를 따라다니는 데 에너지를 사용하지 않았고, 그들이 부귀영화를 가져다준다고 믿지 않았으니까. 너는 네 인생을 거기에 쓰지 않았어. 현명한 일이지, 아니.

그런지도 모르지. 그 대신 나는 가족이 없잖아. 나는 스스로 외로운 부적응자라고 느꼈어. 특히 어릴 때 말이지. 남자와 장난을 치는 건 괜찮았지만 지속적으로 사귀는 건 너무 어려웠어. 성적인 관계가 싫었어. 그리고 당연히 따라오는, 남자들을 돌보고 엄마 노릇 하는 일이 싫었어.

너는 진짜 현명해. 내가 말한다.

아니는 구슬이 굴러가듯 웃는다.

너는 사랑스럽고. 아니가 말한다. 사랑해. 영원히.

이번에는 내가 속으로 미소를 짓는다.

11월 중순에 나는 숲에서 하이킹을 하려고 열차를 타고 시외로 나간다. 이것은 실험이다. 나는 내가 어디까지 견디어 내는지 궁금하다. 나는 조심스레 길을 따라 나아간다. 아직 오후이지만 나무들 사이는 잿빛으로 침침하고, 늘어선 전나무들은 으스스하게 고요하다. 빽빽한 침엽수림을 지나 바람이 불면 나무들은 흔들리며 스르륵거린다. 사각사각 서걱서걱 소리. 까마귀들이 울부짖으며 나무 꼭대기에 앉는다. 숲속 깊이 들어갈수록 길이 점점 눈에 보이지 않는다. 나는 멈추어 서서 귀를 기울인다. 외투 주머니에서 손전등을 꺼낸다. 나는 겁이 나서 숨을 짧게 들이쉰다. 나무 그루터기에 앉는다. 눈을 감는다. 나뭇잎이 떨어질 때의 미세한 소리, 땅의 바스락거림, 버섯과 이끼, 뿌리와 젖은 나무줄기의 향. 나는 심호흡을 하고, 몸이 도망치고 싶어 하지만 자제심을 발휘하여 가만히 앉아 있다. 나는 꼼짝 않고 가만히 앉아 있다. 나는 나무 그루터기에 앉아 있다. 숲에 나 자신이 녹아들고, 동시에 숲은 나를 원하지 않는다는 걸 깨달을 때까지. 숲은 나에게 무관심하다. 하지만 나는 무관심하지 않다. 내가 숲에서 땅에 몸을 눕히고 충분히 오래 누워 있다면 나는 죽을 것이다. 개미들이 내 코와 귀와 눈으로, 달팽이들이 내 옷 속으로 기어 들어올 것이고, 결국 나는 저체온증으로 목숨을 잃을 것이다. 그럼 새들이 내 안구를 최고의 미식으로 제일 먼저 파먹고, 이어서 내 몸을 쪼아 먹겠지. 까마귀들, 그리고 다른 청소 동물들이 나를 파먹을 것이고, 끝으로 새들이 돌아와 뼈에서 마지막 작은 살점을 뜯어 먹을 것이다. 긴 부패 과정을 거쳐 나는 숲속에 녹아들 것이다. 내 살은 짐승들의 뱃속에서, 내 피는 땅속에서 녹을 것이다. 뼈만 남겠지. 내 두개골은 황혼 속에서 빛날지도 모르겠다.

 머리 위로 걸걸한 우는 소리가 들린다. 이제 완전히 어두워졌다. 나는 지금 아주 침착하다. 나는 일어서서 손전등을 켠다.

길을 따라 돌아가 열차를 타고 불이 환한 도시로 돌아온다. 지옥처럼 춥다. 살아 있는 내 몸 전체가 추위에 떤다.

나는 담요로 몸을 꼭 싸고 여기 침대에 앉아 있다. 나는 여기에 앉아 외할아버지의 공책에 적는다. 11월 어느 날 아침 5시다. 쿠션으로 나를 둘러 담장을 쌓으니 마치 보호막 같다. 잠을 제대로 못 잤다. 계속 자다 깨었고, 여기가 어디인지가 연신 헷갈렸다. 나는 내가 다시 아이가 되어 이층 침대의 위층에 잠 못 자고 깨어 있고 아래 침대에서는 동생이 살살 숨을 쉰다고 생각했다. 그러다가 다시 승마 학교의 다용도실 뒤쪽 방에 아니와 함께 있었다. 아이들이 태어나기 전 옷을 벗은 채 아이들의 아버지와 다락에 있었다. 갓 태어난 첫째와 함께 다락에서 9월의 붉은 햇살을 받고 있었다. 잠에서 깨어 보니 내 방은 어둡다. 다시 잠이 들고 다시 깨었다. 동생들과 함께 외가에서 매트리스에 누워 있다고 생각한다. 어머니는 옷을 다 갖추어 입고 의자에 앉아 밤이라 푸른 창문을 뚫어지게 바라본다. 졸다가 다시 깨어난 나는 한 남자에게 깔려 있고 몸이 굳는다. 치마는 배 위로 밀려 올라가 있다. 해변에서 잠이 깨는데 나는 온전히 혼자다. 황량한 해변이다. 나는 숨을 헐떡이며 침대에서 일어나 앉는다. 여기가 죽음의 왕국인가. 이번에 나는 아픈 두 아이와 함께 누워 열이 나는 아이들의 금속성 호흡 냄새를 맡는다. 석유 난로가 있는 내 작은 방. 원하지 않으면서 내가 찾아간 낯선 남자의 정돈되지 않은 침대. 5시에 나는 불을 켜고 일어난다. 나는 통제를 놓쳐 가는 중이다. 공책에 이렇게 적는다. 나는 세상과의 연결을 놓치고 있다. 나는 마치 작은 나방 같다. 여기저기 앉았다가 또 계속 날아가는 나방, 유리창에 부딪히는 나방, 잎에 앉는 나방. 자신의 역사를 재창조하고 풀어 나가는 나와 비슷한 작은 나방. 아니야. 나는 외친다. 자신의 역사를 모두 품고 그것을 얇은 날개의 가벼움으로 지고 다니는 연습을 해야 하는 나. 날아가는 것과 흐르는 것 모두를 짊어지고 있는 건 내 핵의 힘이다.

동터 오는 잿빛 햇빛 속에 희미하게 내린 축축한 눈이 펼쳐져 있다. 9시에 다시 깨어 보니 눈은 이미 녹았다.

우리 아이들은 여름 방학이면 친할머니와 친할아버지 댁에서 한 주일을 보냈다. 때로는 아이들의 아버지가 함께 갔고, 때로는 그때그때 그가 사귀던 여자들이, 때로는 나중에 태어난 동생, 고집 센 눈빛의 조용한 여자아이가 함께 갔다. 아이들은 햇볕에 타서 돌아왔다. 아이들은 새끼 양들이 어떻게 도축되는지 보았고, 털실을 자으러 갔다. 그러고는 할머니의 아틀리에에서 만든 작은 그릇과 달걀 컵을 가지고 돌아왔다. 할아버지가 트랙터로 바닷가에 데려다줬어요. 할아버지가 매일 아이스크림을 주었고. 할머니는 라즈베리잼을 끓이고 팬케이크를 만들었어. 할머니가 마당에 커다란 욕조를 놓고 우리를 씻겨 줬어. 머리를 달걀흰자로 감겼어. 양 잡는 사람이 새끼 양들에게 총을 쏘니까 양들이 소리를 지르던데. 우리는 까마귀들 먹으라고 손수레로 내장을 날랐어요. 농장 뜰의 커다란 나무를 타는 걸 배웠어. 아빠가 할머니 아틀리에에 벤치를 새로 만들었어요.

신나고 즐거웠겠구나. 내가 말하고, 나 아닌 누군가가 아이들을 돌보아 주어 다행이라고 생각한다. 나 아닌 누군가가 내가 아이들에게 결코 줄 수 없는 것을 주었다는 게 기쁘다. 두 주의 여름휴가를 세 아이와 보내기 위해 나는 그 주간에 일을 했다. 다른 곳으로 떠날 돈은 없었으니 우리는 시내에 머물렀다. 그리고 열차로 해변이나 숲에 가고 공원에서 소풍을 즐겼다. 우리의 연례행사는 아니가 우리를 초대하고 각자 자기 피자를 만드는 파티였다. 아이들이 아니의 식탁에서 열심히 일을 하고 어지르는 동안 아니와 나는 값싼 포도주를 마셨다. 내 어머니는 손주들을 위해서는 아무것도 하지 않았다. 감당을 못 했다. 어머니는 아이들이 소란하다고 생각했다. 내 동생이 죽었을 때 어머니에게 덮친 무게는 어머니를 떠나지 않았다. 나는 이 지점에 분노하고 상처를 받았다. 아이들을 위해서 나는 나를 누르는 납덩이를 마치 망사처럼 가벼운 양 지고 있어야 했다. 어머니의 납덩이는 그냥 납이었고. 어머니는 가끔만 우리를 찾아왔다. 오면 의자에 가만히 앉아 차를 마셨다.

할머니, 우리랑 놀래요? 아이들이 물었다. 아니, 됐어. 외할머니는 대답했다. 난 바닥을 기어다니는 건 못 한다. 할머니, 그럼 옛날이야기를 해 주세요. 어떤 이야기를 원하는지 아이들이 말하면 우리 어머니는 바로 시작할 수 있었다. 마법 너구리를 만난 두 도깨비 이야기. 배와 함께 바다로 가라앉을 뻔했는데 구조를 받자 친절하고 상냥한 사람이 된 무서운 해적 이야기. 나쁜 왕이 죽였지만 다시 살아난 공주 이야기. 라벤더색 원피스를 입은 우리 어머니는 약간 어색하고 무미건조하게 옛날이야기를 들려준다. 애를 쓰는 게 눈에 보인다. 어머니가 말한다. 자, 이제 집에 가야겠다. 자전거로 갈 길이 멀잖니.

어머니는 종묘장에서 화분을 가져다준 적도 몇 번 있다. 한

번은 세 아이들에게 선인장을 하나씩 선물했다.

내 큰아들은 제 아이들에게 목공을 가르친다. 아이들은 작은 손에 맞는 그들의 공구 통이 있다. 우리 아들은 나무 향을 맡으며 작업할 때 평화를 찾고, 이것을 머릿속의 평화라고 한다. 처음에는 아버지처럼 대목 일을 배우려고 했지만 결국은 가구를 만드는 소목이 되었고 지금은 작은 가구 제작소에 고용되어 있다. 이 아이는 어릴 때도 손으로 무언가를 하는 걸 좋아했고, 아름다운 물건들을 만든다. 등받이가 있는 의자와 없는 의자, 긴 의자와 탁자, 책꽂이과 멋진 장롱. 나는 다가오는 축제 때문에 목수 아들에게 전화를 건다. 나는 파티를 준비할 마음도 기운도 없다. 아들에게 그 말을 할 생각으로 용기를 냈지만 아들이 내 말을 자른다.

엄마, 우리한테 오세요. 아들이 말한다. 동생들도 올 거고, 외할머니와 이모도 환영이에요. 아니도 와도 좋고요.

생각지 못한 일이다.

고마워. 내가 말한다. 고마워. 얼마나 마음이 놓이는지 넌 모를 거야. 내가 음식을 해 갈 수도 있어.

엄마. 아들이 말한다.

아들은 인터넷에서 PTSD에 대해 읽었다고, 지금 상황을 좀 더 잘 이해하고 나를 더 잘 이해한다고, 아내와도 이야기를 했는데 예를 들어 내가 스트레스를 받고 지치면 손님을 여럿 맞이하기 힘들다는 건 충분히 이해가 된다고 한다. 저희가 집도 좀 더 넓잖아요. 아들이 말한다. 문제 될 게 없어요.

고마워. 내가 말한다.

고마워.

아니는 늘 겨울 축제를 우리와 함께 보낸다. 여러 해 전 아니의 부모님이 돌아가셨을 때부터 그랬다. 나는 전화기를 내려놓고 잠시 앉아 있는다. 정말 마음이 놓인다. 말로 다 할 수 없을 정도다. 나는 푸른빛이 도는 저녁에 부엌에 초를 켠다.

아하. 내가 어두워진 후에 혼자 숲에 갔다고 하자 PTSD 씨가 말한다. 놀랍네요. 내가 두렵고 도망치고 싶었지만 한참을 나무 그루터기에 앉아 있었다고 말하자 그가 말한다. 대단해요. 그가 말한다. 이제 능동적 트라우마에 접근할 준비가 되셨네요. 저는 확신해요.

우리는 아이들이 내 상황을 이해하기 시작했으며 큰아들 부부가 겨울 축제를 준비한다니 다행이라는 이야기를 한다. PTSD 씨는 하고 싶은 일과 하고 싶지 않은 일, 할 힘이 없는 일을 목소리를 내어 말하는 게 중요하다고 한다.

그리고 이제는 잘하시니까요. 그가 말한다.

알았어요. 내가 말한다.

발을 바닥에 놓고 눈을 감으세요. 모든 소리와 냄새에 주의를 기울이고, 뭐가 보이는지 이야기해 주세요. 지금 SUDS는 어떨까요?

10이요.

나는 길을 따라 자전거를 타고 가고 있어요. 영화관에서 집으로 가는 길이지요. 친구 아니와 영화를 보았어요. 일요일이고, 교통은 복잡하지 않아요. 거의 어두워졌고, 공기는 습한 냉기를 품고 있어요. 우리가 본 영화가 생각나요. 열대우림을 슬로 모션으로 걷는 코끼리의 환상적인 모습이 몇 장면 있었지요. 계속 그 장면이 생각나요. 페달을 밟을 때마다 녹슨 소리가 들려요. 바람이 불어요. 여기저기 창문에는 불이 켜져 있고요.

격한 울음이 터진 나는 겁에 질려 눈을 뜬다. 목이 잠겨 오고 다리와 어깨가 떨린다. 손을 통제할 수 없고 이가 기관총처럼 덜덜거린다. PTSD 씨는 나에게 티슈를 내민다.

지금 SUDS는 어떨까요?

100이요. 이제 그만할래요. 내가 말한다.

목에서는 비명이 나오려 하고 나는 숨 쉬기도 힘들다. 나는 과호흡을 하며 급히 일어난다.

잠시 쉽시다. PTSD 씨가 말한다.

이 세상, 이 삶에서 이렇게 험한 처지가

나중에 목수가 되고 두 딸의 아버지가 될 아이를 내가 임신했을 때 나는 무겁거나 붇지 않았고, 임신 중절 직전처럼 밀랍 같은 끈끈한 느낌에 시달리지도 않았다. 나비들이 내 몸 전체에서 팔랑거리고 내 눈에서는 빛이 흘러나왔다. 나는 행복했다. 아이 아버지와 나는 둥지를 마련했고, 우리는 중고 가게에서 아기 침대를 샀고, 아니는 크림색 아기 담요와 짙은 빨강 모자가 달린 조그마한 스웨터를 짰다. 나는 어머니의 부엌에 앉아 태어날 아기를 위해 이불을 만들었다. 어머니의 오래된 재봉틀은 아직 잘 작동했다. 어머니는 천을 자르고 단춧구멍을 만드는 일을 도와주었다. 그리고 기저귓감 한 무더기와 아기 옷 몇 벌을 선물했다. 축하한다. 어머니는 말하며 내 어깨를 어루만졌다. 한순간은 정말로 기뻐하는 모습이었다.

나는 일하러 갈 때도 학교에 갈 때도 자전거를 탔다. 나는 강하고 당당하게 느꼈다. 이것은 내 안에서 일어나는 일이었으니 아무도 앗아 갈 수 없었다. 내 안 깊은 곳에서 새로운 생명이, 살기를 내가 바라는 생명이 자라고 있었다. 나는 이 생명을 천천히 꽃잎이 펴지는 해바라기로 상상했다. 내 배 안에 해바라기 하나. 아침의 메스꺼움과 가슴 통증도 반가운 현상이었다. 나는 지금껏 경험했던 것 중 가장 흥미로운 변화를 겪었다. 통증과 염려는 나를 뒤로 밀쳐 내지 못했고, 나는 엄청난 속도로 별이 가득한 하늘, 행성, 달과 태양을 향해 우주로 발사되었다가 첫 진통이 시작되자 다시 지구에 무사히 착륙했다. 자궁이 수축하며 놀라운 일을 시작했을 때, 그러니까 한 아이가 한 여자의 몸 밖으로 밀려 나오기 시작했을 때 나는 위대하고 힘차게 지구에 착지했다.

이제 내 아이를 처음 만나는 순간. 언제나 마찬가지로 기적이다. 아이 둘과 갓난아이 하나. 출산 후의 분비물과 흘러나오는 모유, 지긋지긋한 피로감. 어디서 갑자기 이런 작은 흉물이 위협처럼 나타났는지 파악을 못 하는 콧물이 흐르는 꼬맹이들. 유선염으로 열에 시달리며 꾸는 꿈. 밤에 우는 아이를 팔에 안고 데우는 우유병. 빨래와의 끝없는 전쟁. 신생아의 눈을 바라보고 인류 전체의 경험을 품은 듯한 눈빛 마주하기. 오래된 영혼. 새로운 핵. 무력한 피조물의 그런 눈빛.

 아이는 당신의 등에 트림을 하고, 작은 털북숭이 짐승처럼 당신의 가슴을 찾고, 그러다가는 어느 순간 높은 의자에 앉아 토마토소스 파스타를 부엌 바닥에 내던진다. 아이는 "엄마!" 하고 외친다. 마구 화를 내고 아주 작은 일에도 웃는다. 당신 품 안의 황제인 아이는 모든 것을 손으로 가리키며 그게 뭐냐고 묻는다. 형들은 막내를 놀린다. 아직 천진난만한 막내는 그 상황이 이해가 되지 않는다. 나중에 더 자라서야 모멸감을 느끼고, 나중에 더 자라서야 같은 무리에 속해서 장난을 맞받아친다. 형들보다도 약삭빠르게. 가장 작은 아이니 약삭빠르기라도 해야 하지 않겠는가. 피곤한 부모는 끊임없이 모이를 구해 새끼들을 먹여야 하는 커다란 두 마리 새처럼 아이의 삶에 엮여 있다. 어르고, 놀고, 청소하고, 정리하고, 옷을 입히고 벗기고, 목욕시키고, 눕히고, 바닥에서 변을 치우고, 턱에 묻은 음식을 닦고, 두피의 피부염과 이와 결막염과 무사마귀와 습진을 처치하고, 손톱과 머리카락을 자르고, 상처를 씻기고 반창고를 붙이고, 작은 이를 닦고, 작은 손을 붙잡는다. 그사이 아이들은 사람이 무엇이고 사람이 무엇을 하고 무엇을 하지 않으며 세상 만물이 무엇을 의미하고 무엇인지를 배운다.

 우리는 아이들을 키우는 동안 각자 직업을 유지했지만, 그래도 결국 따분해졌다. 우리에게는 방랑벽이라거나 도피벽 같은 게 있었다. 두 명의 동지가 되었으나 그 동지들은 싸우기 시작했고, 결국 서로 말을 안 하게 되었다. 아이들 아버지는 다른 여자를 만났고, 아버지와 어머니는 이혼을 했다. 그때까지는 서로로 인해 기뻐하고 아이들 때문에 기뻐하고 자신들이 꾸린

가정을 자랑스러워하는 두 젊은이였는데.

　죽은 동생은 어디에 있는가. 동생은 어디에나 있다. 내 생각과 꿈 속에. 딸기가 담긴 유리그릇에. 희미한 겨울빛 속에. 내 얼굴의 떨림처럼. 살아 있는 동생과 나 사이에, 그리고 우리와 어머니 사이에 떠 있다. 내가 아이들을 돌볼 때면 그 돌봄 안에도 동생이 있어 나는 아이들 안에서 동생을 본다. 아이들이 고통받을까 봐, 혹은 나보다 먼저 죽을까 봐 내가 염려하면 그 안에도 동생이 있다. 동생은 내 어린 시절의 모든 기억 속에, 폭력과 공포 속에, 자매 간의 사랑 속에 있다. 동생이 태어나기 이전의 일은 아무것도 기억나지 않는다. 어머니는 우리 셋을 일 년 터울을 두고 낳았다. 동생은 이십 년을 살아 있었고 삼십오 년을 죽어 있었다. 동생은 투명하게 흩날리는 무엇처럼, 깊은 구멍처럼, 안에서 갉아먹는 죄책감처럼 언제나 우리와 함께 있다. 동생은 실제로 살아 있던 당시보다 세상을 떠난 지금 더 또렷이 우리에게 살아 있는지도 모른다. 밤사이 눈이 내렸다. 몇 주 만에 해가 나고 하늘이 높다. 오후의 햇빛이 금색과 붉은색으로 눈부시다. 나는 동생이 묻힌 곳에 앉아 돌 위에 내린 싸락눈을 턴다. 동생의 이름이 보인다. 초를 켜고 반쯤 언 땅에 박는다. 묘지는 희고 고요하다. 푸른 덤불과 상록수는 겨울옷 아래에서 숨을 죽이고 있는 듯하다. 아침에 나는 날씨 때문에 기분이 좋았다. 지금은 동생 옆에서 흐느끼고 있다. 나는 다시 일어나 미끄러운 길을 따라 집으로 간다. 오늘은 내 생일이다. 나는 이제 쉰여덟 살이다. 아이들이 전화를 걸어 축하해 주었다.

나는 생일을 따로 지낼 생각이 없었지만 아니가 오니 기뻤
다. 나는 공책에 메모를 하고 있다는 이야기를 아니에게 했다.
아니는 나에게 엄지장갑을 선물했다. 우리는 포도주를 마시고
음악을 들었다. 아니도 동생을 아니까 내 동생 이야기를 조금
했다. 아니는 말했다. 너는 미소 지을 때 보면 동생하고 닮았어.
아니는 내 손을 잡는다. 10시에 아니가 갈 때는 다시 눈이 내리
기 시작했다. 나는 한 시간 더 음악을 틀어 두었다. 이불을 가져
왔다. 나는 이불을 가져와서 소파에 눕고 노란 등을 밤새 켜 두
었다.

　막냇동생이 죽은 후 나는 살아남은 동생과 술을 마시고 다
녔다. 거의 일 년을 그랬다. 우리는 낮 동안 일을 하고 저녁이면
술을 마셨다. 우리는 포도주집이나 바에 앉아 있었고, 목소리
를 높였으며, 맥주와 싼 위스키를 마셨고, 분노하거나 과민하
게 반응했고, 들떠 있었고, 제정신이 아니었다. 주크박스에 동
전을 던지고 아무하고나 잡담을 했다. 소리 지르고 성내고 저
주하고 욕했다. 우리는 너무 크게, 너무 오래 웃었고, 떠벌리고
다녔고, 세상 아무것에도 누구에게도 관심이 없었다. 한번은
동생이 지나가는 사람의 발을 찼다. 두 번은 바에서 높은 의자
에 앉아 있는 남자를 내가 밀쳐 넘어뜨렸다. '도발적으로' 처신
하다가 우리가 머리를 맞은 적도 몇 번 있다. 술집들이 문을 닫
으면 우리는 손을 잡고 집으로 돌아왔고, 보통 내 방에서 함께
잤다. 숙취 때문에 아픈 머리로 잠에서 깨어 얼굴에 찬물을 끼
얹었다. 일을 마치면 사람들이 수영하는 곳에 가서 다시 술집
투어를 하기 전에 잠시 샤워실을 이용했다. 가진 돈은 술과 담

배, 샤워를 위한 입장권, 토스트, 누텔라에 다 썼다. 드물게는 어머니가 있는 집으로 가서 한 끼 식사를 했다. 일요일이면 언제나처럼 외할아버지 댁에서 점심을 먹었다. 어머니는 식탁에 한 명이 줄었다는 사실을 견디기 힘들어했다. 어머니의 창백한 딸들은 담배에 전 끝없는 식욕으로 음식을 꾸역꾸역 쑤셔 넣었다. 일요일의 점심 식사는 어머니가 자살 시도 후에 정신 병동에서 퇴원한 다음에야 다시 계속되었다. 당시의 몇 년은 안개처럼 떠오를 뿐이다. 안개 낀 상태에서 겪는 안개 낀 순간들. 동생의 손을 잡은 내 손, 밤중에 내 침대에서 우리가 서로를 부둥켜안고 우는 울음. 하지만 가장 분명하게 느껴지는 것은 나를 뒤덮은 납덩이의 느낌이다. 납덩이는 술로 없앨 수 없었다.

아니는 나와 대화를 시도했지만 나는 아니를 피했다. 나는 동생하고 술을 마실 생각뿐이었다. 내가 할 수 있는 유일한 일이 동생과 술을 마시는 것이었다. 그게 우리가 할 수 있는 유일한 일이었다.

하지만 그 아이는 아주 공격적이기도 했잖아. 눈 내린 무덤을 방문했다고 이야기하니 동생이 전화에서 말한다. 그 아이가 성녀인 양 말할 수는 없어. 술을 참을 때면 화가 나 있었지. 어느 날 아침에는 접시를 내던졌고, 구운 감자를 창밖으로 날리기도 했지. 아침이면 유난히 화가 많았어. 엄마를 발로 찬 적도 여러 번이었고, 나를 벽으로 밀기도 했어. 문을 세게 닫고 고함을 치고 소리를 질렀어. 우리를 위협했어. 몇 번, 여러 번 그랬지. 술을 끊을 때면 그랬다고 생각했지만 약을 해서 그렇게 폭력적이 되었을 수도 있어. 그때 언니는 우리랑 집에 살지 않아서 몰랐지. 아, 그리고 나는 빛 축제 때 집에 가지 않을 거야. 엄마하고 같이 있는 게 힘들어.

나하고 같이 있는 것도 힘들어?

피곤해. 동생이 말한다. 난 지쳤어. 금년에는 그냥 가비노하고 집에 있을래.

알았어. 내가 말한다. 그럴 기운이 있으면 너한테 한번 갈게. 네가 원하면 말이지.

오면 좋겠어. 동생이 말한다. 알잖아.

동생과 대화를 하고 나니 내가 아주 작아졌다. 나는 성냥갑이나 호두 껍질 안에도 들어갈 수 있다. 나는 빗방울, 우박이고, 덜 끝난 문장 뒤에서 흔들리는 쉼표 하나다. 저기 부엌에서는 악취가 극심하다. 쓰레기를 내다 버린 지 며칠이 되었다. 냉장고 바닥에는 양파 한 단이 그 즙 속에 떠다닌다. 우유는 상했다. 나는 며칠째 자포자기하고 무관심했다. 설거지도 하지 않고 정리도 하지 않았다. 옷을 바닥에 내던지고 발에 걸려 돌아다니게 두었다. 돼지우리다.

나는 차가운 부엌 바닥에 눕는다.

빛 축제, 겨울 축제, 굳건한 전통. 아이들은 작은 선물, 디저트, 기분 좋은 어른을 기대한다. 내가 어릴 때는 외할아버지 집에서 파티를 했다. 어머니는 유리잔을 특별히 한 번 더 닦았고, 우리는 청량음료를 마음껏 마실 수 있었다. 진지하면서도 즐거웠다. 비둘기구이와 묵직한 소스. 아몬드가 들어간 쌀푸딩, 올리브유를 찍은 빵. 포도와 배, 오렌지 젤리. 아이스크림, 카다몬과 견과가 들어간 쿠키. 외가의 메뉴는 이랬지만 모두 각자 다르게 먹었다. 어머니는 보통 때처럼 음식을 마련했다. 며칠을 걸려 준비했고, 아주 꼼꼼하게 외할머니의 레시피를 따랐다. 거실에는 수많은 촛대에서 비추는 빛이 가득했고, 식탁에는 히아신스가 꽂혔고, 큰 통에는 선물이 가득 담겼다. 나는 우리 셋이 나비 모양의 머리핀을 받았던 해가 기억난다. 내가 무서워하면서도 마음을 사로잡혔던 여우 인형도 기억난다. 이런 겨울 행사에서 아버지는 행동거지를 조심했다. 외가에 가면 아버지가 두렵지 않았다. 가끔 아버지는 밤늦게 집으로 돌아와 화를 내기 시작했다. 더 이상 균형을 유지할 수 없었던 것이다. 큰 동생이 외할아버지에게서 받은 선물(하늘색 토슈즈)을 아버지가 망가뜨렸던 그해 아버지는 내 여우 인형도 갈가리 찢어 버렸다. 일그러진 붉은 얼굴. 악이 그의 손에서 솟아 나왔다.

12월에야 공책이 채워졌다. 나는 가게에 가서 그 공책의 뒤를 이을 새 공책을 깐깐하게 고른다. 공책에 적는 일이 아직 끝나지 않았다. 선택지는 많고, 결국 빳빳한 마분지로 표지를 한 초록색 공책을 가지고 집에 온다. 뒤표지에는 작은 코끼리가 인사하듯 코를 반짝 들고 있다. 내지에 점선이 그어져 있고 종이는 너무 얇지도 너무 두껍지도 않다. 집에 온 나는 표지에 이렇게 적는다: 2부.

우리는 로세의 노란 부엌에서 그녀의 새 여자 친구인 루이세를 만난다. 딱 어울리게 노란 안경을 끼고 있다. 오후 5시, 밖에는 비가 쏟아붓는다. 로세와 루이세는 맥주와 안주를 내오고, 대화는 즉시 열렬하고 밝게 달아오른다. 루이세는 머리를 솜씨 좋게 틀어 올렸다. 미소를 많이 짓고, 우리 모두보다 약간 젊어 보인다. 로세는 우윳빛으로 부드럽게 보인다. 뺨에 핏기가 돌고, 뜨거운 눈빛을 끊임없이 루이세를 향해 보낸다. 우리가 식탁 주위로 높은 의자에 둘러앉자 로세가 일어서서 말했다. 우리는 로세의 제일 가까운 친구들이며 로세는 우리 없이 살 수 없는데 루이세가 그녀의 삶 안으로 들어왔고 이제 우리까지 만나니 정말 기쁘다고. 우리는 손뼉을 친다. 약혼식 연설 같잖아. 니콜라가 속삭인다. 레아는 식탁 밑에서 내 손을 꽉 잡고 뺨에서 눈물 한 방울을 훔친다. 아, 둘은 정말 사랑스럽기도 하지. 정말 감동적이야. 레아가 말한다. 사랑을 위해서! 레아가 말하며 잔을 든다. 우리는 건배를 하고 서로 동시에 이야기를 한다. 루이세는 특별한 지원이 필요한 아이들을 위한 특수 학교에 근무한다. 자폐 스펙트럼 장애를 보이는 아이들이나 폭력적인 ADHD가 있는 아이들이 제일 많다고 루이세가 말한다. 나는 우리가 젊은 교사였을 때는 이런 진단에 대해 듣지도 보지도 못했다고 말한다.

힘들었겠네. 루이세가 말한다.

아니. 내가 말한다. 안 그랬던 것 같아.

그래도 제대로 알고 도와주지 못한 아이가 많았던 거잖아. 로세가 말한다. 어쨌든 학교에서는 그랬어. 다루기 곤란하다는 말을 들었던 아이들을 내가 얼마나 야단을 치고 교실에서 내보냈으며, 조용한 아이들이 쉬는 시간에 놀림을 받고 소외되는 걸 얼마나 자주 봤으며, 얼마나 많은 소위 문제아가 학교에서 지내는 시간의 반을 벌로 장학사실에서 보냈는지를 생각해 보면 말이야. 이상적인 상황은 아니었어.

나도 그 상황이 좋았다는 말은 아니야. 내가 말한다. 하지만 지금도 이상적인 건 아닐 수도 있지. 일할 때 내 경험은 그랬어. 지금은 뭐가 조금만 달라져도 신고를 해야 하지. 아이가 말이 조금만 늦으면 전혀 걱정할 상황이 아니어도 언어 치료사가 불려오고. 언어를 여럿 사용하는 아이면 더더욱 그렇지. 그런데 어떤 아이가 정말로 걱정이 되면 몇 달, 심지어 몇 년을 기다려야 해.

하지만. 루이세가 말한다. 나는 지금 일반 교육 제도 안에 머무를 수 없는 심각한 장애가 있는 아이들을 가르치잖아.

휴대 전화, 소셜 미디어, 견고함, 사회에 대한 시끌시끌한 토론이 이어진다. 내 눈은 한 걸음 물러서서 이곳을 바라보고, 내 머릿속에는 소음이 가득하다. 그건 교육이라는 작업이 얼마나 중요한지에 대한 이해 부족이야. 레아가 외친다. 모든 게 심리적 문제는 아니야. 사회가 병든 거지. 니콜라가 말한다. 여러 음성이 귀에서 뒤죽박죽되어 버리고, 그 속에서 각각의 말들이 악몽처럼 중간중간 하나씩 또렷이 들린다. 아니야! 레아가 외친다. 내가 젊을 때는 우리의 인간관이 보다 통합적이었지! 내 안에서 무언가가 굴러다니며 충돌한다. 나는 일어서서 로세에게 말한다. 가야겠어. 로세는 아쉬워하고, 다른 친구들도 마찬가지다. 갈 거야? 왜 벌써? 모두 나를 안아 주려 한다. 나는 그저 빠져나가고 싶다. 몸조심해. 내가 현관에서 외투를 찾고 있는데 루이세가 걱정스레 말한다. 나는 루이세를 모르는데 그녀는 왜 이렇게 말할까. 아니는 집까지 동행해 줄까 묻는다. 아니, 괜찮아. 마침내 나는 문을 닫고 나오고, 부엌에서 흘러나오는 목소리들이 계단까지 울린다. 지금은 마치 노래처럼 들린다. 나는 눈을 감고 숨을 깊이 들이쉰다. 무한히 느리게 집을 향해 걷는다. 비가 얼굴에 흘러내린다. 로세가 내 '어려움'에 대해 말했다고 화내지 말자. 흥분하지 말자. 무안을 당했다, 내 자리가 아니었다, 약하다고 느끼지 말자. 그냥 집에 가자. 조용하고 평화롭게. 아무 생각도 하지 말자. 아무 생각도 하지 말자. 집에 가서 텔레비전을 보자. 세 시간 정도 텔레비전을 보면 이날 저녁에서 치유가 될 것이라고 추정한다.

며칠 후 도서관에 근무하는 아들이 오븐 앞에 서서 요리를 한다. 냄비에서는 따뜻한 허브 향이 나고, 이집트콩이 토마토 통조림과 코코넛 밀크 안에서 보글보글 끓는다. 나는 개수대에서 상추를 씻는다.

그래. 내가 그에게 대답한다. 한동안 진전이 있다가 시간이 지나면서 나아졌다 나빠졌다 하는 것 같아. 그날 저녁의 일을 가지고 작업하기 시작했는데 그건 힘이 많이 들어.

아들은 나를 바라본다.

한동안 못 찾아왔지요. 저도 알아요. 전화도 못 드렸고요.

그런 걱정은 말으렴. 내가 말한다. 내가 그런 거나 따지고 있는 건 아니야. 네가 잘 지내는 게 중요하지. 연락을 꾸준히 하는 데는 나도 소질이 없어. 괜찮아. 우리는 지금 함께 있잖니.

아들은 수염을 많이 길렀다. 그리고 겨울의 어두움이 힘들다고 말한다. 지금 잘 못 지내고 있다며, 어린 시절에 대해 생각해 보았고 아버지에게 화가 난다고 한다. 아버지는 이사를 나간 이후에는 별로 그 자리를 지키지 않았잖아요. 아들이 말하고 반짝이는 갈색 머리를 한 손으로 쓸어내린다. 다른 한 손은 냄비를 저으면서.

어릴 때는 억눌리고 잊혔다고 느꼈어요.

억눌리고 잊혔다고 느꼈어? 둘째라서? 전구를 사 줄까?

아들은 웃는다.

상담을 받을까 생각해 봤어요.

내 맥박이 갑자기 빨라진다.

그렇게 심하니? 나는 묻는다. 네 어린 시절이 그렇게 힘들었어? 우리는 최선을 다했는데. 나는 나지막이 말한다. 나는 최선을 다했는데.

내 작은 부엌에 앉은 키 크고 체격 좋은 아들. 우리는 창가 식탁에서 식사를 한다. 그의 갈색 눈은 정말 아름답고 손은 참 넓다. 성인이 된 얼굴에서 어릴 적 얼굴이 보인다. 마치 점 하나가 점점 커져 새로운 얼굴이 만들어진 것처럼. 그는 서고에서 하는 일에 대해 이야기하고, 얼마나 그 일을 좋아하는지, 이야기들로 둘러싸인 기분과 그 이야기들을 돌볼 때의 조심스러움에 대해 말한다. 무언가가 아들보다 크다. 그 사실이 어떤 희망을 주지요. 아들이 말한다. 무슨 말인지 모르겠지만 나는 말하지 않는다. 나는 이렇게 말한다. 너는 어릴 때부터 정돈에, 네 것들을 통제하고 체계를 잡는 일에 푹 빠져 있었지. 네가 네 장난감인 농장 동물들과 장난감 기사들을 분류했던 기억이 난다. 좀 더 자랐을 때는 책들을 알파벳순으로 꽂아 두었지.

나는 상담을 통해 도움을 받고 싶으면 돈을 보태 주고 싶다고 말한다. 그리고 세일하는 전구를 보았다고.

엄마. 아들이 말한다. 엄마는 못 고쳐요.

다시 뚫어 보는 듯한 눈빛.

엄마는 저를 못 고쳐요.

매우 당황스럽다. 우리는 각자 사과를 깎아 후식으로 먹는다. 아들은 커피가 필요 없단다. 내 손이 허전하다. 신발 끈을 묶는 아들의 등을 쓰다듬는다. 아들이 가고 난 다음 그가 정말로 우울할까 생각을 해 본다. 아닌 것 같다. 명랑해 보이는데. 아무것도 이해가 안 된다. 머릿속에서 전기 스위치가 켜지듯 어머니의 목소리가 들린다. 네 작은 머리로 그건 생각할 필요 없다. 해 봐야 아무 도움도 안 되는걸.

오늘의 전화 자동 응답기.

막내아들이 전화한다. 마약(마리화나) 욕구를 잠재우기 위해 명상을 시작했다고 한다.

첫째 아들이 전화한다. 내가 오렌지 젤리를 빛 축제에 가지고 올 수 있는지.

둘째 아들이 전화한다. 저번에 고마웠어요. 저한테 집안의 제대로 되고 따분한 사람 역할을 맡기시는 거 같네요. 그런 말은 별로 듣고 싶지 않아요.

아니가 전화한다. 좀 괜찮아졌으면 좋겠네. 저번에 로세네 집에서 그렇게 갑자기 가 버려서 아쉬워. 겨울 축제가 기대돼. 내가 뭐 가져갈 게 있을까?

어머니가 전화한다. 아이들 선물 사는 걸 도와주겠니? 요새는 무릎 때문에 밖에 나갈 수가 없구나.

로세가 전화한다. 괜찮아? 루이세 귀엽지 않아?

나는 그들 중 누구에게도 전화를 걸지 않는다.

나는 PTSD 씨에게 가는 버스에 앉아 있다. 전화를 끄고 눈을 감는다.

길을 따라 자전거를 탔어요. 어두움이 깔리기 시작했지요. 일요일이고, 창문에는 불이 켜져 있었어요. 나는 친구와 영화관에 갔지요. 영화에 코끼리가 한 마리 나왔고, 나는 그 코끼리가 생각났어요. 초록색의 습한 우림. 자전거에서는 페달이 특정한 위치를 지날 때마다 녹슨 소리가 살짝 들렸어요. 소리에 신경이 쓰였지요. 바람이 불었어요.

PTSD 씨가 끼어든다. 잊지 말고 현재 시제로 말해 보세요.

잠시 침묵.

나는 페달을 수리해야겠다고 생각해요. 비뚤어진 부품이 있는지도 모르겠다, 흙받기에 문제가 있는 걸까, 혹시 뭔가에 부딪혀서 비뚤어졌을까 생각하지요. 그런데 갑자기 비명이 들려요. 내 뒤에 누군가 외치는 사람이 있어요. 나는 멈추어서 뒤를 돌아보죠. 어떤 여자를 차에서 끌어내는 남자가 있어요. 여자는 저항하지만 소리를 지르지는 않아요. 나는 자전거를 버려두고 뛰어서 길을 건너고는 여자를 놓아주라고, 놓아주라고 외치지요. 놔요! 내가 외쳐요. 그런데 내가 신고 전화를 걸 때 그 남자가 갑자기 내 뒤에 나타나요. 내 뒤에 있어요. 내가 그렇게 속삭이지요. 그런데 그 사람이, 그 사람이. 나는 걸을 수가 없어요.

PTSD 씨: 그 순간에 무엇이 느껴지나요?
나: 죽을 것 같아요. 생각이 완전히 멈추어 있어요. 뇌가 꺼졌지요. 시간이 꺼졌어요. 나는 죽음을 기다려요.

나는 비틀거리며 대기실로 나가 자리에 앉는다. 나는 계속 울고 있다. 직원 한 명이 유리창이 큰 사무실에서 나와 커피를 원하는지 묻는다. 나는 머리를 흔든다. 그때 PTSD 씨가 나와서 내 옆에 앉는다. 우리는 아무 말도 하지 않는다. 우리는 무한히 긴 시간을 그렇게 앉아 있는다. 터진 울음은 쏟아지는 눈물이 되고, 다시 침묵이 된다.
잘 들어가세요. PTSD 씨가 말하며 손을 내 어깨에 얹는다.
나는 버스를 타고 집에 와서 화장실에서 구토를 한다. 소파 탁자 아래에 눕는다. 메스꺼움이 뱃속에서 올라와 목까지 치민다. 내내 토할 것만 같지만 이제 아무것도 나오지 않는다. 결국은 잠이 든다.

문을 두드리는 소리에 잠이 깬다. 처음에는 조심스레, 그러고는 더 힘 있게. 한밤중인 것 같다. 시계를 보니 아침이 되었다. 7시다. 열다섯 시간은 잤나 보다. 정신이 온통 혼미하다. 또 급하게 문을 두드린다. 윗집 사람이 도어매트에 서서 문틀에 기대고 있다. 죄송해요. 그녀가 말한다. 구급차를 좀 불러 주시겠어요? 몸이 많이 이상해요.
어떻게 이상한가요?

너무 어지러워요. 그녀가 말한다. 너무 어지러워요.

그녀는 얼굴이 잿빛이고 안경에는 김이 서린다.

전화 좀 걸어 주시겠어요?

그녀는 쓰러지기 직전이다. 나는 그녀를 붙잡고 부엌으로 조심스레 데리고 들어와 의자에 앉힌다.

저는……. 그녀가 말한다. 저는…….

그녀의 이마는 차고 축축하다. 손을 천장을 향해 들더니 다시 품으로 떨어뜨린다.

나는 구급차를 부른다. 그리고 그녀에게 물을 좀 마시게 한다. 십 분이 지나고 사이렌이 들린다. 구급대원 둘이 집으로 들어온다. 혈압을 쟀는데 매우 낮게 나온다. 맥박도 약하다. 그들은 들것을 가지고 들어와 윗집 여자를 들것에 올린다. 그녀는 나에게 열쇠를 주며 자신이 한동안 못 돌아올 경우 화분에 물을 주어 달라고 부탁한다. 그녀는 내 손을 꼭 쥐고 낮게 말한다. 제 이름은 셀레나예요.

그럴게요. 내가 말한다. 나는 거실 창문에서 윗집 셀레나가 어떻게 구급차에 실리는지를 바라본다. 한 구급대원은 차 안 그녀의 옆에 앉고, 다른 구급대원은 차를 출발시킨다. 다행히 사이렌을 켜고 가지는 않는다.

나는 곧장 셀레나의 집에 가 보지 않을 수 없다. 현관에서는 환기가 되지 않은 불쾌한 냄새가 난다. 집 안은 매우 어둡다. 카펫은 밤색이고 천장은 낮다. 방마다 묵직한 가구와 잡동사니가 가득하고, 바닥 전체에 카펫이 깔렸으며, 어디에나 아이들의 학교 사진과 장식용 접시와 자잘한 풍경화가 걸려 있다. 리놀륨 바닥에 낮은 싱크대가 있는 주방은 사십 년은 된 듯하고,

설거지통에는 사용한 커피잔들이 있다. 창틀에는 초록색 식물들. 나는 가구를 조심스레 피해 다닌다. 거실은 식탁과 많은 의자만으로도 공간이 거의 가득 차지만 칠이 된 나무 찬장과 가죽 안락의자도 비집고 들어서 있다. 방에는 침대 하나와 작은 소파가 있고 그 위에 옷가지들, 나일론 속치마, 두꺼운 스타킹, 블라우스와 모직 치마가 산더미처럼 쌓였다. 나는 공기가 통하도록 창을 열고 길을 내다본다. 전망은 우리 집과 약간 다르다. 잎을 잃은 등나무의 구불구불한 줄기가 셀레나의 발코니 난간과 홈통을 감고 있는 것이 보인다. 냉장고를 연다. 거의 비어 있다. 우유 0.5리터와 마가린 한 팩, 오이피클. 먹다 남은 음식이 담긴 접시. 나는 남은 음식을 버린다. 커피잔을 씻는다. 식물들은 물이 충분하다. 나는 창문을 닫고 다시 우리 집으로 내려온다. 셀레나의 가족에게 연락을 해야겠지만 전화번호가 없다. 물어봐야 했는데, 아니면 적어도 구급대원들에게 어느 병원으로 가는지 물어야 했는데. 나는 셀레나의 쓰레기를 컨테이너에 버린다. 바깥의 추위가 뼛속으로 뚫고 들어온다. 밤나무 꼭대기에 앉아 있던 새가 날아간다.

한참을 자고 나니 몸이 쑤시고 뻣뻣하다. 옷을 따뜻이 입고서 버스를 타고 어머니를 방문한다. 어머니는 평소처럼 부엌에 앉아 퍼즐을 풀고 있다. 라디오에서는 옛날 댄스 음악이 흘러나온다.

배고프니. 어머니가 묻는다.

네, 고파요. 어머니는 힘들게 일어나 달걀을 준비하고 빵과 버터를 꺼낸다. 보통 때라면 부엌에서 움직이는 건 나겠지만 오늘은 그냥 앉아 있는다. 어머니는 달걀에 쪽파를 잘라 얹고 내 앞에 접시를 놓는다. 그리고 내 잔에 차를 따라 준다.

햄도 줄까?

나는 더 이상 고기를 안 먹는다고 수백수천 번 말했다. 어머니는 혀를 끌끌 차며 눈을 굴린다.

어머니는 손주들 모두에게 각자 작은 상자를 하나씩 선물로 주고 싶어 한다.

왜요?

귀한 물건을 잘 보관하게. 예쁜 돌이나 밤 같은 것을 주우면 말이다. 어머니가 말한다.

나는 미소를 억누를 수가 없다.

아이들을 위해 작은 보물 상자를 찾아 줄 수 있겠니?

네, 할 수 있어요.

그리고 남자아이들은 내가 주는 선물로 털양말을 사렴. 겨울이 추우니까.

알았어요. 내가 말한다.

그리고 급히 먹는다. 스물네 시간이 넘도록 먹은 게 없다.

다음 날 셀레나는 벌써 집으로 돌아온다. 그녀가 집 안에서 걸어다니는 소리가 들린다. 오후 늦게 그 집 문을 두드린다. 그녀가 겪은 건 탈수였다고 한다. 병원에서 수액 주사를 주었고, 식사를 더 잘하고 마그네슘을 추가로 섭취하라고 했다. 그리고 매일 물 1.5리터를 따로 챙겨 마시라고 했다.

좀 어때요? 내가 묻는다.

좋아요. 혈압도 정상으로 돌아왔어요. 이제는 다시 주치의에게 다니면서 관리를 하면 돼요.

심각한 게 아니라니 정말 다행이네요. 나는 화분에 물도 못 줬지 뭐예요.

우리는 둘 다 미소를 짓는다.

나는 셀레나에게 그 집 열쇠와 함께 내 전화번호가 적힌 쪽지를 건넨다.

다음에 도움이 필요하면 전화해요. 내가 말한다.

그녀는 손을 내밀어 내 등에 얹는다. 손이 따뜻하다.

전에 말했듯이 레아는 손님들이 일화를 하나씩 준비해 와야 하는 파티에 참석한 적이 있다. 한 여자는 손을 들었지만 자리에 그대로 앉아 있었다. 너무나 목소리가 작아서 그 자리에 있던 사람들은 이야기를 듣기 위해 숨을 죽여야 했다. 아버지가 어머니를 때렸어요. 허리띠와 옷걸이와 손으로요. 주먹으로 치고 따귀를 때렸지요. 무거운 물건, 냄비나 작업장의 스패너 같은 연장을 어머니에게 던졌고요. 푸른 멍, 부은 눈, 찢어지거나 긁힌 상처를 보고 이웃들이 물으면 어머니는 사고가 있었다고 했어요. 아버지가 어머니를 때리면 우리, 아이들은 숨었어요. 어머니가 소리를 지르고 울면 우리는 귀를 막았고요. 어머니는 봐 달라고 빌었지만 소용이 없었어요. 아버지는 상점의 뒷방에 앉아 술을 마실 때가 가끔 있었는데 그런다고 상황이 나아지지는 않았어요. 아버지는 오빠도 때렸지만 나에게는 손을 대지 않았어요. 나는 집안에서 하나밖에 없는 딸이었고 막내였거든요. 나는 오빠들 뒤에 숨었고, 장 속에, 침대 아래에 숨었지요. 아버지는 나를 못 봤을 수도 있어요. 그래서 내가 무사했는지도 모르지요. 우리는 일찍 집을 떠났어요. 아버지는 어머니보다 훨씬 먼저 세상을 떠났죠. 그래서 어머니는 당신도 세상을 떠날 때까지 몇 년간은 평화를 누렸지요. 어머니의 몸에는 부러졌지만 치료를 못 받은 데가 여기저기 있었어요. 병원에 안 갔으니까요. 관에 누운 어머니를 보니 비뚤어진 관절 투성이였어요. 하지만 피부는 곱고 온전했지요. 아무 상처도 흔적도 없었습니다. 우리는 어머니의 이마에 입을 맞추고 작별 인사를 했어요. 엄마, 안녕. 이렇게요.

여러 해 전 일이죠.

그리고 여자는 탁자를 내려다보며 두 손을 무릎에 모았다.

나는 침대에 누워 있고 일어날 생각이 없다. 오후이고, 빛은 이미 사라진 지 오래다. 오늘 아침은 PTSD 씨에게 갈 마음이 없다. 바닥의 틈 사이에서 살고 싶다. 전화가 울리지만 받지 않는다. 나는 몇 시간을 시체처럼 꼼작 않고 계속 누워 있는다. 오후에 나는 빵을 구워 토마토 하나와 함께 먹는다. 메스꺼움을 주체할 수 없다. 거울에는 혼란스러운 얼굴. 내 눈 속에 보이는 공포에 내가 놀란다. 속옷을 둔 서랍에서 수면제를 찾아 두 알을 삼킨다. 나는 빛이 새어 나오듯 소파 탁자 아래에서 미끄러져 나온다.

코끼리는 조용히 우림을 걸어요. 코를 들고 귀를 펄럭이지요. 집에 가는 동안 내가 생각하고 눈 앞에 선한 건 그 코끼리예요. 나는 친구 아니와 영화관에 갔어요. 페달에 문제가 있었는지, 아니면 흙받기가 비뚤어졌는지 잘 모르겠어요. 어쨌건 자전거에서 나는 소리가 거슬려요. 일요일이고, 길에는 사람이라고는 없어요. 어두워지고 있지요. 가다가 장을 보아야겠다는 생각을 해요. 그런데.

나는 PTSD 씨의 진료 의자에서 앞으로 몸을 숙이고 머리를 무릎 사이로 떨어뜨린다.
숨을 들이쉬세요. PTSD 씨가 말한다.
너무나 어지럽다. 잠시 후 나는 몸을 다시 일으킨다. 숨을 들이쉰다.

나는 페달을 수리해야겠다는 생각을 해요. 비뚤어진 부품이 있는지도 모르겠다, 흙받기에 문제가 있는 걸까, 뭔가 부딪혀서 비뚤어졌을까 생각하지요. 그런데 갑자기 비명이 들려요. 나는 놀라서 소스라치고, 넘어질 뻔해요. 소리는 내 뒤쪽, 길 왼편에서 들려와요. 나는 멈추어서 뒤를 돌아보죠. 한 남자가 어떤 여자를 차에서 낚아채는 게 보이네요. 나는 자전거에서 내리는데 양손은 자전거 손잡이에 얹은 채예요. 남자가 여자를 차에서 끌어내고 있어요. 여자는 저항하고 남자를 발로 차지만 소리를 지르지는 않아요. 여자는 젊고, 공격하는 남자도 젊어요. 이십 대 중반 같아요. 자전거를 버려두고 뛰어서 길을 건너며 그 정도까지는 생각할 수 있어요. 나는 생각하지 않고 그냥 움직여요. 남자가 여자를 놓아줘야 한다, 내가 생각하는 건 그뿐이에요. 남자는 여자를 놓아주고 가야 해, 남자가 물러가게 만들어야지. 나는 몸속이 얼음처럼 차고, 다시 뜨겁고, 머릿속에서 바람 소리가 들려요. 저기요, 내가 외쳐요. 멈춰요, 가만둬요, 나는 외쳐요. 나는 30미터쯤 떨어져 있는 것 같아요. 남자는 잠시 내 쪽을 바라보지요. 이제 여자가 보도에 쓰러져 있고 남자가 여자 위로 몸을 굽히고 있네요. 하지 마, 여자가 흐느껴요. 하지 마, 하지 마, 여자가 말하는 게 들려요. 제발, 룰루를 생각해 봐. 룰루를 생각해 봐, 제발, 제발. 이제 나는 남자에게 칼이 있다는 것을 깨달아요. 남자가 재빠르게 팔을 들어 여자를 찌르는데 여자는 아무 말도 안 해요. 남자는 여자 위로 몸을 굽히고 있어요. 너무 빨리 일이 벌어져요. 한순간에 후다닥 일어나지요. 나는 정말 두려워요. 나는 뒤로 피해요. 뒷걸음질을 치지요. 몸을 돌려 달릴 용기가 없어요. 나는 보도에 있는 두 사람을 바라보는데 남자가 여자를 찌르고 또 찔러요. 거리가 좀 멀어지자 나는 외투 주머니에서 전화기를 꺼내 구조를 요청해요. 계속 뒷걸음질을 치고 있지요. 남자에게 칼이 있어요. 나는 전화에서 들리는 여자 목소리에 대고 속삭여요. 남자가 여자를 찌르고 있어요. 그렇게 말하며 계속 뒷걸음질해요. 나는 보도를 따라 걷고, 이제는 몸을 돌려요. 나는 빨리 걷고, 전화를 받은 여자는 주소를 물어요. 지금 어디세요? 여자가 묻지요. 그런데 내가 전화기를 빼앗겨요. 뒤에서 남자가 왔고, 나는 그 소리를 못 들었지요. 등에서 끔찍한 통증이 느껴져요. 걸어. 남자가 식식거리듯 말하며 세게 밀어서 나는 앞으로 넘어지지요. 미친년, 죽일 년, 그가 말해요. 정말 빠르게 일어나는 일이에요. 정말 빨라요. 나는, 나는, 남자는 작고 땅딸막해요. 고개를 돌리니 그가 보여요. 그의 눈, 그의 눈빛, 그건 마치, 아, 못 하겠어요, 못 하겠어요.

저를 보세요. PTSD 씨가 말한다.

나는 눈을 뜨고 그를 바라본다. 나는 펑펑 운다. 티슈 몇 장을 상자에서 꺼낸다.

지금은 여기 계시잖아요. 그가 말한다. 여기 저랑 앉아 계시니까 지금은 안전해요.

나는 코를 푼다. 몸이 온통 떨리고 입안이 마른다. 그는 나에게 물을 한 잔 따라 준다.

나는 물을 마시고 숨을 들이쉰다.

나는 말한다. 됐어요. 계속해요.

그래요. 정말 빨리 일어나는 일이에요. 한순간 그의 모습이 마치 돋보기로 보듯이 또렷하게 보여요. 그의 눈에는 분노가 있고, 정말 두려워요. 그는 마구 화를 내고, 나는 그가 무서워요. 나는 몸을 일으키고 몇 걸음을 간신히 내디디지요. 뛰고 싶고 도망치고 싶지만 그 사람이 바로 내 뒤에 있어요. 그런데 그가 내 엉덩이를 칼로 찔러요. 뒈져. 그가 씩씩대며 말해요. 미친년, 뒈져. 나는 뛸 용기도 없고, 그를 향해 몸을 돌릴 용기도 없어요. 이제 죽겠구나 생각해요. 나는 정말 가만히 서서 그가 나를 찔러 죽이기를 기다리지요. 그런데 여자가 보도에서 다시 신음을 해요. 고개를 살짝 돌려 보니 손을 짚고 일어나려고 애써요. 여자는 끙끙 소리를 내지만 얼굴은 보이지 않아요. 머리카락만 보이는데 검은 곱슬머리예요. 하지만 남자가 벌써 그 옆에 서 있네요. 남자가 나를 처음 찌르고 일 분이나 지났을까, 정말 빨리 일어나는 일인데 나는 뛸 수가 없어요. 나는 휘청거리며 길을 걷지요. 나는 되도록 빨리 걷고, 뒤를 돌아보지 않아요. 도와달라고 외치지도 않지요. 쑤시고 정말 아프고 다리에 무언가

뜨뜻한 것이 흐르지요. 창문에 불이 켜져 있어요. 저 위쪽 창에 누군가 외치는 사람이 있어요. 저기요! 목소리가 외쳐요. 저기요! 나는 길에 멈춰요. 숨고 싶어요. 어디에 숨을까요. 나는 숨을 수 있어요. 화물차가 있어요. 흰 화물차가 있지요. 나는 그 아래로 기어들어요. 엎드려서 차 아래로 기어 들어가지요. 그러고는 아주 가만히 누워 있어요. 나는 꼼짝 않고 누워 있지요. 저기요! 어떤 남자의 목소리가 가까이서 외쳐요. 저기요, 이리 돌아와요! 뛰어오는 발소리가 가까이에서 들리네요. 가까이 지나가는 사람이 여럿이에요. 외치는 소리와 비명이 들려요. 문소리와 온갖 목소리들. 그런데 다 멈추고 모든 것이 사라져요. 깨어 보니, 의식을 되찾고 보니 뭐가 뭔지 하나도 모르겠어요. 몸이 떨리고, 손이 끈끈하게 젖었네요. 나는 자동차 아래에 납작하게 엎드려 있어요. 말을 할 수도 없고, 모든 것이 멈추었어요. 한참은 내 심장 소리만 들려요. 춥네요. 그리고 내 이가 떨리는 소리가 들려요. 하지만 정신을 잃어요. 구급차 소리가 들려요. 사이렌 소리. 나는 귀를 막아요. 경찰차 사이렌도 들려요. 나는 기어 나오지요. 그리고 다시 정신을 잃어요.

나는 충혈된 눈을 뜨고 PTSD 씨를 바라본다. 하지만 눈에 보이는 건 칼을 든 남자, 그의 성나고 위험한 눈빛뿐이다.

아. 내가 말한다.
아, 아, 아.
내 코에서 가느다란 콧물이 흐른다.
PTSD 씨는 쓰레기통을 끌어와서 내 앞에 놓는다. 나는 바로 토한다.

해내실 거예요. PTSD 씨가 잠시 후 말한다. 지금 SUDS가 어때요?

75요.

잠시 후 SUDS는 40까지 떨어진다.

그거 보세요. PTSD 씨가 말한다.

아니요. 내가 말한다. 끔찍했어요.

끔찍하지 않을 때까지 계속할 거예요. 그가 말한다. 세 세션이 남았으니 충분히 할 수 있어요.

자동차 아래에 누워 있을 때 어떤 신체적인 감각을 경험했나요?

손바닥 아래에 있는 차가운 아스팔트와 모래요. 내가 속삭인다.

젖은 모래요. 내가 말한다. 물웅덩이요.

상처는 자상이다. 나는 응급실에서 치료를 받는다. 칼은 엉덩이의 대근육에 상처를 입혔다. 파상풍 백신을 맞았다. 병원에서 지혈을 하고 상처를 꿰매고 붕대를 감는다. 그리고 안정제를 준다. 병원에서는 내가 난폭하게 굴었다는데 나는 기억나지 않는다. 구급차를 타고 병원에 온 기억도 나지 않는다. 복도의 발소리, 삡삡 하는 기계음, 자동차의 흔들림, 역한 음식 냄새는 기억이 난다. 내 침대에 앉아 자신을 존이라고 소개한 재난 상담사가 기억난다. 머리카락이 거의 없었다. 그가 무슨 말을 했는지는 기억나지 않는다. 큰아들이 다음 날 나를 집에 데려다줄 때 나는 붕대를 감고 있다. 붕대는 주치의가 주기적으로 갈아 주어야 했다. 체액이 흘러나오는 상처에 들러붙은 거즈의 느낌이 기억나고, 의사가 거즈를 핀셋으로 들어 올린 기억이 난다. 나는 병가를 받았다. 의사는 진정제와 수면제를 처방했다. 나는 집에 혼자 있었는데 처음에는 움직이지도 못하고 말없이 소파 탁자에 약병을 두고 소파에 누워 있었다. 아니가 왔고 아이들도 왔지만 나는 거의 말을 할 수 없었고 점차 공포로 미칠 지경이 되었다. 그래도 몇 주 후에 다시 일하기 시작했다. 유치원으로 몸을 끌고 가서 사무실에 앉아 멍하니 벽을 바라보았다. 전화도 받지 않았고, 동료들이 하는 말도 듣지 못했다. 놀이터 아이들의 날카로운 목소리는 고문이었다. 몇 달 후 나는 장기 병가를 냈다. PTSD 씨를 만나기 시작했을 때 나는 한 마디 말도 하지 않았다. 그가 아무리 물어도 나는 한참을 아무 말도 하지 않았다. 나는 그냥 공중을 응시했다. 그의 눈을 바라볼 수도 없었다.

이것이 나의 이야기다.

PTSD 씨를 마지막으로 방문하고 며칠이 지났을 때 나는 문을 안에서 잠그고 밖으로 나가지 않았다. 대부분의 시간은 텔레비전을 보며 보냈다. 느릿느릿 늘어지고 불이 꺼진 나. 요리를 못 하겠어서 돈도 없이 배달 음식을 주문했다. 이제는 다시 옷을 챙겨 입고 축축한 겨울로 나갈 수 있는 상태다. 안개가 끼었고, 어제는 마트에서 돌아오는 길에 지긋지긋한 진눈깨비를 맞았다. 나는 초콜릿 쿠키 두 팩을 사서 다 먹었다. 메스꺼운 상태로 잠자리에 들었다. 지금은 부엌의 작은 식탁에 앉아 초록색 공책에 적고 있다. 이 메모의 제목은 이렇다: 서른일곱 번째 트라우마 치료(칼로 습격을 받은 일) 이후 사 일 차.

    남자는 전 여자 친구를 그 여자의 차 바로 앞 보도에서 죽였다. 누군가가 창문에서 그가 젊은 여자 위로 몸을 굽히고 있는 것을 보았고, 칼로 등을 찌르는 모습을 보고 112에 전화를 걸어 신고했다. 그는 계단을 뛰어 내려와 살인자를 쫓아갔지만 이미 사라지고 없었다. 다른 사람들도 거리로 나왔고 그중 몇몇은 살인자를 따라갔다. 경찰도 차로 추격했다. 그는 자정쯤 체포되었다. 살해된 젊은 여자는 그 거리에 살았다. 살인자는 지켜보고 있다가 여자가 차에 타려고 할 때 덮쳤고, 이어서 총 스물세 번을 칼로 찔러 죽였다. 그 일이 일어났을 때 어린 딸은 외할머니 댁에 맡긴 상태였다. 여자는 출근하려던 참이었다. 그녀는 건물 청소를 하러 다녔다. 살인자는 아이 아버지였다. 두 살이 다 된 아이는 시설로 보내졌다. 아이 아버지는 반년 전에 이 여자가 그를 떠난 이후로 스토킹을 해 왔다. 괴롭히고 귀찮게 굴었으며, 전화를 걸고, 문자를 보내고, 찾아오고, 욕설을 하고, 돌아오라고 애걸하고, 여자가 행동을 잘하지 않으면 아이를 죽이겠다고 협박했다. 여자가 경찰에 신고했기 때문에 남자의 이름이 기록에 남았다. 살인자는 범죄를 치밀하게 계획했다. 경찰은 그의 어머니 집 자전거 보관 창고에서 남자를 찾았다. 나는 신문에서 이런 세부를 읽었다. "법의학 조사에서 부검 결과 스물세 개의 자상이 발견되었다. 상당수는 치명적이었고, 따라서 이것이 사인이라고 확정했다."

    그녀의 사진이 함께 실렸다. 곱슬머리, 미소 짓는 얼굴, 둥근 뺨.

나는 그녀를 구하지 못했다.

그 여자에 관한 꿈과 상상이 나를 쫓아다녔다. 밤낮으로. 그리고 아이, 그 아이. 이름이 룰루일지도 모르는 아이. 외할머니가 상냥한 사람이었기를. 아이와 외할머니 사이에 연락이 끊어지지 않기를. 왜 아이가 할머니 집으로 가지 못했을까. 젊은 여자가 계단을 내려가는 모습이 눈에 선하다. 여자는 출근하려 한다. 지금 막 아이를 어머니에게 맡겼는지도 모른다. 저녁 일을 시작하기 전에 잠시 집에 들러 쉴 생각이었는지도 모르고. 피곤했는지도 모른다. 기분이 좋았는지도 모르고, 언제나 이전 남자 친구 때문에 두려웠는지도 모른다. 그날 저녁 그 남자가 두려웠는지도 모르고, 남자가 여자를 살해하기 직전에 위협했는지도 모른다. 그래도 여자는 출근하려고 계단을 내려갔다. 여자는 일을 계속해야 했다. 당연하지. 그녀는 힘이 들어도 삶을 계속해 나가야 했다. 빨래를 하고, 머리를 감고, 접시를 닦고. 장을 보고 음식을 하고. 먹고 자고 아이를 돌보고. 자기 일을 살피고. 내 동생이 죽었을 때 우리 어머니는 할 수 있는 데까지 이 일들을 했다. 나도 그렇게 한다. 젊은 여자의 어머니도 할 것이다. 안 그러면 어쩌겠는가.

너의 살

너의 핵

너에게 있었던 일

이 세상, 이 삶에서

나는 어머니에게 전화를 걸어 오렌지 젤리의 레시피를 묻는다. 아니는 밤색 개와 함께 내 소파에 누워 있다. 어머니는 레시피를 이메일로 보내는 법을 알아내지 못한다. 와서 가져가야 할 거 같은데. 어머니가 말한다. 아니는 배 위에 개가 누워 있는 채로 깜빡 잠이 든다. 우리는 어릴 때 듣던 음악을 듣는다. 라면을 먹는다. 나는 차를 끓이고 아니의 머리를 내 무릎에 올려놓는다. 아니는 눈을 뜨고 나에게 졸린 미소를 보낸다. 아까 초저녁에 아니가 내 머리를 잘라 주었다. 아니는 미용사로 일한 지 오래되었지만 그래도 늘 내 머리를 잘라 주었다. 아니는 꽃집을 운영한다. 이전 주인에게서 인수한 지 십오 년이 되었다. 개는 종일 가게 유리창 뒤에 누워 있다. 손님이 문을 열고 들어오면 기분 좋게 꼬리를 흔든다.

보기 좋네. 짧은 머리가 잘 어울려.

아니는 다시 눈을 감고, 우리는 오래 가만히 있다. 아니는 잠이 든 모양이다. 리드미컬한 음악이 흘러나온다. 개는 노래를 따라 부르기라도 하듯이 나지막이 그르렁거린다. 아니가 갑자기 일어나 앉는다.

꿈결에 계시를 받았어. 아니가 말한다. 그럴듯한 계시야. 네가 우리 가게에서 일을 도와주면 어때? 할 마음이 있다면 말이지. 꽃다발 엮는 법은 내가 가르쳐 줄 수 있어.

나는 고개를 흔든다.

이미 직원이 있잖아.

아니, 몇 달 전에 그만두었어. 얘기했잖아.

아니는 찻잔을 비우고 개한테 팔을 얹는다.
내가 얘기한 거 기억 안 나?
나는 고개를 흔든다.
한번 생각해 봐. 아니가 말하며 미소를 짓는다. 할 생각이 있지?

레아와 니콜라는 내가 아니의 가게에 취직한다는 게 천재적인 아이디어라고 생각한다. 우리는 레아의 집에 모여 있고, 야콥은 병원에 있는 어머니를 뵈러 갔다. 어머니는 당신의 토사물이 목에 걸려 화학적 폐렴으로 입원했다. 레아는 라사냐를 만들었다. 나만 빼고 모두들 내가 플로리스트가 되면 좋겠다고 생각한다. 나는 몸이 굳고 말이 없어진다. 다들 내 이야기를 하는 동안 나는 식탁 끝에 앉아 있다.
파트타임인데 뭘.
그런데 그걸로 살림이 될까?
고정 지출이 적은 친구니까. 같은 집에 100년은 살았을걸.
손으로 하는 일이 도움이 될 거 같은데.
그렇지. 그리고 아니 너하고 같이 있으면 안전하잖아.
그리고 개하고 같이 있잖아. 그 개 자체가 거의 치료야.
다시 유치원에서 일하는 건 안 되지.
맞아. 너무 힘든 일이야.
우리 나이에 새 일을 찾기도 힘들고.
이거 봐. 내가 말한다.
셋이 함께 나를 바라본다.
다른 얘기 좀 할 수 없을까. 이거 나한테는 좀 무리네.

뭐가 무리야? 레아가 묻는다.

우린 그저 도와주려는 거야. 레아가 말한다. 계속 도와주면 안 돼?

그게 힘들어. 3인칭으로 내 이야기 좀 그만해 줘. 내 인생을 정리하려고 애들 좀 그만 써 주고. 내가 뭘 원하는지는 내가 알아낼게. 조언은 사양해.

식탁의 분위기가 어색하고, 거의 거북해진다. 아니는 고개를 숙인다. 친구들은 말없이 식사를 계속한다. 결국 레아가 텔레비전 연속극 이야기를 시작한다. 나는 귀를 기울이지 않는다. 나는 피곤하고 집에 가고 싶다. 하지만 로세가 우리를 루이세에게 소개하던 날 저녁처럼 중간에 가 버리지 않기 위해 좀 더 있는다. 그냥 피해 버리는 사람이라는 말을 듣고 싶지 않다.

내 침실로 돌아와 이불 속에 누우니 마음이 가벼워진다. 다른 사람들의 확신에 찬 열정과 좋은 조언, 그들 연애의 승리. 다른 사람들의 안정된 정서와 성공적인 일상.

피가 나는 상처에 뿌리는 소금이다.

내 악몽: 개입하지 못하는 것, 일을 다 망치는 것, 고통받는 사람이나 아이들을 구하지 못하는 것, 의무에 소홀한 것, 익숙한 곳에서 위치 파악을 못 하는 것, 길 잃는 것에 관련한 많은 악몽.

무자비한 폭력, 주먹질과 발길질, 무기, 살해 시도, 학대, 협박, 살인, 감금, 시체에 대한 많은 악몽. 대개는 내가 피해자다.

그 젊은 여자에 대한 악몽들. 여자는 대개 유령으로 나온다. 분명 나에게서 무언가를 원하지만 아무 말도 하지 않는 유령. 사람의 형태를 띤 팥죽색 그림자, 눈구멍이 뚫린 보자기. 어떤 꿈에서는 그녀가 신문에서 본 사진과 닮은 모습으로 딸을 품에 안고 있고, 내가 자전거로 지나치는 사이 자기 차에 들어가 앉는다. 혹은 잠으로 넘어가는 순간 정지된 그림이 보이고, 나는 숨을 헐떡이며 일어나 앉는다. 바닥을 닦는 젊은 여자(그 뒤에는 그림자), 유아차를 미는 젊은 여자, 부엌에서 한쪽으로 몰린 여자와 공포가 가득한 그녀의 눈. 한순간 보이는 칼, 피가 스며든 바닥.

그녀의 피부를 관통한 칼이 다시 내 피부를 관통했을 때 내 핏속으로 들어온 그녀의 피. 우리는 피를 섞었다.

*

나는 여자 친구와 함께 아파트에 산다. 우리 집은 56제곱미터다. 건물은 4층이다. 나는 지붕 아래 맨 위층에 살고, 여기는 때로 춥다. 아래층에는 나이가 좀 있는 여자분이 산다. 아주 조용한 분이다. 소리가 들리는 적이 없고 만나는 일도 드물다. 그 아래층에 사는 이도 나이가 있지만 그보다는 젊다. 그 사람은 아주 언짢아 보일 때가 많다. 가끔 내가 지나가는 1층에는 아이들이 몇 명 있다. 지하실에 자전거를 세워 두고 받침대에 고정할 때 가끔 아이들이 뛰고 외치는 소리가 들린다. 나는 아이를 가질 계획이 없다. 나는 스물두 살이다. 내 여자 친구와 나는 보통은 사이가 좋은데 가끔 싸우기도 한다. 친구는 정리정돈을 중시하고 나는 아니다. 이 친구하고 내가 사귄 적도 있지만 지금은 그냥 친구다. 나는 남자도 여자도 다 사귄다. 아무 문제도 아니다. 때로 밤이면 나는 이 친구와 한잔할 때가 많은데 그러면 우리는 음악을 크게 틀고 춤을 춘다. 설거지 같은 일로 다투지 않는 한 우리는 정말 재미나게 지낼 수 있다. 나는 여기에 산다. 아침 햇살이 우리 작은 부엌에 들어오는 게 좋다. 나는 이른 시간에 일하러 간다. 길에는 나무가 있다. 일을 마치고 지쳐서 집에 돌아오면 나는 생각한다. 여기는 참 조용하네. 나는 우리 집의 기울어진 천장이 좋다. 동굴처럼 느껴진다. 친구와 정말 심각하게 다툰다면 나는 여기에 혼자 살고 싶다. 이 집은 포기하지 않겠다. 나는 내 집이 있어 다행이라고 생각한다. 내가 최근까지도 애였으니까. 내 상황은 그렇다. 때로 밤에는 악몽을 꾸다가 잠에서 깨는데 그럴 때는 엄마가 보고 싶다.

*

초록색 공책에 적기. 커피 마시기. 아니에게 문자 메시지 보내기. 아니, 시간을 좀 줘. 시간을 좀 주면 안 될까, 내가 꽃다발을 엮을 수 있을지 모르겠어. 내가 뭘 할 수 있는지 모르겠어. 뭘 하고 싶은지도 모르겠고. 아니는 답장으로 장미와 하트가 있는 GIF 파일을 보낸다. 장미와 하트의 불꽃놀이다. 로세가 전화했을 때 나는 전화를 받지 않는다. 둘째 아들이 전화했을 때도.

하지만 1월 1일까지는 시간이 별로 남지 않았고, 그때부터는 급여가 없다. 돈이 없는 것이다. 허리띠를 조여야 한다고 나는 생각한다. 자유 낙하가 시작된다고. 떨어지며 놓치기. 나는 떨어지며 손을 놓고 싶다.

어머니는 구겨진 종이에 깨끗한 글씨로 쓰인 외할머니의 오렌지 젤리 레시피를 찾았다. 오렌지 주스일 것 같은 얼룩이 있다. 나는 레시피의 사진을 찍는다. 눈이 온다. 하지만 눈은 땅에 닿으면 바로 더러워진다. 우리는 창밖을 내다본다. 방금 건포도가 든 롤빵 하나를 나누어 먹었다. 여기는 소변 냄새가 약간 나고 음식 냄새도 난다. 레인지 위에 식은 토마토소스 냄비가 올려져 있고, 소스 안에 고깃덩이가 굳어 있다.

외할머니는 대체 어떤 분이었어요. 내가 묻는다.

우리 엄마? 어머니는 말하며 기겁하고 나를 바라본다. 우리 엄마는 조용한 분이었어. 말을 별로 안 했어. 훌륭한 주부였지. 아버지에게 너무 다 맞춰 줬어. 진료실에서 일했지만 올라와서 훌륭한 점심을 차렸으니까.

다정한 분이었나요?

너무 많이 물어보는구나. 왜 늘 그렇게 질문이 많니?

다정한 어머니였나요?

모르겠다. 나는 부족한 게 없었어. 아주 어릴 때 어머니 품에 기어오르려고 했던 기억이 난다. 그런데 어머니는 나를 안아 주지 않았어. 아마 그게 내가 가지고 있는 제일 오래된 기억일 거야. 어머니는 나를 때린 적이 한 번도 없어. 특별히 나한테 관심이 있는 것 같지 않았지만 아버지에게는 관심이 많았지. 내 기억은 그렇다. 일찍 돌아가셨지. 쉰넷이었으니까. 유방암이었어.

내가 기억하는 건 나일론 스타킹과 향수뿐이에요.

맞아. 늘 나일론 스타킹을 신으셨지. 아주 허영심이 많은 분이었어.

이 도시에서 자라셨나요?

그래. 내 외할머니는 이곳 세탁소에서 일했고, 외할아버지는 양조장에서 일했는데 특별히 상냥한 분은 아니었을 거야. 어머니는 학교를 칠 년만 다녔어. 그러고는 섬유 공장에 취직했지. 남자 형제가 둘인데 둘 다 술을 너무 마시다가 저세상 사람이 되었지. 어머니는 바느질을 잘했어. 한번은 나에게 망사 치마가 달린 원피스를 만들어 주었지. 무도회를 위한 거였어. 나는 실업 학교에 진학했지만 별로 학교에 마음이 없었지.

왜요?

다른 애들하고 별로 잘 지내지 못했거든. 보통 혼자였고, 성적도 나빴어. 하지만 이제 이걸로 충분하겠지. 손주들 선물은 샀니? 그래 주겠다고 했잖니.

어머니는 피곤해 보인다. 시달린 사람처럼. 안경을 벗어 앞치마 한 귀퉁이로 닦는다. 눈을 빨개지도록 비비고 안경을 다시 쓴다. 그러고는 성난 눈빛으로 나를 바라본다.

나는 작은 보물 상자들이 담긴 봉지를 들여온다. 쓰지도 못할 물건들을 헐값에 파는 할인 마트에서 샀다. 상자 하나는 푸른색으로 뚜껑에 초록색 코끼리가 그려졌고, 다른 하나는 붉은색인데 노란 호랑이가 있다. 코끼리는 손이라도 흔드는 것처럼 발 하나를 들고 있다.

귀엽네. 어머니가 말한다. 초록색은 누구를 줄까? 어머니는 초록색 상자를 손에 쥐고 빙 돌려 보고는 뚜껑을 열었다 닫아 본다.

상자마다 동전을 넣을 거야. 어머니가 말한다. 도와주어 고맙다. 작년에 남은 포장지가 아직 있으니 그건 신경 쓰지 않아도 되고.

헤어지며 내가 볼에 입을 맞추려 하니 어머니는 고개를 돌린다. 음, 음. 어머니는 중얼거리며 한 걸음 뒤로 물러난다.

내가 집으로 올 때 눈은 더 이상 내리지 않았다. 작고 활력 넘치는 시내처럼 물이 배수로를 흐르고 하수도로 내려간다. 망각. 내가 생각한다. 망각.

PTSD 씨는 나에게 아니의 가게에서 일하는 걸 '진지하게' 고려해 보라고 한다. 그가 보기에 나에게는 다시 유치원 교사로 일할 생각이 전혀 없다고 말한다. 그 문제에 대해서는 작년에 이야기했을 때마다 매번 단호하게 거절하셨잖아요. 그가 말한다. 이건 조심스럽고 새로운 시작이지요. 그가 말한다. 스스로의 취약함을 배려하는 새로운 출발점이에요. 그는 아니의 가게에서 하는 일이 '징검다리'가 되어 내가 장기적으로 하고 싶은 일을 찾을 수도 있겠다고 말한다.

하지만 스스로 느끼셔야 해요. 그가 말한다.

나는 그를 응시한다.

뭣 좀 물어봐도 될까요?

그는 친절하게 고개를 끄덕인다.

왜 나는 그런 지옥을 다 경험하고도 이보다 더 망가지지 않았을까요?

간간이 사랑과 안정을 누렸기 때문이지요. 그가 말한다. 외할아버지로부터, 동생들과 전남편으로부터요. 아닐까요?

그리고 아니에게서요. 내가 말한다. 친구들도 있고요.

그래서죠. PTSD 씨가 말한다. 그리고 아이들이 잘 지내도록 의식적으로 애를 쓰셨기 때문이지요. 아이들한테 폭력이 이어지지 않게 하기로 의식적으로 결정했고, 습격을 당하고 안 좋아졌을 때는 상황을 개선하려고 힘껏 애쓰셨지요. 하지만 사랑과 보살핌이 결정적이에요. 이 두 가지는 적은 양으로도 충분할 때가 종종 있답니다.

오늘이 끝에서 두 번째 세션이에요. 그가 이어서 말한다. 이제 바로 칼 트라우마에 다시 접근해 볼 겁니다. 그동안 어떻게 지내셨나요?

괜찮았어요. 내가 웅얼거린다.

다음 세션 전에 그 일이 있었던 거리를 다시 방문해야 한다는 걸 기억하세요.

노출이지요. 내가 말한다.

그래요. PTSD 씨는 말하며 미소를 짓는다. 이제는 자면서도 다 아시겠어요.

나올 때가 되니 PTSD 씨가 말한다. 저를 따라 하세요. 그 젊은 여자가 죽은 건 내 탓이 아니다.

내 탓이 아니다.
그 젊은 여자가 죽은 건 내 탓이 아니다.

나는 초록색 소파 끄트머리에 앉아 있다. 셀레나가 위층에서 문을 닫는 소리가 들린다. 아래층에서는 아이들이 빽빽거린다. 오후지만 벌써 아주 어둡다. 나는 이렇게 적는다.

    아니와 일할 때의 장점:
    약간의 수입. 안전.
    아니와 일하지 않을 때의 장점: 평화.

하지만 나는 이 부분을 지운다. 집세를 내고 음식을 살 돈이 없이 평화는 없으니까.
나는 이렇게 적는다.

    아니와 하는 일을 시도하지 않을 때의 장점: 없다.

나는 공책을 내려놓고 깊이 숨을 들이쉰다. 누워서 천장을 바라본다. 그러니 이제 결정은 내려진 듯하다. 나는 꽃다발을 엮고 손님을 응대하는 걸 배워야 할 모양이다. 이제 나는 일어나 앉았고, 공책에 이 몇 줄을 적는다.

    저녁: 내가 전화를 걸자 아니는 환호한다. 잘될 거야. 아이, 정말 기쁘네. 빛 축제가 지나면 바로 시작할 수 있어.

나는 평화를 찾은 기분이다. 밤에 평온히 자는 걸 보니 그렇다. 나는 오전에 아니의 가게를 찾아간다. 나막신과 스키 양말을 신은 아니가 가게를 보여 준다. 스웨터 위에 유포로 된 앞치마를 하고 있다. 개는 느긋이 우리를 따라온다. 흙과 모래가 든 자루, 바구니와 화분, 양동이에 담긴 꽃꽂이용 꽃. 초록색 식물.

미소 짓는 아니. 여기는 우림과 온실의 냄새가 난다.

처음에는 이쯤에 자리를 잡고 있으면 될 것 같아. 이렇게 말하며 아니는 계산대 뒤의 흙 묻은 탁자를 톡톡 친다. 우리는 여기서 꽃다발을 엮고 분갈이를 해. 그리고 여기서는 전체가 다 잘 보이니까 하루의 루틴을 잘 파악할 수 있어.

나는 의자에 앉아 아니를 바라본다. 아니는 아네모네 한 줌을 묶고 있다. 주문을 받은 꽃이다. 아니는 줄기를 적당한 길이로 자른다. 손이 자신 있게 쓱쓱 움직인다. 아니는 젖은 종이가 든 비닐 봉지로 줄기를 감싸고 꽃다발을 습자지로 포장하고는 인스턴트 커피에 물을 붓는다.

됐네. 아니가 말한다. 이제 우리 둘은 동지야.

우린 언제나 동지였어. 내가 말한다.

겁이 나. 내가 말한다. 해내지 못 할까 봐 두려워.

물론 해낼 수 있지. 아니가 말한다. 내가 도와주잖아.

12월이라는 구덩이의 마지막 몇 주, 거의 끊이지 않는 어두움을 가득 채운 건 다가오는 축제에 관련한 연락들이었다. 둘째 아들은 내게 화가 나 참석하고 싶어 하지 않았지만 형이 그와 이야기를 하고 나서 나를 적어도 어느 정도 용서한 듯하다. 나는 다시 그를 대면하기가 두렵지만, 그래도 만나는 게 무엇에라도 도움이 될지 알겠는가. 그는 뒤늦은 반항을 하는 것 같다. 한편 막내는 말을 붙이기가 힘들다. 무슨 일인지 모르겠다. 괜찮았으면. 내가 문자 메시지를 보내면 그는 보통 하트 하나만 보낸다. 나는 나 자신에게 계속 이렇게 말한다: 살면서 일어나는 일들을 통제할 수는 없지. 다 자란 아이들을 그들의 인생으로부터 보호할 수는 없어.

저녁 늦게 나는 오렌지 젤리를 만든다. 젤라틴을 불리고 과즙을 짠다. 외할머니가 레시피에 과즙을 체로 거르는 게 중요하다고 썼으니까 나는 그렇게 한다. 설탕을 미지근한 젤라틴에 녹이고, 오렌지 과즙을 휘저어 섞고, 이렇게 만든 디저트를 작은 유리잔에 담아 차게 보관한다. 우리는 아홉 명이다. 나는 선물이 든 가방을 준비하고 은실이 박힌 검은 원피스를 다렸다. 꼭 오 일 전에 아니와 나는 살인과 습격이 있었던 거리를 걷는 연습을 시작했다. 나는 다리에 힘이 풀려서 아니가 나를 안고 가다시피 했다. 모퉁이를 돌고 그 거리가 우리 앞에 나타났을 때 나는 보도에 선 채 굳어 버렸다. 그러나 작은 보폭으로 네 걸음을 디뎠다. 그러고는 멈추어 섰고, 숨을 쉴 수가 없었다. 나는 벽에 등을 기대고 앉았다. 이미지들이 엄청난 속도로 내 머리를 스쳤다. 자동차, 비명, 달리는 발소리, 구급차. 미친년, 네 발로 기다시피 오는 여자, 그녀의 머리카락, 그의 눈. 생지옥. 아니가 나를 안아 일으키자 나는 양손으로 머리를 움켜쥐었다. 자, 지금은 아무 일도 없잖아. 아니가 말했다. 아니는 나를 일으켜 세우고 팔로 나를 안았다. 나를 받치면서 동시에 앞으로 밀었다. 나는 사고 현장을 알아볼 수 없었다. 정확하게 어디에서 그 일이 있었는지 짚어 말할 수 없었다. 올려 보니 창문에 불이 켜져 있었다. 여기였어, 아니면 저기야? 아니가 물었다. 나는 고개를 흔들었다. 우리는 그렇게 길을 따라 끝까지 갔다. 나는 나를 붙든 아니에게 매달려 있었다. 자동차가 몇 대 지나갔고, 건물들에 기대어 놓은 자전거들도 있었다. 어린 여자아이가 우리를 지나쳤다. 분홍색 책가방을 등에 메고 있었다. 젊은 여자가 주차를 하고 차에서 내렸다. 그녀는 건물로 들어가 문을 다시 잠갔고, 계단에 불이 들어왔다. 우리는 길을 따라 끝까지 갔다. 나는 정확한 범행 위치를 찾지 못했다. 그 거리에 특별히 익숙한 무언가가 있는 건 아니지만 그래도 그곳이 사건이 일어난 장소였다. 해냈어. 아니는 말하며 나를 안았다. 우리는 더 이상 부정적인 반응이 없을 때까지 이걸 계속할 거야. PTSD 씨 얘기가 그 말이지? 아니가 내 머리카락에 대고 말했고 나는 완전히 녹초가 되어 눈을 감았다. 우리는 그다음 나흘 동안 같은 일을 반복했고, 오늘 아침에도 아니가 가게 문을 열기 전에 그렇게 했다. 오늘 아침에는 소위 부정적인 반응이라는 게 아주 적었다. 그 거리를 세 번째 걸었을 때 나는 문 하나를 알아보았다. 칠이 좀 벗겨진 연회색 문이었다. 그가 나를 죽이기를 기다리며 내가 있던 곳이 그 오른쪽이었다는 게 기억났다. 잠시 고개를 돌려 그와 눈을 마주쳤던 순간에 나는 그 문을 보았다. 그래서 나는 사건이 일어난 장소를 추정할 수 있었다. 보도의 어딘가, 그 문과 나로부터 몇백 미터 뒤에서 젊은 여자가 살해를 당했다. 살인 사건의 흔적은 아무것도 없었다. 이제는 그저 거리일 뿐이었다.

지난밤에는 승마 학교 꿈을 꾸었다. 나는 말의 콧등과 이마에 입을 맞추었다. 눈 바로 아래에도 입을 맞추고 손으로 등을 쓰다듬었다. 마구간에서 보내는 저녁, 제비들은 조용히 지붕 아래 서까래에 앉아 있고 나는 서서 울었다. 내 말 바냐는 귀를 내 쪽으로 향하고 콧구멍으로 나에게 공기를 뿜으며 입을 비볐다. 그리고 두껍고 부드러운 입술로 조심스레 내 스웨터를 물었다. 바냐는 나를 위로했다. 나는 써레로 건초를 바냐에게 퍼주고 마구간 문을 닫고 나왔다. 푸른 여름밤, 풀벌레 소리. 농가와 큰 소나무들이 희미하게 보였다. 꿈속에서 나는 어른이었고, 꿈속에서 나는 달을 바라보는 늑대처럼 울었다.

레아가 파티에 갔을 때 한 여자가 자리에서 일어나 이야기를 들려주었다.

친구의 외동딸이 남자 친구에게 살해되었어요. 아주 가까이에서 총신이 짧은 산탄총으로 쏘았지요. 딸은 즉사했어요. 그러고 나서 남자는 자신에게도 총을 쏘았지요. 여러 해 전이지만 내 친구는 지금도 총소리가 들린다고 해요. 그 자리에 없었는데도 말이죠. 지금도 자다가 그 소리에 깬답니다. 친구는 말해요. "나는 그를 증오해. 그리고 딸을 사랑해. 나는 그를 영원히 증오할 거야. 그리고 내 딸을 영원히 사랑해. 내 상황이 그래. 나는 이 상황을 바꿀 수 없어."

나는 힘닿는 데까지 친구를 돌봅니다. 사람이 완전히 변했지만 그래도 친구이니까요. 우리는 학교에 들어갔을 때부터 알고 지냈어요. 같은 동네에 살고, 나는 자주 이 친구를 찾아가요. 장을 봐야 하면 이 친구는 도시의 반대쪽 끝까지 갑니다. 동네 슈퍼마켓에서 살인범의 어머니를 마주칠 위험을 피하고 싶어서예요. 친구가 먼 길을 가지 않아도 되도록 나는 자주 장을 봐서 그 친구에게 가지요. 친구는 껍질콩과 양고기를 좋아해요. 셰리를 너무 많이 마시고 진을 너무 많이 마시지요. 나는 그 친구 딸의 대모였고, 나도 가슴속 내 대녀가 살던 자리에 구멍이 남았어요. 한번은 살인범의 어머니를 길에서 마주쳤는데 내가 피했지요. 왜 그 여자가 이사를 가지 않았는지 이해가 되지 않아요. 하지만 달리 생각하면 어디로 이사를 가겠어요? 그 여자는 우리보다 몇 학년 위였고, 우리가 아주 부러워한 하늘색 앙고라 스웨터가 있었던 기억이 나요. 생기 있는 젊은 여자였는데 그런 아들이 생겼네요. 자기가 어쩔 수 없는 일이지만 내 친구도 충분히 이해가 돼요. 어쨌든, 내 친구가 용서를 해야 할까요? 나는 모르겠어요. 살인범의 어머니는 아들을 잃었고, 아마 큰 수치심도 짊어지고 있겠지요.

이 이야기를 들려준 여자는 머리가 짧았고 주근깨가 엄청 많았어. 잔을 한 번에 비우더니 고개를 흔들더라고.

니콜라와 로세와 레아가 며칠 전에 예고 없이 찾아와서는 부엌에 앉았다. 비가 내리는 추운 오후였다. 세 명 모두 일을 마치고 바로 하얀 히아신스와 쿠키 한 봉지를 가지고 왔다. 우리는 차를 마셨고, 나는 로세의 팔을 계속 쓰다듬었다. 보고 싶었어. 정말 오랜만이야. 여전히 사랑에 빠졌니, 아니면 다시 너를 믿어도 되겠니. 로세는 미소를 짓고 말했다. 너 오늘 기분이 좋구나. 로세는 루이세가 가족과 함께 빛 축제를 지내기 위해 다른 지방으로 여행을 떠났다고 한다. 그 덕에 내가 너희에게 다시 관심이 생겼다고 할 수도 있겠지. 로세는 웃고, 레아는 나에게 한번 식사를 같이 하겠냐고 묻지만 나는 거절한다. 괜찮아, 그리고 그냥 집에 있고 싶어. 나는 말했다. 친구들은 실망도 되고 내가 걱정도 되는 듯한 눈빛으로 나를 바라본다. 문제 있는 거 아니야. 그냥 좀 조용히 지내고 싶어. 나는 말했다. 사람 만나는 걸 좀 줄이려고 해. 계속 그렇게 하기로 PTSD 씨하고 약속했거든. 그래, 하지만 너 좀 나아진 거지? 니콜라의 커다란 눈이 내 눈을 뚫어지게 바라본다. 응, 나아졌어. 응, 아니의 가게에서 일할 거야. 응, 응, 하지만, 그런데 말이야, 하지만 나는…… 다시 항복하고 백기를 들지 않으려면 나는 관계에서 규칙을 지켜야 해. 진지하게 고개를 끄덕이는 친구들의 눈이 흔들린다. 다들 각자 차를 마신다. 친구들은 이해하지 못하지만 이해한다. 그리고 이들의 몸은 이해하는 것처럼 보인다. 현관에서 나를 안아 주고 볼에 입을 맞추고 손을 흔드는 모습, 겨울 축제 잘 지내라고, 빛 축제 기쁘게 지내라고, 몸조심하라고 외치는 모습을 보면.

네 막으로 구성된 축제.

1. 도착

아들과 며느리가 사는 작은 연립 주택은 사람으로 가득하다. 아이들은 바닥에 누워 소란한 놀이를 한다. 어른들은 부엌을 휘젓고 돌아다니고, 몇몇은 거실에서 식탁을 차린다. 몸을 소파에 던졌던 막내아들은 내가 인사하러 들어가자 엉거주춤 일어나 앉는다. 눈은 충혈되고 목소리는 희미하다. 나는 아이를 안는다. 아이에게서 담배와 땀, 지나친 향수 냄새가 난다. 그는 기름진 머리카락을 손으로 쓸어 넘긴다. 나는 오렌지 젤리를 부엌에 꺼내 놓는다. 작은 유리잔들을 유산지로 사이를 채운 작은 종이 상자에 넣어 조심스레 운반해 왔다. 내 몸은 굳고 차가워진다. 아들은 정신이 몽롱하다. 부엌에서는 웃고 수다를 떤다. 쌀 푸딩이 냄비에서 끓고, 갓 구운 빵은 행주로 덮어 두고,

오븐에는 속을 채운 파프리카가 담긴 큰 팬이 들어 있다. 큰아들은 나를 안고 말한다. 엄마가 마지막으로 오신 게 언제였는지 기억도 안 나요. 정말 오랜만이에요. 둘째 아들은 샐러드 드레싱을 만들다가 나에게 짧게 인사를 한다. 나는 그를 안고는 만나서 반갑다고, 보고 싶었다고 말한다. 아이 같은 옅은 미소가 그의 입술을 스친다. 어머니는 이제 준비가 다 된 식탁에 앉아 지팡이를 꼭 붙잡고 경직된 눈빛으로 공중을 바라본다. 한참 자전거를 타고 찬 바람을 맞은 아니가 도착한다. 다들 안녕하세요! 숨차하며 큰 소리로 외치고 커다란 목도리를 풀어 놓는다. 다들 아니를 둘러싼다. 아니는 웃는다. 아이들은 그녀의 다리를 끌어안고서 선물을 가져왔냐고 자꾸만 묻는다. 나는 거실에 초를 켠다. 아니는 꽃을 가져왔고, 나는 손녀딸들과 함께 식탁을 꾸민다. 우리는 아이들이 오려 만든 하트를 냅킨에 풀로 붙여 접시에 얹는다.

부엌에서 목소리들이 들린다. 서로 놀리고 웃는다. 아들들의 목소리는 여자들의 목소리 아래에 베이스처럼 깔려 있다. 막내아들은 소파에서 일어난다. 대문이 닫히는 소리가 들린다. 불안하다. 담배를 피우러 갔겠지. 나는 어머니 옆에 앉고, 아이들은 이내 나에게 기어오른다. 아이들은 책을 가져와 나에게 읽어 달라고 한다. 할머니, 빛 축제를 축하해요. 제일 어린 아이가 말한다. 제일 큰 아이는 내 눈을 바라보며 말한다. 할머니는 왜 안 신나 보여? 나는 미소를 지으며 책을 펼친다. 기계적으로 읽으며 오른쪽에서 어머니의 쏘는 듯한 눈빛을 느낀다.

2. 만찬

그릇들이 나오고 우리는 앉는다. 우리가 식사를 하는 동안 거실에 온기가 퍼진다. 우리 집에서는 늘 속을 채운 비둘기가 나왔는데. 어머니가 말한다. 훌륭한 진한 소스하고 같이. 어머니는 파프리카를 찔러 본다.

고춧가루가 들어갔니? 어머니가 묻는다. 나한테는 너무 맵구나.

진짜 비둘기는 이제 거의 안 먹죠. 큰아들이 말한다.

우리는 비둘기 이야기를 한다. 동물을 먹는 건 나빠요. 제일 큰 손주가 말한다. 새를 먹는 것도 나빠요. 그 아이의 여동생이 말한다.

새도 동물이야. 너 바보냐?

자, 자, 예쁜 말 해야지. 며느리가 말한다. 입가를 닦고. 머리에 온통 음식이 묻었잖니.

우리는 포도주로 건배하고 손녀딸들은 주스로 건배를 한다. 서로 그릇을 건네고 대화를 계속하지만 나는 대화에 낄 마음이 없다. 막내아들도 별로 말이 없고, 누가 재미있는 말을 하면 때로는 좀 너무 오래 웃는다. 그는 실실 웃으며 음식을 계속 덜고, 탐욕스럽게 빨리 먹고, 포도주 잔을 연달아 비운다. 그러더니 딸꾹질을 한다. 불꽃은 떨리고, 음식은 향기롭고, 빵은 표면이 바삭하다. 우리는 빵을 올리브기름에 적신다.

우리 아버지 집에서도 그렇게 했지. 어머니가 말한다. 이런 거 말고 아주아주 훌륭한 초록색 올리브에.

할머니. 막내아들이 외친다. 식사가 마음에 안 드세요?

다른 사람들은 웃는다. 어머니는 기분이 상해서 머리를 흔든다. 아니가 어머니의 팔에 손을 얹고, 어머니는 머리를 아니의 어깨에 얹는다. 반갑구나. 정말 오랜만이지. 어머니는 마음이 좀 풀려서 다가오는 봄을 위해 건배한다. 초대해 주어 고맙다. 어머니가 말한다. 하지만 내 막내딸은 왜 여기 없을까. 늘 집에 왔었는데.

엄마, 그 아이는 막내딸이 아니에요. 내가 말한다.

안다. 하지만 지금은 막내야.

어머니는 성난 듯이 나를 바라본다.

나는 소리를 지르고 싶다. 당신 딸은 말도 안 되는 자기 어머니를 도저히 마주할 수가 없었다고요. 하지만 나는 그 말을 참고 무릎 위에서 손을 꼭 쥔다. 그러고는 일어나 욕실로 가서 동생에게 전화를 건다. 동생은 전화를 받지 않는다. 그리고 문자를 보낸다. 식사 중. 나는 보고 싶다고, 그리고 엄마 목을 조르고 싶다고 답한다. 동생은 쓴다. 하하, 나중에 전화할게. 나는 손을 씻고 식탁으로 돌아간다. 아이들은 이제 폭죽에 불을 붙여도 된다. 치지직거리는 소리가 신경이 쓰인다. 불꽃은 삐익 소리를 내며 공중에 빛으로 원을 그린다. 다들 손뼉을 친다. 그러고는 제일 큰 손주가 막내아들에게 매달린다. 아이는 아들의 머리카락을 헤집고 얼굴을 쓰다듬으며 아들의 뺨이 왜 삐죽삐죽 찌르는지, 왜 그의 치아는 노란색인지 묻는다. 내 이는 하얘. 하지만 할머니 이는 노란색이고 증조할머니 이는 갈색이야.

아들은 여전히 딸꾹질을 한다. 거의 못 보는데도 아이들이 삼촌을 사랑하고 떠받드는 방식이란. 나는 숨을 뱃속까지 깊이 들이쉬고 다시 천천히 내쉰다. 이제 우리는 식탁을 거둔다. 팬을 물에 불리고, 며느리는 건과일와 견과류와 쿠키를 내놓는다. 디저트 와인이 나오고, 나는 오렌지 젤리가 든 유리잔을 내

온다. 어머니는 의외로 디저트를 만족스럽게 여기고, 쿠키가 어머니의 어머니가 구운 것만큼이나 훌륭하다고 한다. 그래, 우리 어머니가 돌아가신 다음에는 물론 내가 해마다 늘 직접 구웠지. 늘 어머니의 레시피대로 구웠어. 하지만 지금은 손 때문에 더 못 해. 류머티즘이 생겼잖니. 디저트 와인은 묵직하고, 유리잔에 담긴 모습이 밀처럼 노랗다. 막내아들은 이제 눈에 보이게 취했다. 이제 커피를 마셔야지. 큰아들이 말하며 동생을 흘낏 바라본다. 그러고 나서 선물을 나누자.

얘들아, 류머티즘은 끔찍한 병이란다. 어머니가 말한다. 어머니도 달달한 포도주에 뺨이 붉어졌다. 끔찍한 병이야. 두고 봐라. 어머니는 나에게 말한다. 너도 알게 될 거야. 유전이니까.

막내 손주는 어머니의 손을 뜯어본다. 할머니 손가락은 마귀할멈 손가락 같아요. 아이가 말한다. 마귀할멈 손가락처럼 굽고 비뚤어졌어요. 하지만 할머니는 마귀할멈이 아니야. 다 알아요.

나는 아니를 바라본다. 우리는 웃음을 참는다.

3. 설거지

나는 부엌으로 서둘러 가서 커피 물을 얹는다. 둘째 아들은 설거지를 하고, 나는 행주를 꺼내 그릇의 물기를 닦는다.

엄마. 아들이 말한다. 저는 정말 엄마한테 화가 났었어요. 아빠한테도요.

알아. 내가 말한다. 괜찮아.

아들은 한숨을 쉰다.

어떻게 지내니? 내가 묻는다.

망해 가고 있죠. 삶은 단조롭고 지루해요. 뭔가 정신 나간 짓을 하면 좋겠죠.

정신 나간 짓은 마음대로 하는 게 아니라고 해 주고 싶지만 참는다. 그 대신 나는 묻는다.

예를 들어서 어떤 걸?

셰어 하우스로 들어가는 거요. 생각해 봤어요. 혼자 사는 데 지쳤어요. 외로워요.

좋은 생각 같은데. 나는 이렇게 말하고 커피 원두를 갈면서 다른 사람들과 함께 사는 건 뭐 특별히 정신 나간 짓도 아닌 것 같다고, 하지만 사실 아들에게 맞는 것 같지는 않다고 생각한다. 그러고는 내가 이렇게 생각하는 건 악하고 교만하다고 생각한다.

여자 친구는 있니?

아들이 불쾌한 듯이 바라본다.

아니요, 없, 어, 요.

그는 마지막 컵을 거칠게 식기 건조대에 얹는다.

4. 선물

우리는 커피를 마시며 식사와 초대에 감사하다고 인사를 한다. 고맙다. 내가 큰아들에게 말한다. 집 지을 생각을 했던 데 감사해. 나는 며느리에게 미소를 짓는다. 손녀딸들은 남은 쿠키를 먹고 건과일과 설탕에 졸인 아몬드가 담긴 그릇을 비운다. 거실 탁자에 둘러앉은 우리는 촛불에 비쳐 금빛이다. 어디를 보아도 따뜻한 얼굴들. 둘째 아들이 선물이 담긴 커다란 바구니를 들고 들어오고, 아이들은 환호한다.

우리 아들들은 외할머니에게서 털양말을 받고 기뻐하고, 아들들이 선물을 풀자 어머니 얼굴에도 미소가 번진다. 막내아들은 바로 양말을 신고는 바보 춤을 춘다. 손녀딸들은 그 모습을 재미있어하고, 증조할머니한테서 받은 보물 상자를 열고 동전을 발견하고는 부자가 되었다고 생각한다. 큰아들이 아내에게 선물한 가느다란 목걸이에는 금으로 된 하트가 달렸다. 둘째 아들이 형제들에게 주는 기후 위기에 관한 책, 아니가 우리 어머니에게 주는 로즈 제라늄과 아이들에게 선물하는 퍼즐. 큰아들이 두 형제에게 주는 생맥주와 당구 초대장, 어머니에게 선물하는 크림 그릇, 내가 아니에게 주는 스카프, 아이들에게 주는 예쁜 그림들이 나온다. 둘째 아들은 코를 훌쩍이며 선물을 준비하지 않은 것을 미안해한다. 나는 막내 손녀에게 모자를 쓴 밤색 곰 인형을 선물하고, 큰아이에게는 편지봉투에 든 카드를 준다. "할머니가 주는 선물. 우리는 둘이 같이 가서 승마를 하자." 큰아이는 편지를 큰 소리로 읽고서 내 목을 끌어안고, 동생은 곰 인형의 모자를 벗긴다. 우리 아들들은 나를 위해 푸른 자기로 된 작은 커피 잔 여섯 개를 샀다. 나는 세 아들에게 흰 티셔츠를 준다. 이제 선물은 다 풀었다. 막내아들은 사라졌다. 알고 보니 옆방 소파에 다시 누워 있다. 그의 코 고는 소리가 들린다. 아이들은 슬슬 녹초가 되어 가고, 자기 전에 짧은 영화를 한 편 보아도 된다는 허락을 받는다.

이제 택시를 불러야겠다. 어머니가 말하고 휴대 전화를 찾는다. 나는 어머니의 물건들을 챙겨 길까지 배웅한다. 안개가 끼고 춥다.

밖에서 보니 집이 정말 즐거워 보이네. 저 불빛들 좀 봐. 차를 기다리는 동안 어머니가 말한다.

안에서도 즐거웠어요. 내가 말한다.

글쎄. 어머니가 말한다.

나는 어머니의 볼에 입을 맞춘다. 어머니는 내 손을 꼭 쥔다. 나는 어머니가 앞자리에 앉는 걸 돕고, 차는 천천히 안개 속으로 들어간다.

에필로그

집 안으로 들어오니 둘째 아들은 자신이 얼마나 아버지에게 화가 났었는지 이야기하고 있다. 아니와 며느리는 둘 다 난처해 보이고, 큰아들이 말한다. 그래, 무슨 말인지 잘 알겠어. 다만 거기에 에너지를 낭비해 봐야 도움이 될 게 없어. 아버지는 원래 그런 사람인데 어쩌겠냐.

난 내 의견을 말하고 싶을 뿐이야. 아버지가 내 말을 들었으면 좋겠어. 하지만 아버지는 우리를 완전히 버리고 갔잖아. 모든 것을 피해 버렸고, 그 모든 건 아버지에게 아무 영향을 미치지 않았어. 미꾸라지처럼 빠져나갔지. 그렇지만 나에게는 영향을 미쳤다고!

등등.

마침내 아니는 (그의 등에 팔을 얹고) 그를 진정시키고 대화를 다른 방향으로 돌릴 수 있었다.("너희 어머니와 함께 일하게 되어 정말 기뻐.")

내가 얼마나 지쳤는지 느껴진다.

동생은 어떻게 하고 있지? 며느리가 말하고 다른 방으로 통하는 문을 돌아본다.

걔는 그냥 피곤할 뿐이야. 둘째 아들이 말한다.

완전히 취한 게 분명한데. 큰아들이 말한다.

깨워야 할까? 내가 묻는다.

아니요, 저희가 방법을 찾아볼게요. 둘째 아들은 탁자 위에 묵직하게 놓인 자기 손을 바라본다.

작은손녀가 곰 인형을 들고 들어온다. 졸려. 아이는 말하며 곰을 들지 않은 손으로 눈을 비빈다.

며느리와 나는 마지막 남은 잔과 컵들을 내간다. 나는 큰손녀에게 입을 맞추어 인사하고, 아이들 방 침대 옆 의자에 앉아 있는 아들의 머리카락에 입을 맞춘다. 아이는 이미 잠이 든 것 같다. 나는 자고 있는 막내아들을 쳐다본다. 아들은 숨을 들이쉰다. 아니와 나는 배웅을 받는다. 아니는 자전거의 자물쇠를 풀고 나와 함께 역까지 걷는다. 우리는 주택가의 조용한 거리를 걷는다. 집들에는 불이 켜져 있고 이슬비가 가로등 불빛에 춤을 춘다. 즐거운 저녁이었어. 아니가 말한다. 내가 열차에 오르자 아니는 손을 흔든다. 아니는 입만 보이고 얼굴의 나머지는 방한모와 비니, 목도리로 덮여 있다. 문이 미끄러지며 닫히고 열차가 움직이기 시작한다.

그때 동생이 전화를 건다.

나는 만찬이 어땠는지 보고하지만 취한 아들 이야기는 뺀다. 동생도 멋진 저녁을 보냈다고 한다. 가비노하고 나 둘뿐이었어. 좋은 식당에서 식사한 다음 시내에서 산책을 했지. 거리에는 사람이 거의 없었어. 다들 가족과 함께 집에 있었으니까. 마법 같았어. 우리는 호텔에서 전날 저녁과 오늘 밤에 근무한 우리 직원들과 함께 샴페인을 마시고 곧장 집으로 왔어.

우린 네가 없어 섭섭했어. 내가 말한다. 나는 아니의 가게에서 일자리를 얻었고. 내가 말한다.

뭐? 동생이 말한다. 정말? 언니한테 맞는 일일까?

모르겠지만 해 보는 거야.

아, 언니. 동생이 말한다.

무거운 한숨 소리가 들린다.

며칠 전에 아버지 꿈을 꾸었어. 지독한 악몽이었지. 우리는 어렸고, 집 앞에 서서 귀를 기울이고 있었어. 외투를 벗을 용기가 없었거든. 언니가 눈을 크게 뜨고 나를 바라보았어. 막냇동생은 우리 둘 사이에서 흔들리는 베일 같았지. 그때 아버지가 거실에서 나와 우리에게 고함을 쳤어. 여기 서서 뭘 염탐하는 거야! 아버지가 소리쳤지. 이 쓰레기들. 우리는 몸을 움츠렸어. 아버지는 주먹으로 우리 둘을 한 번씩 쳤어. 정수리를 맞았지. 하지만 아버지는 동생을 잡을 수 없었고, 그래서 엄청 화가 났어. 잡으려고 할 때마다 동생은 피했어. 그러니까 음, 유령처럼. 거실로 휘날리듯 들어가는 동생을 붙들려고 아버지가 등을 돌린 사이에 언니가 간신히 대문을 열었고, 우리는 도망쳐서 계단을 내려갔어. 나는 내 비명 소리에 잠이 깼어. 그 소리에 가비노도 깼어. 꿈 이야기를 하니 가비노가 말했어. 막냇동생이 너희 둘을 구했네. 나는 울음이 터졌고, 가비노는 나를 위로했어. 하지만 나는 위로가 되지 않았어.

동생의 메마르고 거친 목소리, 마드리드의 동생. 동생을 향한 그리움이 밀려온다. 따뜻하고 부드러운 무엇이 내 안에서 불현듯 깨어난다. 우리는 유령 동생과 우리 어머니 이야기를 한다. 동생은 평생 처음으로 겨울 축제에 집에 오지 않았는데 뭔가 해방되는 독특한 느낌이라고 한다. 나는 어머니가 말도 안 되는 심술을 부렸다고 이야기한다.

어머니는 사람이 많이 모인 곳을 불편해하지. 동생이 말한다. 예민해지고 남들을 불편하게 해. 늘 그랬잖아. 냉정하고 자기중심적으로 보일 수 있지. 우리가 어렸을 때도 어머니가 그랬던 것 같지는 않아. 안 그래? 나는 막냇동생이 죽었을 때 어머니가 왜 자살을 시도했을까, 혹시 동생을 우리보다 더 사랑했기 때문이 아니었을까 몇 번 생각해 봤어. 우리는 살아남은 딸들이었으니.

목숨을 끊으려고 한 건 수치심 때문이었을 수도 있어. 내가 말한다. 수치심이 사랑보다 더 컸는지도 모르지.

와우, 동생이 말한다. 센 이론인데.

나는 열차에서 내려 어두운 거리를 지나 집으로 간다. 여전히 동생과 통화하는 중이다. 잘 자라고 인사하고 현관문을 연다. 계단에 젊은 여자가 앉아 있다. 아니를 닮았다.

안녕하세요. 그녀가 말한다. 죄송해요. 저는 맨 위층에 사는데 여자 친구가 저를 내쫓았어요. 다투었거든요.

이제 보니 그녀는 울었다. 마스카라가 번져 뺨이 검다.

여기는 추워요. 잠깐 들어올래요? 우리 집은 2층이에요.

나는 계단을 오르고, 잠시 후 그녀도 따라온다.

이미 늦은 저녁이지만 나는 차 한 주전자를 진하게 우린다. 여자는 부엌의 작은 탁자에 앉는다. 나는 사과를 하나 내민다. 여자는 사과를 내려놓는다.

무엇 때문에 다투었어요?

말하자면 길지요. 여자가 말하고 입술을 깨문다.

이제 우리는 마주 앉아 있다. 찻잔에서 김이 오른다. 그녀는 두툼한 앞머리를 매만진다.

겨울 축제는 함께 지냈나요?

아니요. 친구가 혼자 보내고 싶어 했어요. 그런데 제가 할머니 댁에서 돌아왔더니 저한테 화가 나 있더라고요.

죄송해요. 그녀가 말한다.

죄송할 일은 아니죠. 내가 말한다. 원하면 소파에서 자도 돼요.

그녀는 말없이 나를 바라보며 고개를 끄덕인다.

그리고 말한다. 마치 저한테서 무언가를 바라는 것 같았어요. 그러면서도 아니라고 했지요. 이해가 안 돼요. 그 친구가 뭘 원하는지 모르겠어요.

괜찮아요. 내가 말한다. 아마 자기도 모를 거예요.

잠자리에 누우니 따뜻하고 부드러운 무엇이 다시 내 안에서 자라난다. 다음 날 아침 문소리에 잠에서 깬다. 그녀가 계단을 올라가는 소리가 들린다. 명랑한 목소리가 층계에서 울린다. 그녀는 되돌아오지 않는다. 나는 돌아눕고, 다시 잠이 든다.

전남편은 막내아들에 대해, 그리고 내 걱정에 대해 이야기를 나눌 생각이 없다. 나는 그에게 전화를 걸지만 그는 말할 시간이 없다. 운전을 하는 소리가 들린다. 십 분만 시간을 좀 내줘. 내가 말한다. 아들도 다 큰 어른이야. 그가 말한다. 약물 이야기는 무슨 소린지 모르겠어. 저번에 만났을 때 보니 아주 정상이던데.

나는 우리 아들이 약물 남용 때문에 치료를 받으러 다니고, 어제 파티에서 약물에 취한 것처럼 보였다고 이야기한다.

그래, 그래. 전남편은 말하고 차 문을 닫는다. 그건 사교 모임이지 남용 치료가 아니야. 어제는 그저 술에 취한 거였겠지. 본인이 해결할 거야. 아직 젊고, 하는 일이랑 이거 저거 다 있으니까.

뭐가 다 있다는 거야?

이거 저거…… 음. 인생이지! 자기 인생이 있잖아. 그저 잠시 헤매는 거겠지. 난 이제 가야 해. 남편이 말한다. 지금 공사 현장이고, 이 분 후에 배관공과 회의가 있어. 내 회사니까 가야지. 걱정하지 마. 그가 말한다. 아이들은 다 괜찮고, 둘째는 자기가 알아서 할 거야. 머리가 괜찮은 똑똑한 아이인데 지금 잠깐 어리석은 짓을 하는 거겠지. 지금, 음, 아마 잠깐 헤매거나 뭐 그런 걸 거야. 음, 이제 정말 끊어야 해. 잘 지내고.

나는 전화기를 식탁에 내던지고 중얼거린다. "고맙기도 하네." 바로 그 순간 아니가 전화한다.

내일 아침에 나는 8시부터 가게에 나가 있을 거야. 아니가 말한다. 9시 전에만 오면 돼.

나는 공책에 적는다.

다시 막내 황금 고깔 때문에 머릿속에서 두려움이 화산처럼 들끓는다. 나는 아무도 믿지 않는다. 다들 고개를 돌린다. 나는 엄마이고, 내 직관은 옳다.

그리고 이렇게도 쓴다.

　　나는 내 병, 그리고 내 인생사 때문에 편집증적이다. 근육은 경직된 채 침대 시트에 얼어붙어 누워 있다. 목에서는 들숨이 찌르는 듯하다. 아들이 죽으면 나도 죽는다. 아들은 죽지 않는다. 하지만 만일 죽으면.

　나는 야채 가게에 가서 제일 값이 싼 물건을 찾는다. 적채 한 통. 파 둘, 양파 하나. 마늘, 반쯤 시든 파슬리 한 단. 이 채소들을 모두 팬에 볶고 남은 밥을 섞는다. 통장이 비었다. 다행히 1월 월세는 이미 냈다. 나는 선 채로 먹고, 물 한 잔을 마시고, 텔레비전을 켠다. 담요를 덮고 소파에 눕는다.
　1층 현관에서 소리가 난다. 나는 몸이 굳고 숨을 참는다. 현관으로 살금살금 가서 안전 체인을 걸고는 문을 살짝 열어 본다. 아무도 없다. 문을 활짝 연다. 허브 화분에 작은 식물이 하나 담겨 있다. 나는 화분을 부엌으로 가지고 와서 흙에 시침핀으로 꽂혀 있는 카드를 읽는다. "저번에 제가 몸이 안 좋았을 때 감사했어요. 여기에 꺾꽂이를 했어요. 인사를 보냅니다. 3층 셀레나 캄포스."

　내가 비에 흠뻑 젖어서 가게에 들어서니 아니는 계산대 뒤에 서서 튤립을 묶고 있다. 나는 밤에 잠을 못 잤다. 일찍 나와야 한다는 생각에 스트레스를 받고, 잠이 안 와서 속상하고, 전남편과 나 자신에게 화가 나고, 머릿속이 복잡하고, 몸은 무자비하고.

나는 젖은 웃옷을 걸고 의자에 앉는다. 연두색 튤립 잎이 바닥에 떨어져 있다. 됐네. 아니가 만족스럽게 말하고 색색의 꽃다발들을 양동이에 담아 가게 앞에 내놓는다. 아니의 개는 내 옆에서 꼬리를 흔든다. 개가 무거운 머리를 내 다리에 얹자 나는 울기 시작한다. 저런. 아니가 말한다. 안 좋은 일 있었어?

큰 유리창에 비가 부딪친다. 아니는 내 손을 잡는다.

차를 마시자. 아니가 말한다. 얼어 죽게 춥지 않아?

나는 울음을 멈출 수가 없다. 나이 든 남자가 사촌 누이의 장례식을 위한 화환을 주문하러 들어온다. 나는 지하실로 피한다. 여기에 아니의 가장 중요한 자산이 있다. 거금이 들어간 냉장 창고. 이 냉장 창고는 가게에 딸린 것이고, 아니가 다른 가게가 아닌 이 가게를 산 이유다. 창고는 유리문이 있는 거대한 냉장고처럼 생겼다. 나는 문을 열고 안으로 들어간다. 여기에 자른 꽃을 냉장할 수 있고, 그러면 버리는 것을 많이 줄일 수 있으니 아니로서는 수입이 늘어난다. 꽃들은 냉장하면 오래 보관할 수 있다. 나는 코를 풀고 눈물을 닦는다. 작약, 튤립, 금매화, 백합. 나는 조심스럽게 장미의 연한 꽃잎을 만진다. 지하실에는 벽을 따라 화분과 바구니가 쌓여 있다. 살아 있는 곰팡이와 젖은 흙 냄새가 난다. 냉장 창고에서는 나지막이 웅 소리가 난다. 이제 차를 마신다. 아니는 하루 일과를 들려준다. 화요일은 장날이니까 나는 최상품을 구하기 위해 4시에 일어나. 보통은 모하메드가, 때로는 리타나 케니가 예를 들어 튤립 가격이 더 좋아. 너는 같이 갈 필요 없지. 하지만 내가 물건을 차에 싣고 오면 그때는 할 일이 많아. 문을 열기 전에 물건을 다 제자리에 정리해야 하니까. 꽃다발도 많이 묶어야 하고.

나는 집중을 하지 못하고 맥락을 놓친다. 다시 귀를 기울이니 아니가 말하고 있다.

물건을 담은 수레하고 박스는 길에 내놓지. 지금은 봄꽃, 수선화 뭐 이런 것들이야. 단단한 초록 식물들은 보다시피 가게 맨 안쪽에 있어. 사실 제일 돈이 되는 건 그 화분들이지. 응. 그리고 우리는 계속 바닥을 쓸고 닦아. 언제나 깔끔하게.

집중을 하지 못하고 나는 가지치기를 해 위로 똑바르게 자란 고무나무를 바라본다. 다시 아니의 목소리가 들린다. 하지만 제일 중요한 건 손님들을 대하는 거하고 살아 있는 상품들이야. 누가 세상을 떠나면 사람들은 슬퍼하면서 오지. 누가 결혼하거나 그러면 너무 행복해하면서 들어오고. 외로운 사람들, 당황한 사람들, 그냥 얘기가 하고 싶은 사람들, 자신을 위해 작은 꽃다발 하나를 사고 싶은 사람들이 오고, 제일 힘든 건 어린 아이를 잃어서 묘지에 가는 사람들이야. 꽃은 인생의 중요한 날들의 한 부분이지. 안 그래? 그러니 손님들을 친절하고 기분 좋게 맞는 게 중요해. 하지만 그건 벌써 알잖아. 내가 천 번은 얘기했으니까. 그런데 말이야, 꽃집은 그늘에 자리 잡는 게 낫다는 거 알았어?

아니는 나를 바라보고 말을 멈춘다. 하지만 오늘, 오늘은 그냥 여기 앉아서 눈으로 봐. 아니가 말한다. 그리고 점심을 먹고 나면 집에 가서 좀 쉬어.

냉장 창고. 내가 말한다.

그래! 냉장 창고! 그건 나한테 황금이야. 아니가 미소를 짓는다. 내 황금! 아니는 크게 웃는다. 그리고 내 컵에 차를 더 따른다. 이거 봐. 아니가 말하며 내 눈을 바라본다. 한 번에 하루씩만 하자. 그게 좋겠지?

1월은 비바람이 치는 중에 슬슬 기어서 떠나간다. 시간이 지나며 나는 꽃다발 묶는 법도 배웠다. 미리 주문하는 게 얼마나 중요한지도 배웠고, 아니가 화요일 아침에 시장에서 양동이 삼사십 개를 가져오면 재빠르게 일하는 법도 배웠다. 셀로판지로 예쁘게 포장하는 건 아직은 어렵고, 하루는 아니가 어깨 통증으로 척추 교정을 받으러 가서 내가 문을 닫아야 했는데 차양을 걷는 걸 잊었다. 가게 안은 춥다. 우리는 식물들이 자랄까 봐 난방을 전혀 안 하고, 커다란 스웨터를 입고서 미끄럼 방지가 되어 있는 깔개 위로 나막신을 신고 다닌다. 나는 어머니에게서 빌린 돈으로 양모 속옷과 방한용 바지를 산다. 지금도 아니는 정산은 직접 하고, 내가 불편해하는 일을 나에게 맡기지 않는다. 나는 점차로 손님들을 대하는 데 익숙해지지만 어떤 날은 에너지가 떨어져서 이 상황을 내가 꽃집 직원이 된 역할극으로 상상해야 감당이 된다. 나는 동생들과 내가 어릴 때처럼 가게 놀이를 한다. 무엇을 드릴까요, 안녕히 가세요, 하지만 제일 힘든 건 현금으로 계산하려는 사람들이다. 암산은 습격을 받은 후 내가 잃어버린 능력 중 하나다. 나는 소형 계산기를 사용하고 잔돈을 천천히 세지만 그래도 심한 압박으로 느껴진다. 계산을 틀리거나 잔돈을 너무 많이 주면 어떡하나 등등. 나는 과잉 대응을 하고, 또 그 때문에 부끄러워한다. 이게 노동으로 느껴지는지? 유치원과 비교하면 아니다. 편한 일로 느껴지고, 사실이 그렇다. 하지만 몸이 편한 일은 아니라서 발은 붓고 허리는 뻐근해진다. 아니는 저녁마다 스트레칭을 하라고 동작 네 가지를 알려 주고, 나는 여기 쉰여덟 살의 가늘고 긴 몸을 바닥에 누인다. 관절은 딱딱거리고 근육은 늙은 나무처럼 차게 느껴진다. 반면에 나는 피로해진다. 그 덕에 잠을 더 잘 자니 몸의 피로는 해방이다.

규칙적인 생활이 좋지? 레아가 말한다. 그렇지. 일요일은 제대로 쉴 수 있는 게 좋지. 그게 진짜로 쉬는 거니까. 니콜라가 말한다. 니콜라는 양로원 일에 슬슬 지쳐서 전에 일하던 병원 부서로 돌아갈 생각을 하고 있다. 그런 생각은 하지 마. 레아가 말한다. 일손이 부족해 다들 온통 스트레스를 받고 있으니까. 특히 복지사, 보호사 쪽은 말이야. 로세는 여전히 만나기가 힘들다. 노란 안경을 쓴 루이세가 고양이 톰과 사실상 살러 들어온 거나 다름없다. 하지만 레아와 니콜라는 퇴근길에 자주 가게에 들른다. 금요일이면 아니가 장에서 포트와인 병을 꺼내고, 우리는 플라스틱 잔으로 건배하고, 내 친구들은 자주 나를 웃게 만든다.

막내아들에게서는 아무 소식이 없고 나도 연락해 보지 않는다. 용기가 없다.

바람 불고 날 안 좋은 수요일에 마지막으로 만났을 때 나는 PTSD 씨에게도 그 말을 한다.

왜 연락할 용기가 안 나죠?

감당 못 하겠어요. 이 이상은 문제들을 감당 못 하겠어요.

하지만 미뤄 둔다고 문제가 줄어드나요? 일어날 수 있는 최악의 상황은 뭘까요?

나는 어깨를 으쓱한다.

아들에게 아들 생각을 한다고 말해 줄 수 있지 않을까요? 아들의 문제는 내 문제가 아니라는 걸 기억하세요. 하지만 그의 이야기를 들어 주고 필요할 때 거기 있어 주실 수는 있지요. 또 아들이 약에 취했을 때는 만나고 싶지 않다고 이야기할 권리는 얼마든지 있어요.

내가 더 이상 여기 안 오게 되어 잘해 내지 못하면 어쩌죠?

잘하실 수 있어요. 정말 많이 발전했으니 스스로 어깨를 두드려 주실 만하죠. 전에 말했듯이 앞으로도 어떤 상처받기 쉬운 지점이 있을 거예요. 그래서 자기 자신에게 귀를 기울이고 자신의 한계를 넘거나 불필요하게 압박을 받지 않도록 하는 게 중요해요. 그럼 잘 지내실 수 있어요. 그리고 정말 몸조심하시고요. 그는 그렇게 말하고 일어난다. 이제 시간이 다 되었다.

그는 잎이 촉촉한 돈나무를 받고 기뻐한다. 나의 작별 선물이다.

이건 죽일 수 없어요. 정말 고집이 세거든요.

그가 너무 도인 같아서 짜증 난다고 생각한 적이 많았지만 집에 돌아오는 버스를 마지막으로 탔을 때 이미 그 사람이 그립다. 나는 혼잣말을 한다: 이제야 그 사람이 얼마나 도움이 되었는지를 아는구나. 나는 집으로 와서 초록색 코끼리 공책에 이렇게 적는다.

PTSD 씨와 작별. 내가 알던 것보다 나에게 더 많이 도움이 된 사람이다. 나는 연약하지만 지구에 사는 수많은 다른 사람들보다 더 약하지는 않다. 나는 이 세상의 수많은 사람들만큼 강하다. 나는 약하면서도 강하고, 그래서 괜찮다.

그러나 조만간 아니는 내가 좀 더 늦게 출근하는 게 낫겠다고 판단한다. 나는 일찍 나가면 너무 많이 운다. 아침 이른 시간에 뭔가를 해야 하면 나는 잠을 설친다. 누워서 몸을 이리저리 뒤척이다가 반쯤 얼고 투명해져서 나타난다. 양귀비와 루핀 사이에 눈물을 쏟는다. 문이 열리고 문손잡이에 달린 작은 종이 울리면 충격을 받는다. PTSD 씨는 증상들이 돌아온다고 할 것이다. 그리고 나는 잠을 자기 위해 묵직한 적포도주를 마시기 시작했다. 반병, 때로는 그 이상. 하지만 나는 아니에게 말하지 않았다. 아니는 말한다. 상관없잖아. 어차피 반일제로 일하는데. 그러면 그 대신 나랑 같이 마감을 하면 되지. 아침에는 별로 손님도 없으니까.

나는 아니가 아침에 제일 바쁘다는 것을 안다. 그날의 꽃다발을 묶는 시간이다. 나는 말한다. 화요일에는 계속 일찍 와서 도울게.

나는 더 이상 집에 가는 길에 묵직한 적포도주를 할인받아 사지 않는다. 불면증이 닥치면 아침에 늦잠을 자면 되는 걸 아니까 밤에 부담이 덜 된다. 때로는 12시가 되어야 출근한다. 그래도 나는 아니에게 적포도주 이야기를 하고, 아니는 팔을 흔들며 말한다. 아유, 염려하지 마. 누구나 그럴 수 있지.

죽은 이들. 동생, 고모할머니, 외할아버지, 아버지, 이 순서대로 떠났다. 나는 승마 학교의 주인이었던 고모할머니 때문에 울지 않았고, 장례식에도 참석하지 않았다. 그때 나는 동생과 함께 숙취로 누워 있었다. 막냇동생이 죽고 반년이 지났을 때였고, 토요일이었다. 구운 닭을 사러 휘청거리며 가던 길에 동생과 함께 무지개를 보았던 기억이 나는데 그 닭은 침대에 마주 앉아 손으로 뜯어 먹었다. 해가 났지만 갑자기 소나기가 내리며 길에 거센 비가 떨어졌다. 고모할머니는 마구간에서 심장마비로 쓰러졌고, 손에 써레를 든 채 엎드려 있었다. 할머니를 발견한 사람은 미카엘이었다. 땀 냄새가 나는 소심한 미카엘, 아니와 나의 독특한 파트너.

하지만 외할아버지가 돌아가셨을 때 나는 멈출 줄 모르고 울었다. 할아버지는 오래 편찮으셨고, 우리는 셋 다 할아버지 곁에 앉아 있었다. 마지막 숨소리는 마치 휘파람처럼 들렸다. 어머니는 할아버지의 눈을 감겨 드리고 장의사를 불렀다. 그러고는 나가서 포크로 달걀을 휘저었다. 돌아가신 할아버지가 누워 있는데 우리는 할아버지의 부엌에 앉아 오믈렛을 먹었다. 눈물 때문에 음식이 짰다. 어머니는 울지 않았다. 할아버지가 살던 집을 팔고 상속받은 돈을 어머니는 동생과 나에게 나누어 주었다. 어머니는 그 돈이 필요 없다고, 그 돈을 원하지 않는다고 했다. 동생은 상속분을 저축하고, 나중에 작은 호텔의 지분을 매입하는 데 썼다. 지금도 동생은 호텔의 공동 소유주다. 내 몫은 살림, 아이들 겨울 옷, 새 자전거 같은 데도 들어갔지만 가장 큰 부분은 학비로 썼다. 타일을 붙인 탁자는 어머니가 가져갔다. 그 탁자는 지금 어머니의 부엌에 있다. 어머니는 몇 안 되는 물건만 골랐는데 증조할머니의 장신구들과 사진, 가구 몇 점이었다. 나는 찻잔 몇 점을 받았다. 그리고 할아버지의 공책을 가져왔다. 나머지는 어머니가 집을 정리하는 회사를 불러 치우게 했다. 극복해야지. 어머니가 말했다. 유골함은 어머니 곁에 모셨어.

장례식에 사람들이 물밀듯이 몰려왔다. 우리는 모르는 사람들이었다. 환자들이었을 듯하다. 돌아가기 전에 관에 손을 얹는 사람도 많았다. 한 여자는 어머니의 어깨를 어루만지며 말했다. 정말 훌륭한 분이셨지요.

어머니: 네 동생이 어제 전화했다. 마드리드에는 미모사가 곧 피는 거 알았니?

나: 예쁘겠네요.

어머니: 그렇겠지. 하지만 나는 이제 여행은 더 못 해.

나: 한 적도 없잖아요. 어떻게 지내세요?

어머니: 괜찮지. 괜찮아. 보호사가 바뀌었는데 그 사람은 마음에 안 들어. 지저분해.

나: 지저분?

어머니: 그 사람이 목욕을 도와주는 게 싫다. 거기에는 선을 긋겠어.

정말 친절한 사람인데. 저런.

나는 알리야가 나를 살펴 주면 좋겠어. 알리야는 상냥하지. 나처럼 애가 셋이란다. 딸이 셋이야.

나: 전화를 걸어 목욕은 알리야가 돕게 해 달라고 할 수 없어요?

어머니: 네가 해 줄 수 있겠다고 생각했는데. 그래서 전화한 거였어.

나: 엄마. 그건 엄마 힘으로 해결하셔야 해요. 하실 수 있잖

아요.

어머니는 코웃음을 친다. 그리고 말한다: 빨래집게도 없다.

1월 중순 어느 날 오후 늦게 계단을 올라가다 내가 빛 축제에 다녀왔던 저녁에 우리 집 초록색 소파에서 잤던 젊은 여자를 만난다. 다른 젊은 여자의 손을 잡고 있는데 이제 보니 그 여자도 누구인지 알겠다. 몇 년을 여기 다락방에 산 사람이다. 키가 크고 피부색이 짙다.

안녕하세요. 젊은 여자가 말한다. 저번에는 고마웠습니다.

나도요. 내가 말한다. 잘 지내요? 네. 그녀가 대답한다. 이쪽은 자스민이에요. 저하고 같이 사는 친구지요.

자스민은 목례를 한다. 코에 금코걸이를, 한쪽 팔에는 찰랑거리는 팔찌를 여러 개 차고 있다. 날카로운 눈. 그녀의 여자 친구와 나는 서로를 바라본다. 우리는 공유하는 비밀이 하나 있다. 내 부엌에 앉아 차를 마셨으니까. 둘이 길로 나서자 그들 뒤로 문이 닫히는 소리가 들린다. 나는 속으로 미소를 짓는다. 작은 새 한 마리가 가슴뼈 바로 아래에서 날개를 퍼덕인다. 둘은 시내를 돌아다니는 아니와 나를 닮았다. 여기 내가 있다. 작업복을 입고 손톱 밑에 흙이 묻은 할머니. 나막신을 신고 눈 사이에는 고랑이 점점 깊어지고 입과 이마에까지 주름살이 보이는 나이 든 아줌마. 잠잠할 날 없는 폭력과 죽은 동생을 품고 있는, 침묵하는 집안 출신의 나. 나. 잠시 후 따뜻한 물로 샤워하며 나는 아래층의 아이들 소리를 듣는다. 아이들은 재잘거리며 웃는다. 물을 튀기고 소리친다. 아이들도 욕실에 있다.

밤에는 내가 내 아이들을 때리는 꿈을 꾼다. 나는 아이들을 마구 팬다. 아이들은 울고, 때리는 손을 막기 위해 팔을 든다. 나는 온통 땀에 젖어 과호흡을 하며 잠에서 깬다. 반복되는 악몽이지만 오랜만이다. 아이들이 어릴 때 나는 자주 아이들을 때리는 꿈을 꾸었다. 아무도 잠에서 깬 나를 위로할 수 없었다. 막내를 품에 안고 잠들었는데 이 악몽을 꾼 밤이 특별히 기억난다. 나는 아이들을 때리고 면박을 주고 힘으로 억누르게 될까 늘 두려웠다. 따귀를 갈기고 싶은 적이 몇 번 있었지만 나는 참았다. 나는 때린 적이 없다. 그 대신 나가서 토했고, 변기에서 분노로 뒤틀어진 아버지의 얼굴을 보았다.

아니의 가게는 일요일과 월요일에 닫는다. 나는 일요일에는 소파에 누워 텔레비전을 보고, 월요일에는 청소하고 지하실에서 빨래를 한다. 레아가 규칙적인 생활이라고 하는 그것. 어느 월요일 아침, 아직 부엌 바닥이 마르지 않고 비누 냄새가 나는 가운데 나는 앉아서 내가 십 대 때 일했던 승마 학교가 아직 있는지 찾아본다. 있다. 나는 전화를 걸어 말 한 마리를 몇 시간 빌릴 수 있는지 묻는다. 그냥 트랙을 좀 돌고 싶을 뿐이라고 말하고는 여덟 살 된 손녀딸이 승마를 해 볼 거라고 설명한다. 충분히 가능하지요. 남자가 말한다. 우리는 2월 초에 날짜를 잡는다. 나는 바로 큰아들에게 연락하고, 아들은 초대를 전해 주겠다고 약속한다.

코끼리 공책에는 여백이 많이 남지 않았다. 상황은 괜찮다. 나는 이렇게 쓰고는 무거운 겨울 햇살을 내다보고 잠시 멈추어 있는다. 그러고는 고무장갑을 다시 끼고 욕실에서 청소를 계속

한다.

우리는 열차를 타고 다시 버스로 갈아탄다. 한참을 가야 하지만 아이는 즐겁게 받아들인다. 2월 2일, 우리는 도시락과 초콜릿 과자를 가져가고, 아이는 계속 창밖을 가리킨다. 저기 봐, 양이 있네! 소다! 할머니, 트랙터 봐요! 아이는 머리를 내 품에 맡기고 쉰다. 나이 든 남자에게 그의 개를 쓰다듬어도 되냐고 묻는다. 버스에서 네가 기사에게 승차권을 보여 주어도 된다고 하니 아이는 그것까지도 재미나다고 생각한다. 해는 창백하고 차가워지고 들판에서는 습기가 올라온다. 나는 이 모든 풍경이 낯익고 버스 정류장에서 길을 금세 찾는다. 승마 학교까지 가는 질척한 비포장도로에 들어서니 속이 저린다. 나는 긴장했고, 동시에 편안하다. 마치 고향에 온 듯한 기분이다. 모든 것이 원래 모습인데 또 아니다. 오래된 마구간 대신에 새 건물이 들어서고 지금은 트랙이 여럿이지만 농가는 그대로 있고 창문만 바뀌었다. 커다란 소나무들은 여전히 서걱대며 바람에 흔들린다. 말이다! 손녀딸이 외친다. 소녀 둘이 차분한 속도로 말을 타고 온다. 둘은 비포장도로를 가로질러 작은 숲으로 들어간다.

말들이 서서 여물을 먹고 있는 마구간에 들어선 우리는 내 나이의 남자와 마주친다. 그는 노란 암말에게 고삐를 매는 중이다. 안녕하세요. 내가 말한다. 몇 시간 동안 말 한 마리를 빌렸는데 어느 말을 타면 되는지 혹시 아세요?

남자는 나를 바라본다. 뚫어지게. 그러더니 표정을 풀고 애매한 미소를 짓는다.

나 못 알아보겠어? 그가 묻는다.

나는 그의 모습을 자세히 뜯어본다. 뺨에 상처가 있고 수염은 잿빛이다.

나 기억 안 나? 미카엘이야. 그가 말한다. 시간이 좀 흐르기는 했지.

미카엘! 나는 외치고 그를 끌어안는다. 아직도 여기 있어?

그에게서는 건초와 먼지와 말 냄새가 난다. 땀 냄새는 흔적도 없다.

돌아왔다고 말하는 편이 더 정확하겠지. 십 년 전에 이곳을 샀어. 이제 너도 돌아왔네.

내 얼굴이 붉어지는 게 느껴진다. 손녀는 내 몸에 바짝 다가와 비비며 내 손을 꼭 잡는다.

여기 좋지. 내가 말한다.

그러고는 말을 잃는다.

아, 말을 찾는다고 했지. 미카엘이 말하고는 노란 말을 토닥거린다. 이 친구는 루시야. 좋은 말이지. 나이가 꽤 있어.

손녀딸은 루시에게 푹 빠졌다. 우리는 작은 승마용 헬멧을 빌린 뒤 말과 인사를 하고 집에서 가져온 사과 하나를 주고서 말을 끌고 나온다. 나는 손녀딸이 말에 오르는 걸 도와준다. 아이는 자랑스러워서 얼굴이 환해진다. 미카엘은 우리가 사용할 트랙까지 뒤따라온다.

여기서 지내? 내가 묻는다.

응. 여기 딸린 농가에 살아. 닭이 스물두 마리야. 달걀이 모자랄 일은 없지.

나는 지금 아니와 함께 일한다고 이야기한다.

아니라니. 그가 말한다. 아니라니. 거짓말이지. 아직도 둘이 친해?

그는 우리 고모할머니가 돌아가시자 벽돌공 일을 배웠다고 한다. 그래도 늘 여기가 그리웠어. 그가 말한다. 내가 새 마구간을 지었고, 마을에서 온 친구인 다른 벽돌공 형제와 함께 농가도 직접 수리했지.

할머니. 아이가 외친다. 이제 말 타요.

미카엘은 모자에 손을 대며 인사하고는 물러난다. 나는 노란 말을 끌고 트랙을 빙빙 돈다. 손녀딸은 안장에 똑바로 꼿꼿이 앉아 있다. 나는 아이에게 고삐로 말을 조종하는 법을 가르쳐 준다. 아이가 재갈을 너무 세게 당기지 않도록 아주 미세한 움직임을 사용해야 한다고 알려 준다. 나는 루시의 방향을 바꾸거나 멈추는 방법을 보여 주고 아이가 금세 이해하기에 직접 해 보라고 한다. 작은 아이는 마치 평생 말만 탄 것처럼 자신 있게 커다란 말을 타고 트랙을 걷는다. 아이는 말을 회전시키고, 또 멈추게도 한다. 그리고 다시 걷게 한다. 아이가 그렇게 행복해 보인 적은 없었다.

시간이 거의 다 되었을 때 나는 아이를 안아서 내려 주고는 어떻게 말과 함께 걷고 말을 돌아서고 멈추게 하는지 보여 준다. 내 손은 추위로 붉어지고 감각이 없지만 아이는 찬 바람의 영향을 받지 않는 것 같다.

나중에 우리는 말굽을 손질하고 닦는 일을 돕는다. 아이는 무서워하지 않는다. 몸을 굽혀 한 손으로 말의 다리를 잡고 다른 손으로 문지를 때조차도. 이 작은 인간은 여기가 완전히 제

자리다.
	루시. 아이가 말한다. 너는 세상에서 제일 귀여운 말이야. 아이의 목소리는 부드럽고 조용하다. 우리 예쁜 루시, 우리 착한 루시.
	루시는 코를 흥흥거리고 아이의 모자를 깨문다.
	이건 말이 너를 좋아한다는 뜻이야. 내가 말한다. 네가 잘해 주니까 말이 너를 좋아해. 말은 너하고 있으면 안전하다고 생각하는 거야.
	할머니, 말이 아니고 루시예요.

	말을 제자리에 데려다 놓고 나니 마구간에서 헤어지고 인사하기가 힘이 든다. 미카엘은 가서 비질을 한다.
	자, 오늘은 고마웠어. 내가 말한다.
	가기 전에 따뜻한 코코아를 한잔 대접해도 될까. 오늘 엄청나게 춥잖아.
	우리는 사양하지 않는다. 농가에 다시 들어가 보고 싶은 호기심 때문이기도 하다. 미카엘이 코코아를 만드는 사이 우리는 다용도실 옆 화장실을 이용한다. 나는 전에 내 방이었던 작은 방으로 통하는 문을 연다. 지금은 창고로 사용하고 있다. 꽉꽉 찬 종이 상자와 낡은 침낭, 대패 작업대와 고무장화들이 바닥을 다 덮고 있다. 하지만 벽지는 그대로다. 꽃이 핀 덩굴 그림이 있는 얼룩지고 노르스름한 벽지.
	여름이면 여기서 지냈지. 내가 말한다. 나는 다 큰 언니일 때 승마 학교에서 일했단다.
	손녀는 놀라서 나를 바라본다.

정말? 우와, 정말 운이 좋았네. 아이가 말한다. 할머니, 그게 나였으면 좋겠어요. 난 할머니를 닮았어요. 말을 잘 타지요.

아이의 손이 내 손안으로 들어온다.

미카엘의 집은 온통 뒤죽박죽이다. 그는 우리가 소파 탁자에 컵을 놓을 수 있도록 전단지와 계산서들을 한쪽으로 치운다. 커다란 고양이가 창틀에 누워 졸고 있다. 손녀는 고양이를 쓰다듬는다. 이제 우리는 셋이 다 고양이털 투성이인 큰 소파에 앉는다. 미카엘은 냄비를 기울여 코코아를 부어 준다. 우리는 아무 말도 하지 않는다. 아이가 흥얼거린다. 이제 나는 일어나려 하고, 미카엘은 역까지 데려다주겠다고 한다.

곧 또 와. 우리가 차에서 내리자 미카엘은 그렇게 말하고 갑자기 나를 끌어당긴다. 옛 친구. 그가 말한다. 나는 눈을 감는다. 다시 이 아늑하고 취할 것 같은 마구간 냄새.

그는 아이에게 고개를 끄덕이며 말한다. 언제든 환영이야.

미카엘, 안녕! 손녀가 외친다. 빠이빠이! 주차장을 지나 역으로 가며 아이는 몇 번을 뒤돌아보고 손을 흔든다. 새들이 내 가슴속에서 고개를 좌우로 흔든다.

열차는 겨울 풍경을 누비며 달린다. 크게 무리 지은 까마귀 떼가 나타나 검은 들판에 앉았다가 다시 날아오른다. 어둑어둑해진다. 어느 순간 흰빛이 구름 덮인 하늘을 가른다. 아이는 금세 잠이 든다. 나도 깜빡 존다. 말 가까이에 간 게 얼마 만인가 하는 생각. 미카엘과 재회한 생각. 달그락 소리를 내며 무언가가 제자리를 찾아 들어갔다. 뭔지는 모르지만. 크지는 않아도 어쩌면 중요한 건지도 모르겠다.

며칠 후 나는 가게에 서서 한 무더기 하얀 장미의 맨 아래쪽 잎을 뜯고 있다. 아니는 어느 원예사에게서 특별한 허브 화분을 구하기 위해 밴을 몰고 나갔다. 문이 딸랑 소리와 함께 열린다. 놀랍게도 둘째 아들이 들어선다. 개는 꼬리를 흔들며 그에게 달려든다. 나는 원예 장갑을 벗고 아들을 안는다. 찬 바람을 맞고 온 아들은 미소를 짓는다.

엄마, 잘 지내셨어요. 아들이 말하고 의자에 앉는다.

커피를 마시겠단다. 나는 주전자를 켜고 인스턴트커피의 양을 잰다.

춤을 추고 오는 길이에요.

춤?

네. 제가 뭔가를 해 봐야겠다고 말씀드렸잖아요. 그런데 이거 진짜 재미있어요.

그러니까 춤을 추러 간단 말이야?

탭이요. 탭 댄스예요.

탭 댄스를 다니기 시작했어?

나는 히죽 웃음이 나오고, 아들은 고개를 끄덕인다. 심리 상담보다 낫고 전구보다도 나은 거 같아요.

셰어 하우스에 들어가는 건 포기했어?

생각해 보면 그건 아무래도 저한테는 너무 극단적인 것 같아요.

커피를 마시며 아들은 탭 슈즈를 빌렸고 직장에서는 지금도 괜찮다고, 다른 걸 하고 싶은 생각은 전혀 없다고 한다. 이 일은 말하자면 저한테 딱 맞춤인 것 같아요. 그런데 엄마, 엄마는 플로리스트가 되신 거예요?

그럼 매일 아니와 함께 지낼 수 있어. 내가 말한다.

우리는 잠시 마주 바라본다. 그의 눈빛에는 빛이 있다. 마치 내 눈에서도 빛이 나는 것 같다.

사랑해. 내가 말한다. 문이 다시 열리고 아니가 큰 상자를 품에 안고 들어온다. 아들은 차에서 물건을 옮기고 지하에 쌓는 걸 돕는다. 봐. 아니가 말한다. 나이 많은 원예사가 그러는데 자기는 점토 화분을 요구르트로 처리해서 찬 곳에 둔대. 그러면 화분이 오래되어 보인다는데. 아니는 화분 하나를 꺼낸다. 화분에는 이끼가 자라고 여기저기 검고 흰 얼룩이 있다. 작은 다육 식물을 화분에 심고는 도와주어 감사하다는 표시로 아들에게 선물한다. 아들은 크게 웃으며 시멘트 바닥에서 탭 댄스를 추어 보이고 우리에게 허리를 굽혀 인사하더니 문을 닫고 떠나간다.

아들이 정말 명랑해 보이는데? 아니는 말하며 외투를 의자에 던진다. 장미를 거의 다 다듬었네. 너 많이 빨라졌다.

아니는 내가 승마 학교에서 미카엘을 만난 것이 정말 신기하다고 생각한다. 그가 승마 학교를 산 것, 아니 그가 아직까지 존재한다는 것 자체도. 아니는 그를 오직 과거에만 존재하는 그 시절의 그림자처럼 생각하는데 말이다. 아니는 묻고 싶은 게 많고, 나는 대답을 모른다. 문을 막 닫으려는데 별로 나이가 많지 않은 부부가 나타난다. 둘은 은행 이름이 쓰인 똑같은 모자를 쓰고 있다. 예순 살 생일에 초대를 받아서 "나이 든 주인공"을 위해 "옛날식" 꽃다발을 원한다고 한다. 우리가 양동이에 가지고 있는 것은 마음에 차지 않고 너무 "현대적"이어서 내가 붉은 장미와 녹색 식물로 "고전적인" 꽃다발을 만들어 주기를 원한다. 예쁘게는 되지 않았지만 "딱 그 여자가 마음에 들어 할" 꽃다발이라고 둘은 만족스러워한다.

아이고, 둘이 나가고 나니 아니가 말한다. "나이 든 주인공"이라, 우리 둘도 조금 있으면 그게 되는 거네. 나는 사실 60+를 위한 요가 광고를 보고 우리도 같이 해 볼까 생각했어.

아니, 그런 일은 없을 거야. 나는 60+가 되기 전에 60+를 위한 무엇에 가기를 거부할 거니까.

우리가 곧 예순이야. 아니는 말하고 꿈꾸듯이 길을 내다본다. 믿기지 않아.

밖은 이제 어둡다. 아니는 정산을 하고, 길에서 물건들을 들여오고, 작은 가게의 바닥을 닦는다. 우리는 힘을 모아 남은 꽃다발을 냉장 창고로 옮긴다. 불을 끄고 문을 잠그고 길모퉁이까지 함께 나와서는 헤어진다. 아니는 몸을 구부리고 개와 함께 느릿느릿 걷는다. 나는 초조해서 어쩔 줄 모른다. 탭 댄스를 하는 아들, 춤을 추는 아들. 나는 아들이 커다란 무대에서 춤을 추는 상상을 한다. 아들은 빠르고 자신 있게 춤을 춘다. 회전을 하고, 생명력이 가득하며, 빙글빙글 돌고 또 돈다. 점점 더 빨리. 발로는 먼지 쌓인 무대를 완벽한 형태로 밟고, 팔을 들어 올리고, 미소를 짓는다. 나도 미소를 짓는다. 길을 따라 걷고, 식물원을 통과하고, 공원의 호수를 돌고, 늦은 겨울에 길을 오르내리며 연신. 마침내 나는 우리 집 문 앞에 멈추어 선다. 내 생애의 어느 수요일 저녁 8시가 되었다. 현관에서 작업복을 벗으니 집이 품은 아늑한 온기가 나를 감싼다. 그런데 초록색 소파에 막내아들이 누워서 자고 있다. 아들이 열쇠를 가지고 있다는 걸 완전히 잊었다. 나는 그저 서서 아들을 멍하니 바라본다. 그는 천천히 무겁게 숨을 쉰다. 머리는 기름이 끼었다. 붉은 다운 재킷을 입었고 신발은 벗지 않았다.

나는 아들을 깨우지 않는다. 거실 문을 조심스레 닫는다. 빵 한 조각에 땅콩버터와 잼을 바른다. 부엌 창 앞의 작은 책상 아래에 반쯤 가려져 아들의 배낭이 바닥에 놓여 있다. 나는 토마토 하나를 씻고 감자칩 몇 개를 깊은 접시에 담는다. 나는 침대에 앉아 먹어 보지만 빵은 입안에서 부풀어 오르고 공포가 내 안에서 지글거린다. 나는 어떻게 해야 좋을지 모르겠다. 살살 부엌으로 나가 배낭을 가져온다. 나는 배낭을 작은 방으로 끌어오고, 가능한 한 조용히 가방을 열어 보는 내 손이 떨린다. 가방은 반쯤 비어 있다. 나는 그 안에서 손으로 내용물들을 건진다. 엄지장갑과 뜨개질바늘이 나온다. 조카들이 그려서 빛 축제 때 준 그림이 두 점 말려 있다. 작고 검은 파이프. 알약 두 개가 든 봉지. 라이터, 롤링 페이퍼, 마리화나를 마는 기구, 은박지에 싸인 마리화나 한 덩어리. 분홍색 알약이 더 많이 담긴 다른 봉투. 나는 숨이 막혀 온다. 어떻게 해야 할지 모르겠다. 나는 부엌 바닥에 원래 있던 자리로 배낭을 다시 가져다 둔다. 나는 식탁에 놓인 그의 열쇠를 방에 있는 서랍에 숨긴다. 열쇠를 내 속옷 사이에 숨기고 그 위에 두꺼운 스웨터를 얹는다.

몸이 굳은 나는 밤새도록 옷을 입은 채 침대에 앉아 있다. 마구 뛰는 심장, 어지러울 만큼 깊은 공포. 아들 때문에 두려워해야 하나, 아들이 공격적이 될 수 있을까, 약물 과잉으로 죽을 수 있을까. 아들이 약물 과용이면 나는 누군가를 불러야 한다. 누구에게 연락하나, 구급 센터에 전화를 걸어야 하나. 집 밖으로 나가야 할까. 나는 아무것도 하지 않는다. 그냥 앉아서 뻣뻣하게 어두움을 바라본다. 하지만 나도 잠이 들었나 보다. 6시쯤 바스락 소리에 깬다. 나는 여전히 앉아 있다. 가방의 지퍼가 열리는 소리가 들린다. 아들은 기침을 하고 목을 가다듬는다. 부엌 개수대에 가래를 뱉고 수도를 튼다. 화장실에서 소변을 보는 소리가 들린다. 움직임이 느릿느릿 늘어지지는 않는다. 잠시 후 아들이 반쯤 열린 문으로 내 침실 문앞을 지나간다. 재킷을 입은 붉은 등이 현관에 보인다. 아들이 이쪽으로 몸을 돌렸을 때 나는 눈을 감고 자는 척한다. 나를 바라보는 그의 눈빛이 느껴진다. 아들은 한숨을 쉰다. 그는 문을 잠그고 통탕거리며 계단을 내려간다.

  너에게 무슨 일이 일어났기에
  무슨 일이 일어났기에
  무슨 일이

 7시에 나는 울면서 아니에게 전화를 건다. 나는 알아듣게 말을 하지 못하는데 아니는 내게 집에 있으라고 말할 만큼은 알아듣는다.
 하지만 필요하면 들러. 와서 잠깐 의자에 앉아만 있어도 좋지. 내가 할 수 있는 게 있을까? 혹시 누구에게 전화해 줄까?
 괜찮아. 내가 말한다. 괜찮아.
 나는 오전에 소파 탁자 아래에서 잠이 들었다. 잠에서 깨어 보니 몸을 웅크리고 있고 머리가 너무나 아프다. 나는 큰아들에게 전화를 걸어 무슨 일이 있었는지 설명하고 가방에서 찾은 알약에 대해 이야기한다. 아들은 직장에 있다. 뒤에서 절단기와 기계톱 소리가 들린다. 아들은 작업장을 나오고, 그러니 조용해진다.

나는 못 하겠어. 내가 말하고 다시 울기 시작한다. 더는 못 하겠어.

그는 막내아들에게 전화를 걸지만 동생은 전화를 받지 않는다. 막내아들의 직장에 전화를 한다. 아니요, 몇 주일째 못 봤어요. 그래서 이제 그의 아버지에게 전화를 건다. 그는 무슨 일이 벌어지고 있는지 이제야 이해하기 시작하는 듯하다. 나는 큰아들에게 말한다. 너희가 이 일을 맡아야 해. 나는 못 하겠어.

엄마. 아들이 말한다.

엄마. 오후에 동생한테 가 볼게요. 입원 치료가 필요하다면 아버지가 비용을 대야겠지요. 제가 동생을 설득할 수 있고 상황이 심각하다면요.

그건 잘 모르겠어. 내가 말한다. 얼마나 심각한지 말이야. 그런데 너희 아버지가 돈이 없으면 어떻게 하지?

그럼 집을 저당 잡혀야죠.

동생한테 있던 열쇠를 빼앗았어. 내가 말한다. 숨겨 두었어.

잘하셨어요. 아들이 말한다.

통화를 하고 나서 나는 한참을 의자 끝에 앉아 있는다. 그런데 갑자기 더 이상 집 안에 있지 못하겠다. 나는 옷을 걸치고는 울고 난 얼굴로 가게에 있는 아니에게 간다. 나는 아니가 일하는 동안 의자에 앉아 차를 마신다. 라디오가 켜져 있다. 나는 이가 덜덜 떨리고 춥고 땀이 난다. 아니는 만들고 있던 꽃다발을 놓친다. 꽃이 바닥에 떨어진다.

그렇게 심각하지 않을 수도 있지. 아니가 말한다.

하지만 상황은 심각하다. 그날 늦게 큰아들이 동생의 방을 찾아가 알약에 대해 캐물으니 내 막내아들은 형을 때려서 내쫓으려 한다. 욕하고 의자를 뒤엎고 자기 물건에 손대지 말라고 소리를 지른다. 그가 다시 거친 눈으로 공격하려 들자 큰아들은 길로 내려가 경찰을 부른다. 경찰이 내 아이를 데려간다. 내 아이는 경찰과도 싸우고 경찰관의 얼굴에 침을 뱉는다. 경찰은 아들에게 수갑을 채워 정신의학과 응급실로 데려간다. 아들은 계속 난동을 부리고, 의사의 정강이를 차고, 결국 급성 환자 병동에 격리된다. 다음 날 아침에 아이들 아버지와 내 다른 두 아이들은 그곳의 막내아들을 방문한다. 아들은 약을 못 해 정신이 혼미해 보인다. 울고 욕을 한다. 불안해하고 툴툴거린다. 내 소파에서 잔 기억이 없다. 몇 시간 동안 자기 연민에 가득 찬 한탄을 늘어놓고 나서야 입원 치료에 동의한다. 전남편은 아들에게 말한다. 동지, 다른 가능성은 없어. 현실이 그래.

전남편은 전화를 돌려 자리가 있는 시설을 찾는다. 멀리 시골이다. 큰아들은 동생을 태우고 차를 몰 엄두를 내지 못한다. 결국 며칠 후 전남편이 데려가 치료받을 곳에 등록시킨다. 그는 아들을 병원에서 데리고 나오고, 가는 길에 멈추지 않는다. 아들은 가는 내내 거의 잠만 잔다. 이 모든 일을 나는 큰아들을 통해 듣는다. 그는 계속 나에게 전화 연락을 준다. 그는 동생에게 화가 많이 나 있다. 나는 둘째 아들과도 이야기를 하지만 그는 너무 겁에 질려 별말을 하지 못한다.

무슨 일이 있었던 거예요? 그가 말한다. 전혀 이해가 안 돼요. 전혀 이해가 안 돼요.

이 모든 일이 일어나는 동안 나는 집 안에 있는다. 아무리 옷을 껴입어도 춥다.

시내로 돌아오는 길에 깊이 충격을 받은 전남편이 전화를 한다.

아들은 조용했어? 내가 묻는다.

응, 조용했어. 하지만 세상에, 세상에 얘가 무슨 짓을 하는 거지. 어떻게 이런 일이 일어날 수 있을까. 나는 아무 낌새도 알아채지 못했어. 나도 힘드네. 빌어먹을.

차에서 무서웠어?

그랬지. 정말 무서웠어. 겁에 질렸지. 아들이 핸들을 뺏거나 나를 덮칠까 봐 내내 두려웠어. 하지만 그러지는 않더군. 가는 동안 대부분은 잤어.

천만다행이네. 내가 말한다.

얼어 죽을. 전남편이 말한다. 이런 얼어 죽을.

내 전남편은 외치면서 울음을 터뜨린다.

나는 이런 사건들을 초록색 공책에 적는다.

이런 사건들은 잊고 싶지 않다. 그리고 어떻게 해서라도 잊고 싶다.

나는 이렇게 적는다.

나는 이 폭력적인 장면들을 내가 보지 않아 정말 다행이라

생각한다.

몇 주일이 지난다. 이 몇 주 동안은 희미하면서도 날카롭다. 바보 같은 텔레비전과 묵직한 적포도주로 돌아온다. 일은 기계적으로. 로세, 레아, 니콜라와 이야기하는데 다들 충격을 받는다. 레아의 겁먹은 눈. 모르핀이야 벤조디아제핀이야? 치명적인 조합이지. 그리고 로세는 전화에 대고 흐느끼며 말한다. 그 귀여운 작은 아이가. 니콜라는 와서 우리 집에서 잘까 묻는다. 때로 나는 걸려 오는 전화를 무시한다. 질문이 너무나 많은데 나는 해 줄 대답이 없다.

내가 가게에 있는 동안 아니의 개는 내 곁을 떠나지 않는다. 큰아들과 둘째 아들이 와서 초록색 소파에 앉는다. 우리는 한숨을 쉰다. 그리고 피자를 사 온다. 우리는 서로에게 무슨 말을 해야 할지 모른다. 나는 아직 막내하고 얘기를 안 했어. 내가 말한다. 그냥 잘되기를 바랄 수밖에요. 둘째 아들이 말한다. 자기 책임이죠. 큰아들이 말한다.

에너지가 나에게서 빠져나간다. 내 핵은 식어 버린다. 그래도 나는 최악을 피했다는 느낌이 든다. 나는 혼잣말을 한다. 일이 있기 전의 공포보다는 나쁘지 않아. 죽은 사람은 없잖아.

어느 일요일에 작은 황금 고깔이 제 어머니에게 전화를 건다. 그는 미안하다고 한다. 나는 미안할 일이 아니라고, 회복을 잘하라고, 중요한 건 그뿐이라고 말한다. 건강해져야지. 내가 말한다. 너 자신을 잘 돌봐. 그는 이렇게 말한다: 좀 회복이 되었어요. 그리고 나는 말한다: 거짓말이니? 그는 말한다. 아니요.

지금 거짓말하는 것 아니에요. 여기 있는 건 진짜 마음에 안 들지만 그래야 한다는 건 잘 알아요. 나는 아무 기억도 안 나요. 병원에서 깬 것만 기억나요. 엄마, 정말 미안해요. 부끄러워요. 여기에 적어도 여섯 주일을 있어야 한다네요. 여기는 중독자가 서른 명쯤 있어요. 하지만 내 치료사는 좋아요. 그 사람도 전에 약물 남용 경력이 있는데 양보라고는 없는 사람이죠. 그래서 아주 좋아요. 내 생각은 그래요. 그 사람은 우리의 유치한 평계를 알아채요.

넌 중독자니? 나는 묻는다. 우리는 서로 그렇게 부르지요. 중독자야, 그래서 어떻다고? 이런 식으로 말해요. 하지만 네, 내가 중독자가 아니면 왜 여기 와 있겠어요?

얘야. 내가 말한다. 괜찮아질 거야. 괜찮아져야지. 부끄러워할 일은 아니야.

그는 조금씩 줄여 가는 건 조만간 마칠 거라고 한다. 엄마. 통화를 끝낼 때가 되자 그가 흔들리는 목소리로 말한다. 엄마는 괜찮아요? 그래. 내가 말한다. 나는 괜찮아. 대화를 마치고 나니 내 안의 온도가 조용하고 평화롭게 다시 오른다. 어릴 때 학교에서 여름 캠프를 갈 때처럼 나는 그에게 사탕과 만화가 담긴 소포를 보낸다. 나는 그가 시내로 돌아오는 게 두렵다. 하지만 나는 잘 알고 있다. 그건 나중의 일이다. 한 번에 하루씩.

며칠간 날씨가 좋고 해도 조금 났지만 이제는 다시 비가 쏟아진다. 나는 날이 개기를 기다린다.

네가 갔다는 파티, 원래 생일 파티 아니었어? 손님들이 일화를 하나씩 준비해 와야 하는 파티 말이야. 어느 금요일에 우리가 가게 문을 닫고 나서 우리끼리 모임을 하는데 아니가 묻는다. 밖은 비바람이 몰아친다.

맞아. 레아가 대답한다. 노부인의 생일이었는데 유일하게 바라는 게 모두들 이야기를 하나씩 가져오는 거였어. 여자 쉰 명을 생일에 초대했지. 나도 갔어. 손녀와 친했거든. 노부인은 손님을 폭넓게 초대했어. 모든 손님을 개인적으로 아는 것도 아니고 친구의 친구, 가족의 친구도 있었지. 나이대도 다양했고. 수프와 샐러드와 빵이 나왔고, 스파클링 와인도 마셨어. 커다란 오렌지 케이크도 손수 다섯 개를 구웠지. 여든 살 생일이었어. 머리는 완전히 백발이었고, 연두색 원피스를 입고 있었어. 그건 기억이 나.

꼭 꿈처럼 들리네. 니콜라가 말한다.

레아가 대답한다. 사실이 그랬어.

그런데 노부인도 일화를 들려주었어? 아니가 묻는다.

아니. 그러지는 않았어. 그냥 듣기만 했지. 다른 사람들, 우리가 하는 이야기를 주의 깊게 듣기만 했어. 어딘가 신비롭고 장엄한 모습이었지. 촛대처럼 똑바로 앉아 있었고. 마치 여왕 같았어. 그 노부인이 자기 어머니나 외할머니면 좋겠다고 생각한 사람이 그중에 여럿 있었을 거야. 어쨌건 나는 내 친구, 그러니까 그 손녀가 부러웠어. 그날 저녁 들은 이야기들은 하나도 잊지 않았어. 나는 그 이야기들을 딸들에게 해 주었지.

그리고 우리에게도. 내가 말한다.

그럼, 물론이지. 너희에게도.

한낮이지만 잿빛 겨울은 그림자도 없고 바로 물이 떨어질 것 같다. 이른 아침, 아직 아주 어두울 때 나는 열차를 타고 다시 버스로 갈아탔다. 비포장도로를 따라 승마 학교까지 간다. 여자아이 둘이 마구간을 치우고 소년 하나는 트랙 주위의 울타리를 손보고 있었다. 망치로 치는 소리가 마당에 울렸다. 나는 안장을 보관하는 방에서 미카엘을 만났다. 나무 책상 위에 풀어 놓은 굴레가 놓여 있었다. 그는 부품들에 안장 기름을 바르는 중이었다. 갓 닦아 축축한 안장들이 건조를 위해 바닥에 놓여 있었다. 나는 미카엘에게 막내아들이 어릴 때 딱 한 번 함께 탄 것을 제외하고 열일곱 살 이후로 말을 타지 않았다고 이야기했다. 아들은 내 앞에 앉았었다. 그때 우리는 지금은 돌아가신 시부모님 댁에서 휴가를 보내는 중이었고, 이웃에 검고 거친 젊은 말이 있었다. 우리는 훈련 중이던 말을 빌렸다. 그 말은 나도 다루기가 어려웠고, 내 아들은 몇 번을 말에서 떨어질 뻔해 무척이나 놀랐다. 아들은 울고불고 난리였고, 승마는 짧게 끝났다.

그럼 지금이 다시 시도할 때네. 미카엘이 말하며 크림을 내려놓는다. 루시를 탈래?

좋지. 부드러운 금빛 루시. 루시는 마구간에 서서 우적우적 여물을 먹고 있다. 나는 말의 목을 쓰다듬는다. 두 소녀가 인사를 한다. 한 명은 땀에 젖은 얼굴에서 머리카락을 입으로 불어낸다. 둘 다 수줍고 호기심 많아 보인다. 둘은 손에 써레와 빗자루를 들고 있었고, 루시에게 안장과 굴레를 씌워 데리고 나오는 나를 먼지 묻은 작업복 차림으로 꼭 붙어 서서 바라본다. 미카엘은 비포장도로까지 나를 뒤따른다. 나는 얼마간 우아하게 말 등에 올라탔다. 미카엘은 미소를 짓는다. 루시와 나는 뚜벅뚜벅 출발한다. 길모퉁이를 돌아 숲을 향하는 승마로에 접어들자 나는 속도를 높인다. 하지만 트인 벌판으로 나온 뒤에야 달리기 시작한다. 말이 도약할 때마다 내 몸은 안장 위에서 펄쩍인다. 나는 여전히 말을 탈 줄 안다. 습관처럼 몸에 붙어서 내 안에는 조금도 불안함이 없고 덩달아 루시도 그렇다. 나는 목초지로, 흙냄새 나는 젖은 들판 사이의 길로, 쌓인 눈과 웅덩이 사이로 말을 데려가고 작은 시내를 뛰어넘는다. 그리고 숲 가장자리에 다다르자 속도를 낮추어 속보를 시작한다. 말은 콧김을 뿜는다. 옆구리가 축축하다. 하늘은 낮고 육중하다. 겹겹이 쌓인 낙엽 사이로 나무와 덤불이 잎사귀 없이 뚫고 올라온다. 나무 꼭대기에서 바람 소리가 들리고 우리는 천천히 숲속을 걷는다. 나는 봄을 생각한다. 봄. 언덕들은 푸른 풀로 부드러워지고 자두와 아네모네는 꽃을 피우겠지. 벌과 나비. 나는 등나무를 생각한다. 꽃이 무리 지어 피고 연두색 잎은 아직 작지만 제 차례가 되어 활짝 펼쳐질 날을 기다리는 5월의 등나무. 나는 햇빛과 온기를 생각한다. 나는 아무 생각도 하지 않는다. 나는 루시에게 따뜻한 말을 중얼거리면서 내가 동물의 움직임과 하나가 되고, 이 순간에 몰입하고, 다른 모든 것은 잊는 놀라운 경험을 한다. 말과 나, 2월의 이 힘찬 날뿐이다. 시간과 물과 잿빛 구름에 실려, 지금 내리기 시작하는 가벼운 비에 실려 찬 공기 속에 말을 달려 힘차게 나아간다. 잎을 잃은 가지 사이로 숲 반대쪽의 호수가 보인다. 호수는 나타났다가 다시 사라지고, 다시 눈에 들어온다. 우리는 숲이 시작하는 경계를 뒤로하고 기슭까지 내려간다. 나는 말 등에 앉아 있다. 내 안에서는 기쁨이 솟아나고 말은 평화롭게 풀을 뜯는다. 호수는 깊고, 바람이 스치면 수면이 흔들린다. 빗줄기가 꽂히는 호수, 암회색 구름, 말, 사람,

겨울.

    땅으로 내려서서 재킷을 벗는다. 나는 스카프로 루시의 땀에 젖은 몸을 닦아 준다. 여기에서 호수 너머의 트인 풍경이 보인다.

    나는 꽃이다.

옮긴이의 말

어두움과 밝음

그린란드에서 태어난 작가의 책을 접할 기회가 흔하지는 않다. 이 책의 저자 나야 마리 아이트는 1963년에 그린란드의 아시아트에서 태어나 여덟 살에 코펜하겐으로 이주할 때까지 그곳에서 살았다.

스칸디나비아 문학을 번역하다 보면 낮과 밤, 어두움과 밝음에 대해서 자주 역주를 달거나 설명을 하게 된다. 위도가 높을수록 여름과 겨울의 밤낮의 길이 차이가 커진다는 것은 여행을 하다 보면 금세 경험하게 되는 일이지만, 이런 차이는 시간과 계절을 서술하고 이해하는 방식에도 영향을 미친다. "오후지만 벌써 아주 어둡다."(193쪽)라는 말을 인도네시아에서 듣는다면 비가 쏟아지려나 생각할 수 있겠지만, 덴마크에서 듣는다면 현재 10월, 11월 정도인가 하고 생각할 것이니까. 다섯 계절의 흐름 속에 사건들이 진행되는 이 작품에서, 이런 계절의 묘사는 큰 축이 된다.

　직접 지명이 언급되지 않아도 이 글의 배경으로 보이는 덴마크도 그렇지만, 북위 68도의 아시아트는 이 글을 쓰는 6월 초라면 하루 종일 해를 볼 수 있다. 여름은 새하얗게 지새고 겨울은 새카맣게 지샌다. 이 책을 처음 손에 잡았을 때 한 장 한 장이 새카만 책이 아닐까 생각했고, 첫 문장부터 과연 "한낮이지만 잿빛"이었다. 짙은 회색과 옅은 보라색으로 큼직하게 얼룩이 그려진 원서의 표지도 포근과는 거리와 멀어서 서점 매대에서는 튈 것 같았다. 이 책에서 직접 혹은 간접 경험을 나누는 여성들의 이야기 역시 명도와 채도의 차이는 있어도 어두운 색깔에 가깝다.

　비유적으로가 아니라 실제로 외상 후 스트레스 장애를 극복해 나가는 한 여성의 이야기는 어둑한 잿빛으로 시작하지만, 시간이 흐르며 낮이 점점 길어진다. 최소한의 안전지대인 집에는 노란색 등을(7쪽) 켤 수 있고, 3월이 되면 해가 높아지고 바람이 분다. 여름에는 친구들과 함께 수영을 하고, 겨울에는 아들들의 도움으로 빛의 축제를 지낸다. 겨울은 쉽게 지나가지 않지만, 봄은 온다. 지구의 공전 때문에? 어두움 속에서도 거리와 숲을 걸어보고, 도저히 다시 갈 수 없는 곳에서 발을 디디고 나아가게 도와주는 것은 친구들의 연대이다. "각자 자기 짐을 지고 가는 이 친구들, 이 여성들 없이 나는 삶을 헤쳐 나가지 못했으리라. 나는 그렇게 본다. 친구들은 내 무기이고, 나는 친구들의 무기다."(12쪽)

주인공이 겪는 어두움이 일회적이지 않음은 친구들과 이웃들이 들려주는 일화에서 드러난다. 주인공이 사는 4층 건물, 한국에서 말하는 아파트와는 많이 다르지만 출입구를 통해 들어가면 각 층마다 각 가구의 대문이 있는 이 집은 하나의 작은 세계이고, 그 안에서 서로 다른 연령대의 여성들이 젊은 엄마, 할머니, 동성 애인의 삶을 살아간다. (개인적으로는, 4층 건물에 사는 이 인물들의 모습을 표지 그림으로 상상했다.) 주인공의 친구들은 새로 누군가를 사귀거나 남편과 헤어지고, 남편과 아이들과 살거나, 자기 가게를 가지고 살아간다. 레아가 전해 주는 이야기들은 하나하나가 초단편 소설이다.

이 이야기들을 읽으며 사실 성별로 역할이 고정되어야 하는가 하는 의문이 있었는데, 이 책이 여성들의 이야기를 모은 것이라고 정리하고 나니 이해하기가 한결 쉬웠다. 편향적이 되는가 아닌가는, 한 그룹의 이야기를 듣고 다른 그룹의 고통에도 마음을 여는가 아니면 다른 그룹을 가해자로 치부하는가의 차이이고, 이것은 독자의 몫이다. 덴마크 독자들의 서평을 참고하면, 따뜻한 이야기로 읽었다는 편이 더 많은 듯하다.

책 한 권 읽은 사람이 제일 무섭다고 하는데, 장편 한 권, 단편 한 편을 읽고 작가를 소개하기가 조심스럽다. (2009년에 민음사에서 출간된 『유럽, 소설에 빠지다』 1권에도 같은 작가의 글이 실린 일이 있다.) 1990년대부터 시집을 내던 아이트는 2012년부터 장편을 출간하기 시작했는데, 그해 덴마크어로 출간된 『가위, 바위, 보』는 남성 주인공이 사소한 계기에서 출발하여 폭력적이고 범죄적인 아버지의 모습을 발견하는 과정을 다루고 있다. 『어두움의 연습』은 2024년에 출판되었으며, 이탈리아어,

영어, 독일어 등으로 번역이 되고 있다. 소설이 아닌 최근 작품으로는 2017년 발표된 『죽음이 당신에게서 무언가를 앗아갔다면 그것을 돌려주오 — 칼의 책』에서 두 해 전에 스물다섯 살의 아들을 사고로 잃은 경험을 글로 옮겼다.

그의 문장들을 읽고 옮기며, 작가가 시인임을 새삼 의식하게 되는 순간들이 있었다. 언어는 흐름이 짧았다가 길어지고, 음악적으로 반복하기도 한다. 시 한 편이 작품 전체를 관통하고 반복적으로 인용되며, 강약과 각운이 있는 운문은 아니어도 위의 인용문에서 보이듯이 일부러 줄을 바꾸어 문장을 끊어 준 곳들도 있다. 계절과 자연은 또 다른 아름다운 문장들로 그려 확연히 차이가 나고, 마치 서로 다른 목소리들을 듣는 것 같다. 번역문에서도 조금이나마 느낄 수 있다면 정말 보람이 있겠다. "Naja Marie Aidt"와 "Øvelser i mørke" 혹은 "Gylendal"이라는 출판사 이름으로, 작가가 이 소설에서 반복되는 시를 낭독한 영상을 찾아볼 수도 있다.

안미란

옮긴이 **안미란**
서울대학교 국어교육과와 독일 킬 대학교 언어학과에서 박사 학위를 받았다. 현재 주한 독일 문화원에서 근무하고 있다. 옮긴 책으로 『전략적 공부 기술』, 『오래 슬퍼하지 마』, 『쓰기 교수법』, 『외국어 학습 연구 방법론』, 토베 얀손의 『여름의 책』, 『페어 플레이』, 『정직한 사기꾼』, 사라 스트리스베리의 『우리는 공원에 간다』, 톤 텔레헨의 『해야 한다』 등이 있다.

어두움의 연습

1판 1쇄 찍음 2025년 6월 10일
1판 1쇄 펴냄 2025년 6월 18일

지은이   나야 마리 아이트
옮긴이   안미란
발행인   박근섭, 박상준
펴낸곳   ㈜민음사

출판등록 1966. 5. 19. (제 16-490호)
          서울특별시 강남구 도산대로1길 62(신사동)
          강남출판문화센터 5층(우편번호 06027)
대표전화 02-515-2000
팩시밀리 02-515-2007
          www.minumsa.com

한국어 판 ⓒ ㈜민음사, 2025. Printed in Seoul, Korea
         978-89-374-2896-8 03850
         잘못 만들어진 책은 구입처에서 교환해 드립니다.